Printed in the USA

Märchen für Kinder

BY H. C. ANDERSEN

Contents

Däumelieschen.

Hilfe suchend kam einmal eine Frau zu einer alten Hexe und fragte sie, ob sie ihr nicht ein kleines Mädchen verschaffen könnte.

„O ja, das soll nicht schwer halten!" sagte die Hexe. „Da hast du ein Gerstenkorn; das ist nicht etwa von der Art, wie es auf einem Bauernfelde wächst, oder womit die Hühner gefüttert werden. Lege es in einen Blumentopf, dann wirst du etwas zu sehen bekommen!"

„Besten Dank!" sagte die Frau und gab der Hexe ein Geldstück, ging dann heim, pflanzte das Gerstenkorn, und sogleich wuchs eine große herrliche Blume hervor, die vollkommen einer Tulpe glich, aber die Blätter schlossen sich fest zusammen, als ob sie noch in der Knospe wären.

„Das ist eine schöne Blume!" sagte die Frau und küßte sie auf die herrlichen roten und gelben Blätter, aber wie sie sie noch küßte, that die Blume einen großen Knall und öffnete sich. Es war, wie man nun sehen konnte, eine wirkliche Tulpe; aber mitten in der Blüte, auf dem grünen Blumengriffel, saß ein winzig kleines, blondlockiges Mädchen, fein und lieblich. Sie war nicht größer als ein Daumen, und deswegen wurde sie D ä u m e l i e s c h e n genannt.

Eine prächtige, lackirte Wallnußschale erhielt sie zur Wiege, blaue Veilchenblätter waren ihre Matratze und ein Rosenblatt ihr Deckbett. Darin schlief sie des Nachts, aber am Tage spielte sie auf dem Tische. Die Frau hatte einen Teller darauf gestellt, um den sie einen ganzen Kranz Blumen gelegt hatte, deren Stengel in das Wasser reichten. Hier schwamm ein großes Tulpenblatt und auf diesem durfte Däumelieschen sitzen und von der einen Seite des Tellers bis zur andern schwimmen. Zum Rudern hatte sie zwei weiße Pferdehaare. Das sah unbeschreiblich niedlich aus. Sie konnte auch singen, o so fein und lieblich, wie man nie zuvor gehört hatte.

Eines Nachts, als sie in ihrem hübschen Bettchen lag, kam durch das Fenster, in dem eine Scheibe zerbrochen war, eine häßliche Kröte hereingehüpft; sie hüpfte gerade auf den Tisch hernieder, wo Däumelieschen lag und unter dem roten Rosenblatte schlief.

„Das wäre eine schöne Frau für meinen Sohn!" sagte die Kröte, und dann ergriff sie die Wallnußschale, in der Däumelieschen schlief, und hüpfte mit ihr durch die Scheibe in den Garten hinunter.

Da floß ein großer, breiter Bach; aber dicht am Ufer war es sumpfig und morastig; hier wohnte die Kröte mit ihrem Sohne. Hu, der war eben so garstig und häßlich, das ganze Ebenbild seiner Mutter. „Koax, Koax, breckekekex," war alles, was er sagen konnte, als er das hübsche, kleine Mädchen sah.

„Schwatz' nicht so laut, sonst wacht sie auf!" sagte die alte Kröte, „sie könnte uns sonst noch entlaufen, denn sie ist so leicht wie ein Eiderflaum! Wir wollen sie in den Bach hinaus auf eines der breiten Wasserlilienblätter setzen, das ist für sie, die so leicht und klein ist, wie eine Insel. Da kann sie nicht entlaufen, während wir den Festsaal unten tief unter dem Sumpfe, wo ihr wohnen und leben sollt, in Stand setzen."

Die alte Kröte schwamm nun nach einem der großen, grünen Blätter, welche inmitten des Baches aus dem Wasser ragten, als ob sie darauf schwämmen, und setzte die Nußschale mit Däumelieschen auf dasselbe nieder.

Das arme kleine Mädchen erwachte beim ersten Morgengrauen, und da es wahrnahm, wo es war, fing es gar bitterlich an zu weinen, denn Wasser umgab von allen Seiten das große grüne Blatt.

Die alte Kröte saß unten im Sumpfe und schmückte ihr Zimmer mit Schilf und gelben Wasserlilien, denn für die neue Schwiegertochter sollte alles auf das Feinste hergerichtet werden. Darauf schwamm sie mit dem garstigen Sohne zu dem Blatte hinaus, wo Däumelieschen stand. Die alte Kröte verneigte sich vor ihr bis tief ins Wasser hinein und sagte: „Hier stell' ich dir meinen Sohn vor, der dein Mann werden soll. Ihr werdet unten im Sumpfe ganz prächtig wohnen."

„Koax, Koax, breckekekex!" war alles, was der Sohn sagen konnte. Darauf schwamm die alte Kröte mit ihrem Sohn fort und sie nahmen Däumelieschens Bett für die neue Ausstattung gleich mit. Da saß das arme kleine Mädchen und weinte heiße Thränen auf das grüne Blatt hinab, denn sie wollte weder bei der häßlichen Kröte wohnen, noch ihren häßlichen Sohn zum Manne haben. Die kleinen Fische, welche unten im Wasser schwammen, hatten die Kröte recht wohl gesehen und gehört, was sie sagte. Sie wollten Däumelieschen gern vor der Kröte und ihrem häßlichen Sohne retten und nagten mit ihren scharfen Zähnen den Stiel des Blattes ab und nun schwamm das Blatt mit Däumelieschen hinab, weit, weit fort, wohin die Kröte nicht gelangen konnte.

Däumelieschen segelte an gar vielen Städten vorüber, und die kleinen Vögel saßen in den Büschen, sahen sie und sangen: „Welch niedliches kleines Mädchen!" Weiter und immer weiter schwamm das Blatt mit ihr; so reiste denn Däumelieschen ins Ausland.

Ein allerliebster kleiner Schmetterling wurde nicht müde sie zu umflattern und schwebte endlich auf das Blatt hernieder, denn er konnte Däumelieschen gar wohl leiden. Diese war hoch erfreut, denn die Kröte konnte sie jetzt nicht mehr erreichen, und es war köstlich, wo sie segelte. Die Sonne schien auf das Wasser und dieses glänzte wie schimmerndes Gold. Da nahm sie ihren Gürtel, schlang das eine Ende desselben um den Schmetterling und befestigte das andere am Blatte. Das glitt jetzt weit schneller das Wasser hinunter und sie mit, denn sie stand ja auf dem Blatte.

Plötzlich kam ein großer Maikäfer angeflogen, der sie gewahrte und augenblicklich seine Klauen um ihren schlanken Leib schlug und mit ihr auf einen Baum flog. Aber das grüne Blatt schwamm den Bach hinab und der Schmetterling flog mit, denn er war an das Blatt gebunden und konnte sich auch nicht befreien.

Gott, wie sehr erschrak das arme Däumelieschen, als der Maikäfer mit ihr auf den Baum hinaufflog! Am meisten betrübte sie jedoch der Gedanke an den schönen, weißen Schmetterling, den sie an das Blatt gebunden hatte. Konnte er nicht loskommen, mußte er ja rettungslos verhungern.

Der Maikäfer setzte sich mit Däumelieschen auf das größte Blatt des Baumes, speiste sie mit dem Blütenhonig und sagte ihr, sie wäre sehr schön, obgleich sie einem Maikäfer in keinem Stücke ähnelte. Später kamen noch viele Maikäfer zu Besuch; sie beguckten Däumelieschen von allen Seiten und die Maikäferfräulein rümpften die Fühlhörner und sagten: „Sie hat ja nur zwei Füße; das sieht doch zu jämmerlich aus!"

„Wie häßlich sie ist!" sagten auch die alten Maikäferfrauen, und trotzdem war Däumelieschen so schön. So kam sie auch dem Maikäfer vor, der sie entführt hatte, da aber alle anderen darin übereinstimmten, sie wäre häßlich, so glaubte er es zuletzt ebenfalls und wollte sie nun gar nicht haben; sie konnte gehen, wohin sie wollte. Sie flogen mit ihr vom Baume hinunter und setzten sie auf ein Gänseblümchen. Da weinte sie, weil sie so häßlich wäre, daß sie nicht einmal die Maikäfer unter sich dulden wollten.

Während des ganzen Sommers lebte Däumelieschen ganz allein in dem großen Walde. Sie flocht sich ein Bett aus Grashalmen und hing es unter einem großen Klettenblatte auf, so daß sie gegen den Regen geschützt war. Blütenhonig war ihre Speise und ihren Durst stillte sie an dem Tau, der morgens auf den Blättern stand. So verstrich Sommer und Herbst, aber nun kam der Winter, der kalte, lange Winter. Alle Vögel, die ihr so schön vorgesungen hatten, flogen ihrer Wege, die Bäume und Blumen welkten dahin; das große Klettenblatt, unter dem sie gewohnt hatte, schrumpfte zusammen, und es blieb nur noch ein gelber, vertrockneter Stengel. Sie fror bitterlich, ihre Kleider waren zerrissen und sie selbst war gar fein und klein; das arme Däumelieschen mußte erfrieren. Es begann zu schneien und jede Schneeflocke, die auf sie fiel, that dieselbe Wirkung, als wenn man auf uns eine Schaufel voll wirft, denn wir sind groß, sie aber war nur einen Daumen lang. Da hüllte sie sich in ein verwelktes Blatt, aber das erwärmte sie nicht; sie zitterte vor Kälte.

Hart am Saume des Waldes, wohin sie jetzt gelangt war, lag ein großes Kornfeld, allein das Korn war längst eingeerntet, nur die nackten, trockenen Stoppeln ragten aus der gefrorenen Erde hervor. Ihr kamen sie wie ein großer Wald vor, den sie zu durchwandern hatte, und sie klapperte nur so vor Kälte. Da kam sie vor die Thür der Feldmaus. Deren ganzes Reich bestand in einer kleinen Höhle unter den Kornstoppeln. Dort wohnte die Feldmaus geschützt und behaglich, hatte die ganze Stube voll Korn und eine prächtige Küche und Speisekammer. Das arme Däumelieschen stellte sich an die Thür, gerade wie jedes andere Bettelmädchen, und bat um ein kleines

Stückchen Gerstenkorn, denn sie hatte seit zwei Tagen nicht das Geringste zu essen bekommen.

„Du arme Kleine!" sagte die Feldmaus, denn es war im Grunde genommen eine gute, alte Feldmaus, „komm' in meine warme Stube herein und iß mit mir!"

Da sie nun Gefallen an Däumelieschen fand, sagte sie: „Du kannst getrost den Winter über bei mir bleiben, aber du mußt mir die Stube hübsch sauber halten und mir Geschichten erzählen, denn das ist meine Lust!" Däumelieschen that, was die gute, alte Feldmaus verlangte und hatte es ganz vortrefflich bei ihr.

„Nun bekommen wir gewiß bald Besuch!" sagte die Feldmaus. „Mein Nachbar pflegt mich täglich zu besuchen. Der hat noch mehr vor sich gebracht, als ich, hat große Säle und geht in einem herrlichen schwarzen Sammetpelze einher. Könntest du den zum Manne bekommen, dann wärest du gut versorgt."

Doch Däumelieschen mochte den Nachbar gar nicht haben, denn er war ein Maulwurf. Er kam und machte in seinem schwarzen Sammetpelze seine Aufwartung. Er wäre sehr reich und sehr gelehrt, sagte die Feldmaus. Seine Wohnung war auch in der That zwanzigmal größer als die der Feldmaus, und Gelehrsamkeit besaß er, aber die Sonne und die herrlichen Blumen konnte er gar nicht leiden; über sie wußte er nur Schlimmes zu erzählen, weil er sie nie gesehen hatte.

Er hatte sich vor Kurzem einen langen Gang von seinem bis zu ihrem Hause durch die Erde gegraben; in ihm durfte die Feldmaus und Däumelieschen mit seiner Erlaubnis nach Herzenslust spazieren. Er bat sie aber, nicht vor dem toten Vogel zu erschrecken, der im Gange läge. Es war ein ganzer Vogel mit Federn und Schnabel, der erst kürzlich beim Beginn des Winters gestorben sein konnte und nun gerade da begraben war, wo er seinen Gang angelegt hatte.

Der Maulwurf nahm ein faules Stück Holz in das Maul, weil es im Dunkeln wie Feuer schimmert, ging dann voran und leuchtete ihnen in dem langen, finsteren Gange. Als sie zu der Stelle gelangten, wo der tote Vogel lag, drückte der Maulwurf mit seiner breiten Nase gegen das Gewölbe und stieß die Erde auf, so daß ein großes Loch entstand, durch welches das Licht hereinschimmerte. Mitten auf dem Boden lag eine tote Schwalbe, die schönen Flügel fest an die Seite gedrückt, die Beine und den Kopf unter die Federn gezogen. Der arme Vogel war sicher vor Kälte gestorben. Däumelieschen hatte inniges Mitleid mit ihr, sie liebte alle die kleinen Vögel, hatten sie ihr doch den ganzen Sommer hindurch so schön etwas vorgesungen und vorgezwitschert, aber der Maulwurf stieß ihn mit seinen kurzen Beinen und sagte: „Nun pfeift er nicht mehr! Es muß doch jämmerlich sein, als kleiner Vogel geboren zu werden! Außer seinem „Quivit" hat ja ein solcher Vogel durchaus nichts und muß im Winter elendiglich verhungern!"

„Ja, das könnt Ihr als vernünftiger Mann wohl sagen!" entgegnete die Feldmaus. „Was hat ein Vogel für all sein Quivit, wenn der Winter kommt? Er muß elendiglich verhungern und erfrieren."

Däumelieschen sagte nichts, als aber die beiden andern dem Vogel den Rücken wandten, neigte sie sich hinab, schob die Federn, die über seinem Kopfe lagen, zur Seite und küßte ihn auf die geschlossenen Augen. „Vielleicht war er es, der mir im Sommer so schön etwas vorsang," dachte sie, „wie viel Freude hat er mir verschafft, der liebe, schöne Vogel."

Der Maulwurf stopfte nun das Loch, durch welches das Tageslicht hineinschien, wieder zu und begleitete die Damen nach Hause. Aber in der Nacht konnte Däumelieschen schlechterdings nicht schlafen. Da erhob sie sich von ihrem Bette und flocht aus Heu einen großen, schönen Teppich, trug ihn hinunter, breitete ihn über den toten Vogel aus und legte weiche Baumwolle, die sie im Zimmer der Feldmaus gefunden hatte, dem Vogel zur Seite, damit er warm liegen möchte in der kalten Erde.

„Lebewohl, du lieber schöner Vogel!" sagte sie; „Lebewohl und Dank für deinen herrlichen Gesang im Sommer, als alle Bäume grün waren und die Sonne auf uns so warm hernieder schien!" Dann legte sie ihr Köpfchen an des Vogels Brust, fuhr aber sogleich erschrocken zusammen, denn es war fast, als ob etwas in derselben klopfte. Das war des Vogels Herz. Der Vogel war nicht tot, er lag nur in einer Betäubung, war jetzt erwärmt worden und bekam wieder Leben.

Im Herbste fliegen alle Schwalben nach den warmen Ländern, verspätet sich aber eine, so friert sie so, daß sie wie tot zur Erde fällt und liegen bleibt, wohin sie fällt, und der kalte Schnee seine Decke über sie breitet.

Däumelieschen schauderte ordentlich, so war sie erschreckt worden, denn der Vogel war ihr gegenüber, die kaum Daumeslänge hatte, ja so erschrecklich groß, aber sie faßte doch wieder Mut, legte die Baumwolle dichter um die Schwalbe und holte ein Krausemünzenblatt, dessen sie sich selbst als Deckbettes bedient hatte, und legte es über den Kopf des Vogels.

In der nächsten Nacht schlich sie sich wieder zu ihm hinunter, und nun war er lebendig, aber so matt, daß er nur einen kurzen Augenblick seine Augen zu öffnen und Däumelieschen anzusehen vermochte, die, weil sie kein anderes Lämpchen haben konnte, mit einem Stückchen faulen Holzes in der Hand neben ihm stand.

„Herzlichen Dank, du niedliches kleines Kind!" sagte die kranke Schwalbe zu ihr. „Ich bin vortrefflich erwärmt! Bald erhalte ich meine Kräfte wieder und kann dann draußen im warmen Sonnenschein umherfliegen."

„Ach!" sagte sie, „es ist draußen gar kalt, es schneit und friert! Bleib' du in deinem warmen Bettchen, ich werde dich schon pflegen!"

Darauf brachte sie der Schwalbe Wasser in einem Blumenblatte und diese trank und erzählte ihr, wie sie sich an einem Dornbusche einen ihrer Flügel verletzt hätte, weshalb sie nicht mehr so schnell wie die andern Schwalben zu fliegen vermochte, als dieselben weit weg nach den warmen Ländern fortzogen. Endlich war sie auf die Erde gefallen, und was weiteres mit ihr geschehen, wußte sie nicht.

Den ganzen Winter blieb sie nun da unten und Däumelieschen nahm sich ihrer auf das Beste an und hatte sie lieb. Weder der Maulwurf noch die Feldmaus erfuhr das Geringste davon, weil sie die arme Schwalbe nicht leiden mochten.

Sobald der Frühling kam und die Sonne die Erde erwärmte, sagte die Schwalbe Däumelieschen Lebewohl, die nun das Loch öffnete, welches der Maulwurf in die Decke gemacht hatte. Die Sonne schien herrlich auf sie hernieder und die Schwalbe fragte, ob sie sie begleiten wollte, sie könnte ja auf ihrem Rücken sitzen, und dann wollten sie weit hinaus in den grünen Wald fliegen. Aber Däumelieschen wußte, daß es die alte Feldmaus betrüben würde, wenn sie dieselbe auf solche Art verließ.

„Nein, ich kann nicht!" sagte Däumelieschen. „Lebewohl, lebewohl! du gutes, liebes Mädchen!" sagte die Schwalbe und flog hinaus in den Sonnenschein. Däumelieschen sah ihr nach und die Thränen traten ihr in die Augen, denn sie hatte die Schwalbe gar lieb.

„Quivit, quivit!" sang der Vogel und flog hinein in den grünen Wald.

Däumelieschen war sehr betrübt. Sie erhielt nie Erlaubnis, in den warmen Sonnenschein hinauszugehen. Das Korn, das auf dem Acker über dem Hause der Feldmaus ausgesäet war, wuchs auch hoch in die Luft empor; für das arme kleine Mädchen, das kaum Daumeslänge hatte, war es ein völlig undurchdringlicher Wald.

„Während des Sommers sollst du nun an deiner Aussteuer nähen!" sagte die Feldmaus zu ihr, denn nun hatte der Nachbar, der langweilige Maulwurf in dem schwarzen Sammetpelze, sich um sie beworben.

Däumelieschen mußte nun die Spindel drehen und die Feldmaus nahm vier Spinnen in Lohn, die Tag und Nacht spinnen und weben mußten. Jeden Abend kam der Maulwurf auf Besuch und sprach nur immer davon, daß, wenn der Sommer vergangen, die Sonne nicht mehr so warm scheinen würde, dann wollte er mit Däumelieschen Hochzeit feiern. Sie war aber gar nicht vergnügt, denn sie hatte den langweiligen Maulwurf keineswegs lieb. Jeden Morgen, wenn die Sonne aufging, und jeden Abend, wenn sie unterging, schlich sie sich zur Thür hinaus, und sobald der Wind die Kornähren auseinander wehte, daß sie den blauen Himmel sehen konnte, dachte sie daran, wie hell und schön es hier draußen wäre, und wünschte so sehr, die liebe Schwalbe wiederzusehen; aber die kam nie wieder, die war gewiß weit fort in den schönen grünen Wald geflogen.

Als es nun Herbst wurde, hatte Däumelieschen ihre ganze Aussteuer fertig.

„In vier Wochen sollst du Hochzeit halten!" sagte die Feldmaus zu ihr. Aber Däumelieschen weinte und sagte, sie wollte den langweiligen Maulwurf nicht haben.

„Schnickschnack!" sagte die Feldmaus, „sei nur nicht widerspenstig, sonst muß ich dich mit meinen weißen Zähnen beißen."

Nun sollte Hochzeit sein. Der Maulwurf war schon gekommen, Däumelieschen zu holen.

„Lebewohl, du klarer Sonnenstrahl!" sagte sie und streckte die Ärmchen hoch empor und ging auch eine kurze Strecke vom Hause der Feldmaus fort, denn nun war das Korn geerntet und nur die dürren Stoppeln standen noch da. „Lebewohl, Lebewohl!" sagte sie und schlang ihre Ärmchen um eine kleine rote Blume, die daneben stand. „Grüße die liebe Schwalbe von mir, wenn du sie zu sehen bekommst!"

„Quivit, quivit!" ertönte es in demselben Augenblicke über ihrem Kopfe. Sie blickte auf, es war die Schwalbe, die gerade vorüberflog. Sobald sie Däumelieschen gewahrte, wurde sie sehr froh, sie erzählte derselben, wie ungern sie den garstigen Maulwurf zum Manne nähme und daß sie nun tief unter der Erde wohnen sollte, wo das Sonnenlicht nie hineinschiene.

„Nun kommt der kalte Winter," sagte die Schwalbe, „ich fliege nach den warmen Ländern fort. Willst du mich begleiten? Du kannst auf meinem Rücken sitzen! Fliege nur mit mir, du süßes kleines Däumelieschen, die du mir das Leben gerettet hast, als ich erfroren in dem finstern Schooße der Erde lag!"

„Ja, ich ziehe mit dir," sagte Däumelieschen, und setzte sich auf des Vogels Rücken, mit den Füßen auf seine ausgebreiteten Flügel, band ihren Gürtel an einer der stärksten Federn fest, und nun erhob sich die Schwalbe hoch in die Lüfte, über Wälder und Seen, hoch hinauf über die großen Gebirge, wo immer Schnee liegt.

Endlich kamen sie nach den warmen Ländern. Dort schien die Sonne weit heller als hier, der Himmel war doppelt so hoch und an den Gräben und Hecken wuchsen die herrlichsten grünen und blauen Weintrauben. In den Wäldern hingen Zitronen und Apfelsinen; Myrthen und Krausemünzen erfüllten alles mit ihrem Duft. Aber die Schwalbe flog immer noch weiter und es wurde schöner und schöner. Unter den prachtvollsten grünen Bäumen an dem blauen See stand seit alten Zeiten ein weißes Marmorschloß. Weinreben rankten sich um hohe Säulen; an der äußersten Spitze waren viele Schwalbennester und in einem derselben wohnte die Schwalbe, welche Däumelieschen trug.

„Hier ist mein Haus!" sagte die Schwalbe. „Suche dir aber selbst eine der prächtigsten Blumen aus, die da unten wachsen, und ich will dich dann hinaufsetzen, und dein Los wird so glücklich sein, als du nur irgend wünschen kannst!"

„O wie herrlich!" sagte Däumelieschen und klatschte in die kleinen Händchen.

Da lag eine große, weiße Marmorsäule, welche zur Erde gesunken und in drei Stücke zerborsten war, zwischen ihnen aber wuchsen die schönsten großen weißen Blumen. Die Schwalbe flog mit Däumelieschen hinunter und setzte sie auf eines der breiten Blätter. Aber wer malt ihr Erstaunen: mitten in der Blume saß ein kleiner Mann, so weiß und durchsichtig, wie wenn er von Glas wäre. Die niedlichste goldene Krone hatte er auf dem Kopfe und die prächtigsten hellen Flügel auf den Schultern. Er selbst war nicht größer als Däumelieschen. Es war der Engel der Blumen. In jeder Blume wohnte so ein kleiner Mann oder eine Frau, dieser aber war der König über alle.

Der kleine Prinz erschrak gewaltig vor der Schwalbe, denn gegen ihn, der so klein und fein war, schien sie ein wahrer Riesenvogel zu sein. Als er aber Däumelieschen gewahrte, ward er gar froh, war sie doch das allerschönste Mädchen, das er bis jetzt gesehen hatte. Deshalb nahm er die Goldkrone von seinem Haupte und setzte sie ihr auf, fragte, wie sie hieße und ob sie seine Gemahlin sein wollte, dann sollte sie Königin über alle Blumen werden.

Däumelieschen gab dem schönen Prinzen das Jawort, und von jeder Blume kam eine Dame, oder ein Herr, so allerliebst, daß es eine Lust war. Jedes brachte Däumelieschen ein Geschenk, aber das beste von allen waren ein Paar schöne Flügel von einer großen weißen Fliege. Sie wurden Däumelieschen am Rücken befestigt und nun konnte auch sie von Blume zu Blume fliegen. Überall herrschte darüber Freude und die Schwalbe saß oben in ihrem Neste und sang ihnen etwas vor, so gut sie vermochte, aber im Herzen war sie gleichwohl betrübt, denn sie hatte Däumelieschen gar lieb und würde sich nie von ihr getrennt haben.

„Du sollst fortan nicht mehr Däumelieschen heißen!" sagte der Engel der Blumen zu ihr, „das ist ein häßlicher Name und du bist so schön. Wir wollen dich M a j a nennen!"

„Lebewohl, lebewohl!" sagte die Schwalbe, und zog wieder fort aus den warmen Ländern, weit fort nach unserem kalten Himmelsstriche. Dort hatte sie ein kleines Nest oben an dem Fenster, wo der Mann wohnt, der Märchen erzählen kann. Dem sang sie ihr „Quivit, quivit," vor. Davon haben wir die ganze Geschichte.

Märchen für Kinder

Die Störche.

Auf dem letzten Hause eines kleinen Dörfchens befand sich ein Storchnest. Die Storchmutter saß im Neste bei ihren vier Jungen, welche den Kopf mit dem kleinen schwarzen Schnabel, denn er war noch nicht rot geworden, hervorstreckten. Ein Stückchen davon stand auf der Dachfirste starr und steif der Storchvater. Man hätte meinen können, er wäre aus Holz gedrechselt, so stille stand er. „Gewiß sieht es recht vornehm aus, daß meine Frau eine Schildwache bei dem Neste hat!" dachte er. Und er stand unermüdlich auf einem Beine.

Unten auf der Straße spielte eine Schar Kinder und als sie die Störche erblickten, sang einer der dreistesten Knaben und allmählich alle zusammen einen Vers aus einem alten Storchliede, so gut sie sich dessen erinnern konnten:

Störchlein, Störchlein, fliege,

Damit ich dich nicht kriege,

Deine Frau, die liegt im Neste dein

Bei deinen lieben Kindelein:

Das eine wird gepfählt,

Das andere wird abgekehlt,

Das dritte wird verbrannt,

Das vierte dir entwandt!

„Höre nur, was die Jungen singen!" sagten die kleinen Storchkinder. „Sie sagen, wir sollen gebraten und verbrannt werden!"

„Daraus braucht ihr euch nichts zu machen!" sagte die Storchmutter.

Aber die Knaben wiederholten es immer von Neuem und wiesen mit Fingern nach dem Storche. Nur ein Knabe, P e t e r mit Namen, sagte, es wäre eine Sünde und Schande, sich über die Tiere lustig zu machen, und nahm an ihrem Unfug nicht Teil. Die Storchmutter tröstete ihre

Kinder: „Kümmert euch nicht darum!" sagte sie; „seht nur, wie ruhig und unbekümmert euer Vater dasteht, und zwar auf einem Beine!"

„Uns ist so bange!" sagten die Jungen und zogen ihre Köpfe in das Nest zurück.

Als am nächsten Tage die Kinder wieder zum Spielen zusammenkamen und die Störche erblickten, begannen sie wieder ihr altes Lied:

Das eine wird gepfählt,

Das andere wird abgekehlt! —

„Werden wir wohl gepfählt und verbrannt?" fragten die Storchkinder.

„Nein, sicher nicht!" erwiderte die Mutter. „Ihr sollt fliegen lernen; ich werde euch schon einüben! Dann geht es hinaus auf die Wiese und auf Besuch zu den Fröschen. Das wird eine Lust werden!"

„Und was dann?" fragten die Storchkinder.

„Dann versammeln sich alle Störche, die hier im Lande wohnen und darauf beginnt die große Herbstübung. Da muß man gut fliegen, das ist von großer Wichtigkeit, denn wer nicht fliegen kann, wird von dem General mit seinem Schnabel totgestochen. Lernt deshalb nur fliegen, wenn der Unterricht beginnt!"

„Dann werden wir aber doch gepfählt, wie die Knaben behaupteten, und höre nur, jetzt sagen sie es schon wieder!"

„Hört auf mich und nicht auf sie!" sagte die Storchmutter. „Nach der großen Übung fliegen wir nach den warmen Ländern, weit fort von hier, über Berge und Wälder. Nach Ägypten fliegen wir, wo es dreieckige Steinhäuser giebt, die in einer Spitze zusammenlaufen und bis über die Wolken ragen. Da ist auch ein Fluß, der aus seinen Ufern tritt und das ganze Land mit Schlamm bedeckt. Man geht im Schlamm und ißt Frösche."

„O!" riefen alle Jungen.

„Ja, da ist es wunderbar schön! Man thut den ganzen Tag nichts Anderes als essen. Und während wir es so gut haben, ist hier zu Lande nicht ein grünes Blatt auf den Bäumen. Hier ist es so kalt, daß die

Wolken in Stücke gefrieren und in kleinen weißen Läppchen herniederfallen, was dann die Menschen Schnee nennen."

„Zerfrieren denn auch die unartigen Knaben in lauter Stücke?" fragten die Storchkinder.

„Nein, in Stücke zerfrieren sie nicht, aber es fehlt nicht viel daran und sie müssen in der dunklen Stube und hinter dem Ofen sitzen."

Inzwischen war schon einige Zeit verstrichen, und die Jungen waren so groß, daß sie im Neste aufrecht stehen und sich weit umschauen konnten. Der Storchvater kam jeden Tag mit wohlschmeckenden Fröschen, kleinen Schlangen und allen auffindbaren Storchleckereien geflogen.

„Hört, nun müßt ihr fliegen lernen!" sagte eines Tages die Storchmutter, und dann mußten alle vier Junge auf die Dachfirste hinaus. O, wie sie schwankten! Wie sie suchten, sich mit den Flügeln im Gleichgewicht zu erhalten, und doch nahe daran waren, hinunter zu fallen.

„Seht nun auf mich!" sagte die Mutter. „So müßt ihr den Kopf halten! So müßt ihr die Beine setzen! Eins, zwei! eins, zwei! Das wird euch in der Welt vorwärts bringen!" Darauf flog sie eine kurze Strecke und die Jungen machten einen kleinen plumpen Satz. Bums! da lagen sie, denn sie waren noch zu schwerfällig.

„Ich will nicht fliegen!" sagte das eine Junge und kroch wieder in das Nest hinein. „Ich mache mir nichts daraus, nach den warmen Ländern zu kommen."

„So willst du also hier im Winter erfrieren? Sollen etwa die Knaben kommen und dich pfählen, abkehlen und verbrennen? Dann will ich sie rufen!"

„O nein!" sagte das Storchkind und hüpfte dann wieder auf das Dach zu den andern. Den dritten Tag konnten sie schon ordentlich ein wenig fliegen, und nun meinten sie auch in der Luft schweben zu können.

„Seht, das war sehr gut!" sagte die Storchmutter; „Ihr sollt morgen mit mir in den Sumpf fliegen. Dort kommen mehrere nette Storchfamilien mit ihren Kindern zusammen."

„Aber sollen wir denn an den unartigen Knaben keine Rache nehmen?" fragten die Storchjungen.

„Laßt sie schreien, was sie wollen! Ihr erhebt euch doch zu den Wolken und kommt nach dem Lande der Pyramiden, während sie frieren müssen und kein grünes Blatt noch einen süßen Apfel haben!"

„Ja, wir wollen uns rächen!" flüsterten sie einander zu und dann wurde wieder fleißig geübt.

Von allen Knaben auf der Gasse war keiner ärger, das Spottlied zu singen, als gerade der, welcher es zuerst angestimmt hatte, und das war ein ganz kleiner Bursche, denn er zählte sicher nicht mehr als sechs Jahre. Die Storchkinder meinten freilich, er wäre hundert Jahre, weil er so viel größer als ihre Mutter und ihr Vater war. Was wußten sie davon, wie alt kleine und große Kinder sein könnten. Ihre ganze Rache sollte sich über diesen Knaben ergießen; er hatte ja mit dem Liede den Anfang gemacht und war dessen noch nicht müde geworden. Die jungen Störche waren sehr aufgebracht und je größer sie wurden, desto weniger wollten sie es leiden.

Nun kam der Herbst. Alle Störche versammelten sich allmählich, um gegen Winter nach den warmen Ländern zu fliegen. Was für eine Übung ging voraus! Über Wälder und Städte mußten sie, nur um zu sehen, wie gut sie fliegen könnten, denn es war ja eine große Reise, welche bevorstand. Unsere jungen Störche machten ihre Sache so hübsch, daß sie die Zensur: „Ausgezeichnet gut mit Frosch und Schlange" erhielten. Das war das allerbeste Zeugnis und den Frosch und die Schlange durften sie essen, und thaten es auch.

„Nun müssen wir uns rächen!" sagten sie.

„Jawohl!" sagte die Storchmutter. „Was ich mir ausgedacht habe, das ist gerade das Richtige! Ich weiß, wo der Teich ist, in dem alle die kleinen Menschenkinder liegen, bis der Storch kommt und sie ihren Eltern bringt. Die niedlichen kleinen Kinder schlafen und träumen so süß, wie sie nachher nie mehr träumen. Alle Eltern wollen gern so ein kleines Kind haben, und alle Kinder wollen eine Schwester oder einen Bruder haben. Nun wollen wir nach dem Teiche hinfliegen und für jedes der Kinder eins holen, welche das arge Lied nicht gesungen und sich über die Störche nicht lustig gemacht haben!"

„Aber jener schlimme, häßliche Junge, welcher es zu singen angefangen hat, was machen wir mit ihm?"

„Im Teiche dort liegt ein kleines, totes Kind, welches sich tot geträumt hat. Das wollen wir zu ihm hintragen, dann muß er weinen, weil wir ihm ein totes Brüderchen gebracht haben. Allein dem guten Knaben, den ihr gewiß noch nicht vergessen habt, dem, welcher meinte: Es ist eine Sünde und Schande, sich über die Tiere lustig zu machen, dem wollen wir sowohl ein Brüderlein, als auch ein Schwesterlein bringen, und da der Knabe P e t e r heißt, so sollt ihr sämtlich Peter gerufen werden!"

Und wie sie es gesagt hatte, geschah es. Seitdem hießen alle Störche P e t e r und werden noch heute so genannt.

MÄRCHEN FÜR KINDER

Der fliegende Koffer.

Es war einmal ein Kaufmann, der so reich war, daß er die ganze Straße und beinahe noch ein Seitengäßchen mit lauter harten Thalern pflastern konnte. Allein das that er nicht, er wußte sein Geld anders anzuwenden. Gab er einen Dreier aus, bekam er einen Thaler wieder. Aber er mußte doch sterben und sein Sohn bekam nun all dies Geld und er lebte lustig, ging jede Nacht auf Maskenbälle, machte Papierdrachen aus Thalerscheinen und so konnte das Geld schon abnehmen und that es auch.

Zuletzt besaß er nicht mehr als wenige Groschen und hatte keine andern Kleider als ein Paar Pantoffeln und einen alten Schlafrock. Nun bekümmerten sich seine Freunde nicht länger um ihn, da sie sich ja mit ihm zusammen nicht auf der Straße sehen lassen konnten; nur einer von ihnen, ein gutmütiger Mensch, sandte ihm einen alten Koffer und ließ ihm sagen: „Pack ein!" Ja, das war nun wohl recht gut, aber er hatte nichts einzupacken und deshalb setzte er sich selbst in den Koffer.

Das war ein absonderlicher Koffer. Sobald man an das Schloß drückte, konnte er fliegen. Er that es und husch! flog er mit ihm durch den Schornstein, über die Stadt hinweg, hoch hinauf bis über die Wolken, weiter und immer weiter fort.

Endlich kam er nach dem Lande der Türken. Den Koffer verbarg er im Walde unter dürren Blättern und ging dann in die Stadt hinein. Das konnte er recht wohl thun, denn bei den Türken ging ja alles wie er in Schlafrock und Pantoffeln. Da begegnete er einer Frau und fragte sie: „Was ist das für ein großes Schloß hier unmittelbar bei der Stadt, dessen Fenster so hoch sitzen?"

„Dort wohnt die Tochter des Königs!" sagte sie, „es ist ihr geweissagt worden, daß sie einstmals über ihren Bräutigam sehr unglücklich werden würde und deshalb darf niemand zu ihr kommen, wenn nicht der König und die Königin zugegen sind!"

„Ich danke!" sagte der Kaufmannssohn und dann ging er in den Wald hinaus, setzte sich in seinen Koffer, flog auf das Dach des Schlosses und kroch durch das Fenster zur Prinzessin hinein.

Sie lag auf dem Sofa und schlief; sie war so lieblich, daß er sie küssen mußte. Sie erwachte und erschrak heftig, er aber sagte, er wäre der Türkengott, der durch die Luft zu ihr gekommen wäre und das schmeichelte ihr.

Da saßen sie nun Seite an Seite und er erzählte ihr Märchen und Geschichten.

Ja, das waren herrliche Geschichten! Dann freite er um die Prinzessin und sie sagte sogleich ja.

„Aber Sie müssen den Sonnabend herkommen, da ist der König und die Königin bei mir zum Thee. Sie werden sehr stolz darauf sein, daß ich den Türkengott bekomme. Aber sorgen Sie dafür, daß Sie ein recht schönes Märchen erzählen können, denn das gewährt meinen Eltern die angenehmste Unterhaltung. Meine Mutter hört gern ernste und vornehme, und mein Vater lustige, über die man lachen kann."

„Ja, ich bringe keine andere Brautgabe, als ein Märchen!" und dann trennten sie sich; aber die Prinzessin gab ihm einen mit Goldstücken besetzten Säbel, und die Goldstücke konnte er besonders gebrauchen.

Nun flog er fort, kaufte sich einen neuen Schlafrock, ließ seinen Koffer recht schön herrichten, setzte sich dann draußen in den Wald und dichtete ein Märchen. Das sollte bis zum Sonnabend fertig sein und das war nicht so leicht. Als es nun fertig war, siehe da war es gerade Sonnabend.

Der König, die Königin und der ganze Hof warteten bei der Prinzessin mit dem Thee. Als der Kaufmannssohn nun angeflogen kam, wurde er sehr freundlich empfangen.

„Wollen Sie nun ein Märchen erzählen!" sagte die Königin, „eins, welches tiefsinnig und belehrend ist!"

„Aber worüber man auch lachen kann!" sagte der König.

„Jawohl!" sagte er und erzählte nun folgendes:

„ Es war einmal ein Bund Schwefelhölzer, die sich auf ihre hohe Abkunft was einbildeten. Ihr Stammbaum, das heißt die große Fichte, von der jedes ein kleines, kleines Stückchen war, stand als ein großer alter Baum im Walde. Die Schwefelhölzer lagen nun auf dem Gesimse zwischen einem Feuerzeuge und einem alten eisernen Topfe und diesen erzählten sie von ihrer Jugend. „Ja, als wir auf dem grünen Zweige waren," sagten sie, „da waren wir wahrlich auf einem grünen Zweige. Jeden Abend und Morgen gab es Diamantthee, das war der Tau, den ganzen Tag hatten wir Sonnenschein, wenn nämlich die Sonne schien und alle die kleinen Vögel mußten uns Geschichten erzählen. Wir konnten recht gut merken, daß wir auch reich waren, denn die Laubbäume waren nur im Sommer bekleidet, aber unsere Familie hatte die Mittel, für Sommer und Winter grüne Kleider anzuschaffen. Nun aber kamen Holzhauer und es entstand eine große Umwälzung; unsere ganze Familie zersplitterte sich. Der Stammherr erhielt als Hauptmast Platz auf einem prächtigen Schiffe, das die Welt umsegeln konnte, wenn es wollte. Den anderen Zweigen wurden andere Stellen eingeräumt und wir haben nun die Aufgabe, der niederen Menge das Licht anzuzünden."

„Ich weiß ein anderes Lied zu singen!" sagte der Eisentopf, an dessen Seite die Schwefelhölzer lagen. „Seit ich das Licht der Welt erblickte, bin ich viele mal gescheuert und gekocht worden. Ich sorge für das Dauerhafte und bin, eigentlich gesprochen, der erste hier im Hause. Meine einzige Freude ist, nach Tische rein und fein auf dem Gesimse zu liegen und mit den Kameraden vernünftig zu plaudern. Nehme ich aber den Wassereimer aus, der doch bisweilen auf den Hof hinunter kommt, so leben wir hier immer hinter zugemachten Thüren. Unser einziger Neuigkeitsbote ist der Marktkorb, aber der redet zu aufrührerisch über die Regierung und das Volk."

„Nun sprichst du zu viel!" sagte das Feuerzeug und der Stahl schlug gegen den Feuerstein, daß Funken sprühten. „Wollen wir uns nicht einen lustigen Abend machen?"

„Ja, lasset uns davon sprechen, wer der Vornehmste ist!" sagten die Schwefelhölzer.

„Nein, ich spreche nicht gern von mir selber!" versetzte der Thontopf. „Ich schlage eine Abendunterhaltung vor. Ich will den Anfang machen und etwas erzählen; jeder teilt mit, was er erlebt hat. Da kann man sich so trefflich hineinfinden und es ist sehr lustig! Also hört: An der Ostsee bei den dänischen Buchten brachte ich meine Jugend bei einer stillen Familie zu; die Möbel wurden poliert, der Fußboden aufgewischt und alle vierzehn Tage wurden neue Vorhänge aufgesteckt!"

„Wie anschaulich Sie doch erzählen!" sagte der Haarbesen. „Man kann gleich hören, daß ein Frauenzimmer erzählt; es zieht sich etwas Reinliches hindurch!"

„Ja, das fühlt man!" sagte der Wassereimer und machte einen Satz, daß es auf dem Boden nur so klatschte!

Der Topf fuhr fort zu erzählen und das Ende entsprach dem Anfange.

Alle Teller klirrten vor Freude und der Haarbesen zog grüne Petersilie aus dem Sandloche und bekränzte den Topf, weil er wußte, er würde die andern dadurch ärgern und „bekränze ich ihn heute," dachte er, „so bekränzt er mich morgen!"

„Nun will ich tanzen!" sagte die Feuerzange und tanzte. „Werde ich nun auch bekränzt?" fragte die Feuerzange und sie wurde es.

„Das ist doch nur Pöbel!" dachten die Schwefelhölzer.

Nun sollte die Theemaschine singen, aber sie entschuldigte sich mit Erkältung; auch könnte sie nur in kochendem Zustande singen, aber es geschah eigentlich aus lauter Vornehmthuerei; sie wollte nur auf dem Tisch drinnen bei der Herrschaft singen.

Im Fenster saß eine alte Feder, mit der die Magd zu schreiben pflegte. Es war nichts Bemerkenswertes an ihr, ausgenommen, daß sie zu tief in das Tintenfaß getaucht war, aber gerade darauf that sie sich etwas zu Gute. „Will die Theemaschine nicht singen," sagte sie, „so mag sie es bleiben lassen. Draußen sitzt im Bauer eine Nachtigall, die singen kann; sie hat zwar nichts gelernt, aber gleichwohl wollen wir ihr das heute Abend nicht übel auslegen!"

„Ich finde es im höchsten Grade unpassend," äußerte der Theekessel, der das Amt eines Küchensängers bekleidete und ein Halbbruder der Theemaschine war, „daß ein fremder Vogel angehört werden soll. Ist das patriotisch? Ich fordere den Marktkorb auf, darüber sein Urteil abzugeben!"

„Ich ärgere mich nur!" sagte der Marktkorb, „ich ärgere mich so sehr, wie es sich niemand vorstellen kann! Würde es nicht weit vernünftiger sein, das ganze Haus einmal auf den rechten Fleck zu setzen? Jeder sollte dann schon den ihm gebührenden Platz erhalten, und ich würde die ganzen Anordnungen treffen!"

„Ja, laßt uns Lärm machen!" riefen sie sämtlich. Plötzlich ging die Thüre auf. Es war das Dienstmädchen, und nun standen sie still und wagten nicht Muck zu sagen. Aber da war kein Topf, der nicht ein Gefühl seiner Macht und Würde gehabt hätte. „Ja, wenn ich nur gewollt hätte," dachte ein jeder, „dann würde es sicher einen lustigen Abend gegeben haben!"

Das Dienstmädchen nahm die Schwefelhölzer und machte Feuer mit ihnen an — Gott bewahre uns, wie sie sprühten und aufflammten.

„Nun kann ein jeder sehen, daß wir die ersten sind!" dachten sie. „Welchen Glanz, welches Licht wir haben!" — und nun waren sie ausgebrannt. Und nun ist auch meine Geschichte aus."

„Das war ein herrliches Märchen!" sagte die Königin. „Ich fühlte mich im Geiste ganz zu den Schwefelhölzern in die Küche versetzt. Ja, nun sollst du unsere Tochter haben!"

„Jawohl!" sagte der König, „du sollst unsere Tochter den Montag bekommen!" denn nun sagte er zu ihm, als zu einem künftigen Familiengliede, „du".

Die Hochzeit war also festgesetzt und den Abend vorher wurde die ganze Stadt erleuchtet; es war außerordentlich prachtvoll.

„Ich muß wohl auch daran denken, mein Scherflein zu den Feierlichkeiten beizutragen!" dachte der Kaufmannssohn, und nun kaufte er Raketen, Knallerbsen und alles erdenkliche Feuerwerk, legte es in seinen Koffer und flog damit in die Luft empor.

Rutsch! ging es in die Höhe und verpuffte unter vielem Lärm.

Alle Türken hüpften dabei in die Höhe, daß ihnen die Pantoffeln um die Ohren fuhren. Dergleichen Lufterscheinungen hatten sie niemals gesehen. Nun sahen sie ein, daß es der Türkengott selber war, der die Prinzessin bekommen sollte.

Sobald sich der Kaufmannssohn mit seinem Koffer wieder in den Wald hinabgelassen hatte, dachte er: „Ich will doch in die Stadt gehen, um mir berichten zu lassen, wie es sich ausgenommen hat." Man kann sich wohl zusammenreimen, daß er Lust dazu hatte.

Nein, was ihm die Leute doch alles erzählten! Ein jeder, bei dem er sich erkundigte, hatte es in seiner Weise gesehen, aber einen prächtigen Eindruck hatte es auf alle gemacht.

„Ich sah den Türkengott selbst!" erzählte der eine, „er hatte Augen wie blitzende Sterne und einen Bart wie schäumendes Wasser!"

„Er flog in einem feurigen Mantel," berichtete ein anderer.

Ja, das waren vortreffliche Sachen, die er zu hören bekam, und den Tag darauf sollte er Hochzeit haben.

Nun ging er nach dem Walde zurück, um sich in seinen Koffer zu setzen — aber wo war der? Der Koffer war verbrannt. Ein Funke war von dem Feuerwerk zurückgeblieben, der Feuer gefangen und den Koffer in Asche gelegt hatte. Er konnte nicht mehr fliegen, nicht mehr zu seiner Braut gelangen.

Sie aber stand den ganzen Tag auf dem Dache und harrte seiner. Sie wartet noch, er aber durchzieht die Welt und erzählt Märchen, die jedoch nicht mehr so lustig sind, wie das von den Schwefelhölzchen.

Der Schneemann.

Es knackt und prasselt in mir, so schön kalt ist es!" sagte der Schneemann. „Der eisige Wind bringt einem fürwahr Leben in die Glieder. Und sieh nur, wie die große Lampe da oben verglüht!" Er meinte die untergehende Sonne. „Sie soll mich nicht zum Blinzeln bringen, ich halte meine Bruchstücke schon noch zusammen."

Es waren zwei große dreieckige Dachziegelstücke, die ihm als Augen dienten. Sein Mund war ein Stück von einer alten Harke, weshalb derselbe auch Zähne hatte.

Er war unter Hurrahruf der Knaben geboren, begrüßt von dem Schellengeläute und dem Peitschengeknall der Schlitten.

Die Sonne ging unter, der Vollmond ging auf, rund und groß, klar und schön in der blauen Luft.

„Nun haben wir sie wieder von einer andern Seite," sagte der Schneemann. Er glaubte, es wäre die Sonne, welche sich abermals zeigte. „Ich habe es ihr abgewöhnt, mich anzuglühen und anzuglotzen! Nun kann sie dort oben hängen und so viel Licht verbreiten, daß ich mich selbst sehen kann. Wüßte ich nur, wie man es anzustellen hat, um vom Flecke zu kommen. Vermöchte ich es, so würde ich jetzt auf das Eis hinuntergehen, um zu schlittern, wie ich es die Knaben thun sah. Aber ich verstehe nicht zu laufen."

„Weg, weg!" bellte der alte Kettenhund, der etwas heiser geworden seitdem er nicht mehr Stubenhund war; „die Sonne wird dich schon laufen lehren; das habe ich an deinen Vorgängern gesehen. Weg, weg, und weg sind Alle!"

„Ich verstehe dich nicht, Kamerad!" sagte der Schneemann. „Soll mich etwa die da oben laufen lehren?" Er meinte den Mond. „Sie lief freilich vorher, als ich sie starr ansah, und jetzt schleicht sie sich wieder von einer anderen Seite heran."

„Du weißt nichts," sagte der Kettenhund, „aber du bist ja auch erst vor Kurzem zusammengeklatscht! Das, was du jetzt siehst, heißt der Mond, und das was unterging, war die Sonne. Sie kommt morgen wieder und wird dich dann schon lehren in den Wallgraben hinunter zu laufen."

„Ich verstehe ihn nicht," sprach der Schneemann bei sich selbst, „aber ich habe eine Empfindung davon, daß es etwas Unangenehmes ist, was er mir andeutet. Sie, die er die Sonne nennt, ist meine Feindin."

„Weg, weg!" bellte der Kettenhund, ging dreimal im Kreise um sich selbst und legte sich dann in sein Haus, um zu schlafen.

Es trat eine Veränderung im Wetter ein. Ein dicker und feuchter Nebel legte sich am Morgen über die ganze Gegend. Kurz vor Aufgang der Sonne fing es ein wenig an zu wehen. Der Wind war eisig, der Frost durchschüttelte einen, aber welch ein herrlicher Anblick bot sich dar, als sich nun die Sonne erhob! Alle Bäume und Sträucher standen mit Reif bedeckt da. Die Gegend glich einem ganzen Walde weißer Korallen. Es war, als ob alle Zweige von blendend weißen Blüten bedeckt wären.

Es war eine wunderbare Pracht. Als dann die Sonne schien, funkelte alles, als wäre es mit Diamantstaub überschüttet.

„Ach wie herrlich das ist!" sagte ein junges Mädchen, welches mit einem jungen Manne in den Garten hinaustrat und gerade neben dem Schneemanne Halt machte, von wo sie sich die schimmernden Bäume anblickten. „Einen schöneren Anblick hat man selbst im Sommer nicht!" sagte sie, und ihre Augen strahlten.

„Und so einen Kerl, wie diesen hier, hat man erst gar nicht," entgegnete der junge Mann und zeigte auf den Schneemann hin. „Er ist ausgezeichnet!"

Das junge Mädchen lächelte, nickte dem Schneemanne zu und tänzelte dann mit ihrem Freunde über den knirschenden Schnee.

„Wer waren die Beiden?" fragte der Schneemann den Kettenhund. „Du bist älter auf dem Hofe als ich, kennst du sie?"

„Versteht sich!" sagte der Kettenhund. „Sie hat mich ja gestreichelt und er mir öfter einen Knochen gegeben; die beiße ich nicht."

„Aber was stellen sie hier vor?" fragte der Schneemann.

„Brautleute!" erwiderte der Kettenhund. „Sie gehören zur Herrschaft."

„Man ist doch noch recht dumm, wenn man kaum erst gestern geboren ist, das merke ich an dir! Ich bin alt und besitze Kenntnisse, ich kenne Alle auf dem Hofe. Und ich habe eine Zeit gekannt, wo ich hier nicht in der Kälte und an der Kette stand. Weg, weg!"

„Die Kälte ist prächtig," sagte der Schneemann. „Erzähle, erzähle! Aber du mußt mit deiner Kette nicht so rasseln, denn dabei knackt es gleich in mir."

„Weg, weg!" bellte der Kettenhund. „Ich bin ein Hündchen gewesen, klein und niedlich, sagten sie. Damals lag ich drinnen im Schlosse auf einem Sammetstuhle, lag auf dem Schooße der Herrin. Ich hieß der „Hübscheste," der „Schönfuß." Dann wurde ich der Herrschaft zu groß und sie gaben mich deshalb der Haushälterin. Ich kam in die Kellerwohnung; von dort, wo du stehst, kannst du gerade in die Kammer hineinsehen, in der ich die Herrschaft gewesen bin, denn das war ich bei der Haushälterin. Es war wohl ein geringerer Platz als oben, aber hier war es behaglicher. Ich wurde nicht wie oben von den Kindern gedrückt und mit umhergeschleppt. Ich hatte eben so gutes Futter wie zuvor und weit mehr. Ich hatte mein eigenes Kissen, und ferner gab es dort einen Ofen, der doch, namentlich in jetziger Zeit, das Schönste in der Welt ist! Ich kroch völlig unter ihn, so daß ich ganz verschwand. O, von diesem Kachelofen träume ich noch jetzt! Weg, weg!"

„Sieht ein Kachelofen denn so schön aus?" fragte der Schneemann. „Ähnelt er mir?"

„Er ist der gerade Gegensatz von dir! Kohlschwarz ist er und hat einen langen Hals mit einer Messingtrommel. Er frißt Brennholz, so daß ihm das Feuer aus dem Munde sprüht."

Der Schneemann sah hin und bemerkte wirklich einen schwarzen, blankpolierten Gegenstand mit einer Messingtrommel. Das Feuer strahlte nach vorn auf den Fußboden hinaus. Dem Schneemann wurde ganz sonderbar zu Mute. Er hatte eine Empfindung, von der er sich selber keine Rechenschaft ablegen konnte. Es überschlich ihn etwas, was er nicht kannte, was aber alle Menschen kennen, wenn sie nicht Schneemänner sind.

„Und weshalb verließest du sie?" fragte der Schneemann. „Wie konntest du überhaupt eine solche Stelle verlassen?"

„Ich war dazu gezwungen," sagte der Kettenhund. „Sie warfen mich hinaus und legten mich an die Kette. Ich hatte den kleinsten Junker in das Bein gebissen, weil er mir den Knochen, an welchem ich nagte, fortstieß. Bein für Bein, heißt es bei mir! Aber das nahmen mir des Knaben Eltern übel, und seit der Zeit habe ich hier an der Kette liegen müssen und meine helle Stimme verloren. Höre nur, wie heiser ich bin. Weg, weg! Das ist das Ende vom Liede gewesen!"

Der Schneemann hörte nicht mehr darauf; er blickte beständig nach der Kellerwohnung der Haushälterin, blickte in ihre Stube hinein, wo der Kachelofen auf seinen vier eisernen Füßen stand und sich in seiner ganzen Größe zeigte, die der des Schneemanns in nichts nachgab.

„Es knackt so eigentümlich in mir!" sagte er. „Soll ich dort nie hineinkommen? Es ist mein höchster Wunsch, mein einziger Wunsch, und es würde fast ungerecht sein, wenn er nicht befriedigt würde. Ich muß hinein, ich muß mich an ihn lehnen, und sollte ich auch das Fenster zerschlagen!"

„Dort kommst du nie hinein!" sagte der Kettenhund, „und kämest du wirklich zum Kachelofen, dann wärest du weg, weg!"

„Ich bin jetzt schon so gut wie weg," sagte der Schneemann, „ich zerbreche, glaube ich."

Den ganzen Tag stand der Schneemann da und sah zum Fenster hinein. In der Dämmerung wurde die Stube noch traulicher. Aus dem Kachelofen leuchtete es so mild, wie weder Mond noch Sonne leuchten kann, nein, wie nur der Kachelofen zu leuchten vermag, wenn etwas in ihm steckt. Ging die Thüre auf, so schlug die Flamme hinaus, es war so ihre Gewohnheit. Des Schneemannes weißes Antlitz wurde dann von einer flammenden Röte übergossen, und auch seine Brust leuchtete in rötlichem Glanze.

„Ich halte es nicht aus," sagte er. „Wie schön es ihn kleidet, die Zunge herauszustrecken."

Die Nacht war sehr lang, aber dem Schneemann kam sie nicht so vor. Er stand in Gedanken versunken, und sie erfroren, daß sie knackten.

Früh morgens waren die Kellerfenster zugefroren; sie trugen die schönsten Eisblumen, die ein Schneemann nur verlangen kann, allein sie verbargen den Kachelofen. Die Scheiben wollten nicht auftauen, er konnte die Flamme nicht mehr sehen. Es knackte, es war eben im herrlichsten Frostwetter, über das sich ein jeder Schneemann freuen muß, aber er freute sich nicht darüber. Er hätte sich glücklich fühlen können und dürfen, aber er war nicht glücklich, er litt eben gar zu sehr am „Kachelofenweh".

„Das ist eine schlimme Krankheit für einen Schneemann," sagte der Kettenhund; „ich habe auch einmal an derselben Krankheit gelitten, habe sie aber überstanden. Weg, weg! — Jetzt bekommen wir Witterungswechsel."

Und Witterungswechsel trat ein, es schlug in Tauwetter um. Das Tauwetter nahm zu, der Schneemann nahm ab. Er sagte nichts, er klagte nicht, und das ist das echte Zeichen.

Eines Morgens stürzte er zusammen. Es ragte etwas einem Besenstiel Ähnliches dort in die Höhe, wo er gestanden hatte. Um diesen Gegenstand, der ihm Halt verleihen sollte, hatten ihn die Knaben aufgerichtet.

„Nun kann ich seine Sehnsucht verstehen!" sagte der Kettenhund. „Der Schneemann hat eine Ofenkratze im Leibe gehabt. Sie war es, die sich in ihm bewegt hat. Nun hat er es überstanden. Weg, weg!"

Und bald war auch der lange, böse Winter überstanden.

„Weg, weg!" bellte der Kettenhund; aber die kleinen Mädchen sangen auf dem Hofe:

„Schießt auf, ihr Blümlein, frisch und hold,

Zeig', Weide, deine Woll' wie Gold!

Ihr Vöglein kommt, singt hell und klar,

Schon ist der letzte Februar,

Ich singe mit, Kuckuck, Quivit!

Komm' Sonne, komm', wenn ich dich bitt!"

Und nun denkt niemand mehr weder an den Winter, noch an den Schneemann und sein „Kachelofenweh", selbst nicht einmal der heisere Kettenhund.

Es ist ein Unterschied.

Der Mai war gekommen. „Der Frühling ist da!" predigten Büsche und Bäume, Felder und Wiesen. Es wimmelte von Blüten und vor allem oben an der Hecke. Da stand ein Apfelbäumchen, welches nur einen einzigen, von rosenroten Knospen überladenen Zweig getrieben hatte.

Das Bäumchen wußte wohl selbst, wie schön es war, denn das liegt im Blatte gerade so wie im Blute. Deshalb war es auch durchaus nicht überrascht, als plötzlich auf dem Wege dicht vor ihm ein herrschaftlicher Wagen anhielt und die junge Gräfin in demselben sagte, der Apfelbaum wäre das Lieblichste, was man sehen könnte, er wäre der Frühling selbst in seiner herrlichsten Offenbarung. Der Zweig wurde abgebrochen und sie hielt ihn in ihrer feinen Hand und beschattete ihn mit ihrem seidenen Sonnenschirme. Darauf fuhren sie nach dem Schlosse, wo sie hohe Säle und prächtige Zimmer aufnahmen. Klare, weiße Vorhänge flatterten an den offenen Fenstern und prächtige Blumen standen in glänzenden, durchsichtigen Vasen, und in eine derselben, die schimmerte, als ob sie aus frischgefallenem Schnee ausgeschnitten wäre, wurde der Apfelzweig zwischen frische, lichte Buchenzweige gesetzt; es war eine Lust ihn anzusehen.

Da wurde der Zweig stolz, und das war ja ganz begreiflich.

Viele Leute von mancherlei Gattung kamen durch die Zimmer, und je nach dem Ansehen, in welchem sie standen, durften sie ihre Bewunderung aussprechen. Einige sagten durchaus nichts und Andere sagten zu viel, und der Apfelzweig merkte, daß zwischen den Menschen ebenso gut ein Unterschied wäre, wie zwischen den Gewächsen, und da er gerade in das offene Fenster gesetzt war, von wo aus er sowohl in den Garten als auf das Feld hinabblicken konnte, so hatte er genug Blumen und Pflanzen zur Betrachtung und Überlegung. Da standen reiche und arme, selbst einige allzu arme.

„Arme, verworfene Kräuter!" sagte der Apfelzweig, „da ist wahrlich ein Unterschied gemacht. Wie unglücklich mögen sie sich fühlen, falls derlei Art überhaupt fühlen kann, wie ich und meinesgleichen zu

31

fühlen vermögen. Da ist wahrlich ein Unterschied gemacht, aber er muß gemacht werden, sonst wären ja alle einerlei!"

Der Apfelzweig sah mit einem gewissen Mitleid besonders auf eine Art Blumen, die sich in großen Mengen auf Feldern und an Gräben vorfanden. Niemand band sie in einen Strauß, sie waren viel zu gewöhnlich dazu, ja man konnte sie sogar zwischen den Pflastersteinen finden, sie schossen überall wie das ärgste Unkraut empor und hatten zum Überfluß noch den häßlichen Namen „des Teufels Butterblumen."

„Armes, verachtetes Gewächs!" sagte der Apfelzweig, „du kannst nichts dafür, daß du wurdest, was du wurdest, daß du so gewöhnlich bist. Aber es ist mit den Gewächsen wie mit den Menschen, es müssen Unterschiede sein!"

„Unterschiede," sagte der Sonnenstrahl und küßte den blühenden Apfelzweig, küßte aber auch des Teufels gelbe Butterblumen draußen auf dem Felde, alle Brüder des Sonnenstrahls küßten sie, die armen Blumen, wie die reichen.

Der Apfelzweig hatte nie über des lieben Gottes unendliche Liebe gegen alles, was in ihm lebt und webt, nachgedacht; der Strahl des Lichtes wußte es besser: „Du siehst nicht weit! Du siehst nicht klar!" — sagte er. „Welches ist das verworfene Kraut, das du besonders beklagst?"

„Des Teufels Butterblumen!" rief der Apfelzweig. „Nie werden sie in einen Strauß gebunden, sie werden mit Füßen getreten, es giebt zu viele von ihnen, und wenn sie in Samen schießen, fliegt er in Wollenflocken dahin und hängt sich den Leuten an die Kleider. Unkraut ist es!"

Über das Feld kam plötzlich eine ganze Schaar Kinder daher; das jüngste derselben war noch so klein, daß es von den anderen getragen wurde. Als es in das Gras zwischen die gelben Blumen niedergesetzt wurde, lachte es laut vor Freude, zappelte mit den Beinchen, wälzte sich umher, pflückte nur die gelben Blumen und küßte sie in süßer Unschuld. Die etwas größeren Kinder brachen die Blumen von den Stielen und bildeten Ringe aus denselben, bis endlich, Glied an Glied, eine ganze Kette daraus wurde, mit welcher sie sich schmückten. Aber die größeren Kinder pflückten vorsichtig die Stengel, die die flockenartig zusammengesetzte Samenkrone trugen, die lose, luftige, wollige Blume, welche wie ein kleines Kunstwerk aus den feinsten Federn, Flocken oder Daunen gebildet dasteht. Sie hielten sie an den Mund, um sie mit einem Hauch wegzublasen. Wer es fertig brächte, bekäme neue Kleider, ehe das Jahr um wäre, hatte Großmutter gesagt.

Die verachtete Blume war bei dieser Gelegenheit ein anerkannter Prophet.

„Siehst du?" sagte der Sonnenstrahl, „siehst du die Schönheit, siehst du die Macht derselben?"

„Ja, für Kinder!" versetzte der Apfelzweig.

Da kam ein altes Mütterchen auf das Feld hinaus und grub mit ihrem stumpfen grifflosen Messer unten um die Wurzel der Blumen und zog sie heraus; einige der Wurzeln wollte sie als Zusatz zum Kaffee benutzen, andere wollte sie dem Apotheker als Arzneimittel verkaufen.

„Schönheit ist doch etwas Höheres!" sagte der Apfelzweig. „Nur die Auserwählten kommen in das Reich des Schönen! Es giebt einen Unterschied zwischen den Gewächsen, wie es einen Unterschied zwischen den Menschen giebt."

Der Sonnenstrahl sprach von Gottes unendlicher Liebe gegen alles Erschaffene und zu allem, was Leben hat, und daß er in Zeit und Ewigkeit alles gleichmäßig verteilt hätte.

„Ja, das ist nur Ihre Ansicht," sagte der Apfelblütenzweig.

Und nun traten Leute in das Zimmer, und die junge Gräfin kam, sie, die den Apfelzweig so hübsch in die durchsichtige Vase gestellt hatte, wo das Sonnenlicht ihn bestrahlen konnte. Sie brachte eine Blume, oder was es sonst war, die zwischen drei oder vier Blättern, die dütenähnlich um sie gehalten wurden, versteckt war, damit sie kein Zug oder Windhauch verletzen könnte. Dabei wurde sie mit einer solchen Sorgfalt und Vorsicht getragen, wie sie nicht einmal dem feinen Apfelzweig zu Teil geworden war. Ganz behutsam wurden nun die großen Blätter fortgenommen, und was kam zum Vorschein? Die kleine flockige Samenkrone der gelben verachteten Butterblume! Sie war es, die sie so sorgfältig gepflückt hatte und so sorgsam trug, damit nicht einer der feinen Federpfeile, die gleichsam ihre Nebelkappe bilden und so lose sitzen, abgeblasen würde. Unversehrt und herrlich hatte sie nun dieselbe; sie bewunderte ihre schöne Gestalt, ihre luftige Klarheit, ihre ganze eigentümliche Zusammensetzung, ihre Schönheit, wenn die Samenkrone vom Winde fortgeblasen würde.

„Sieh doch, wie wunderbar schön sie der liebe Gott geschaffen hat!" sagte die Gräfin. „Ich will sie mit dem Apfelzweige malen; wohl ist dieser unendlich schön, aber in anderer Weise hat auch diese arme Blume vom lieben Gott gar viele Schönheiten erhalten. Wie verschieden sie auch sind, dennoch sind sie beide Kinder im Reiche der Schönheit."

Und der Sonnenstrahl küßte die arme Blume und küßte den blühenden Apfelzweig, dessen Blätter dabei zu erröten schienen.

Das Feuerzeug.

Ein Soldat kam auf der Landstraße daher marschiert. Er trug einen Tornister und einen Säbel, weil er im Kriege gewesen war. Da begegnete er einer alten Hexe, die entsetzlich häßlich war. Sie sagte: „Guten Abend, Soldat! Was für einen großen Säbel und zierlichen Tornister du doch hast! Du bist ein echter Soldat!"

„Schönen Dank, alte Hexe," sagte der Soldat.

„Siehst du dort den Baum?" fragte die Hexe. „Er ist innen hohl. Wenn du ihn bis zum Gipfel ersteigst, erblickst du ein Loch, durch welches du hinabgleiten und bis tief in den Baum hinunterkommen kannst. Ich werde dir einen Strick um den Leib binden, um dich wieder heraufziehen zu können, sobald du mich rufst!"

„Was soll ich denn da unten im Baume?" fragte der Soldat ganz verwundert.

„Geld holen!" sagte die Hexe. „Du mußt wissen, sobald du auf den Boden des Baumes hinunterkommst, so befindest du dich in einem langen Gange; dort ist es ganz hell, weil da über hundert Lampen brennen. Dann gewahrst du drei Thüren. Du kannst sie öffnen, der Schlüssel steckt darin. Gehst du in die erste Kammer hinein, so erblickst du mitten auf dem Fußboden eine große Kiste, auf welcher ein Hund sitzt. Er hat Augen so groß wie Gänseeier, aber darum darfst du dich nicht kümmern! Ich gebe dir meine blau karrierte Schürze, die kannst du auf den Fußboden ausbreiten; packe dann den Hund, setze ihn auf meine Schürze, öffne die Kiste und nimm, so viel Geld du willst. Es ist lauter Kupfer; willst du aber lieber Silber haben, so mußt du in das nächste Zimmer hineintreten; dort sitzt ein Hund, der Augen hat so groß wie Mühlräder; aber darum brauchst du dich nicht zu kümmern, setze ihn nur auf meine Schürze und nimm dir von dem Gelde. Willst du dagegen Gold haben, so kannst du es auch bekommen, so viel du nur zu tragen vermagst, wenn du in die dritte Kammer hineingehst. Allein der Hund, welcher hier auf der Geldkiste

35

sitzt, hat Augen, jedes so groß wie ein runder Turm. Aber darum brauchst du dich nicht zu kümmern. Setze ihn nur auf meine Schürze, so thut er dir nichts, und nimm aus der Kiste, so viel Gold du willst."

„Nicht übel," sagte der Soldat. „Aber du willst doch auch was von dem Gelde haben?"

„Nein," antwortete diese, „nicht einen Pfennig. Hole mir nur das alte Feuerzeug, welches meine Großmutter vergaß, als sie zum letztenmale unten war."

„Gut," sagte der Soldat, „knüpfe mir dann den Strick um den Leib."

„Hier ist er," sagte die Hexe, „und hier ist meine blau karrierte Schürze!"

So kletterte denn der Soldat den Baum hinauf, glitt dann durch das Loch hinunter und stand nun in dem großen Gange, wo die vielen hundert Lampen brannten. Dann öffnete er die erste Thür. Uh! da saß der Hund mit Augen so groß wie Gänseeier, und glotzte ihn an.

Der beherzte Soldat setzte ihn gleich auf die Schürze der Hexe und füllte seine Taschen mit Kupfergeld, verschloß die Kiste, setzte den Hund wieder hinauf und ging in das andere Zimmer. Potztausend! da saß der Hund mit Augen so groß wie Mühlräder.

„Glotz mich nicht so an," sagte der Soldat und setzte den Hund auf die Schürze. Als er aber das viele Silbergeld sah, warf er alles Kupfergeld fort und füllte sich die Taschen und den Tornister mit Silber. Dann ging er in die dritte Kammer, wo der Hund war mit Augen so groß wie ein runder Turm.

„Guten Abend," sagte der Soldat, hob den Hund herunter und öffnete die Kiste. Was sah er da für eine Menge Gold! Man hätte können ganz Kopenhagen und die Zuckerferkel, Zinnsoldaten, Peitschen und Schaukelpferde der ganzen Welt dafür kaufen. Nun warf der Soldat alles Silbergeld, womit er seine Taschen und seinen Tornister gefüllt hatte, fort und nahm statt dessen Gold, ja alle Taschen, der Tornister, der Tschako und die Stiefel wurden angefüllt, so daß er kaum gehen konnte. Nun hatte er Geld! Den Hund setzte er auf die Kiste, schlug die Thür zu und rief dann durch den Baum hinauf:

„Zieh mich nun empor, alte Hexe!"

„Hast du denn auch das Feuerzeug?" fragte die Hexe.

„Wahrhaftig," sagte der Soldat, „das hatte ich rein vergessen," und nun ging er und nahm es. Die Hexe zog ihn empor und wie er wieder vom Baume herabstieg, da purzelten nur so die Goldstücke aus Taschen, Stiefeln und Tornister, so voll waren sie bis obenan.

„Was willst du denn mit dem Feuerzeug?" fragte der Soldat, als er nun wieder auf den Beinen stand.

„Das geht dich nichts an!" sagte die Hexe, „du hast ja Geld bekommen, gieb mir jetzt nur das Feuerzeug."

„Larifari!" sagte der Soldat; „gleich sagst du mir, was du damit willst, oder ich ziehe meinen Säbel und dann soll es dir schlecht bekommen!"

„Nein!" sagte die Hexe.

Da wollte der Soldat mit dem Säbel nach ihr schlagen, aber ehe es dazu kam, lag sie schon mausetot da. Er aber band all sein Geld in ihre Schürze, nahm diese wie ein Bündel auf den Rücken, steckte das Feuerzeug in die Tasche und ging geraden Weges nach der Stadt.

Im besten Wirtshaus kehrte er ein, verlangte die besten Speisen und wohnte in den schönsten Zimmern, denn aus dem armen Soldaten war nun ein vornehmer Herr geworden. Man erzählte ihm von allen Herrlichkeiten der Stadt und von dem Könige und wie reizend seine Tochter, die Prinzessin sei.

„Wo kann man sie zu sehen bekommen?" fragte der Soldat.

„Niemand darf sie sehen," war die Antwort. „Sie wohnt in einem großen kupfernen Schlosse, ringsum durch viele Mauern und Türme geschützt. Niemand außer dem Könige darf bei ihr aus- und eingehen, weil geweissagt ist, daß sie mit einem ganz gemeinen Soldaten verheiratet werden wird, und das kann der König nicht dulden."

„Ich möchte sie wohl sehen!" dachte der Soldat, aber dazu bekam er ja keine Erlaubnis.

Nun lebte er lustig in den Tag hinein. Da er aber jeden Tag nur Geld ausgab und nie etwas einnahm, so hatte er zuletzt nur noch zwei Pfennig übrig, und mußte aus den prächtigen Zimmern, die er bisher bewohnt hatte, in ein gar ärmliches Stübchen unterm Dache ziehen, mußte sich seine Stiefeln selbst bürsten und mit einer Stopfnadel zusammennähen und keiner seiner Freunde kam zu ihm, weil man so viele Treppen zu ihm hinaufzusteigen hatte.

Es war ein ganz dunkler Abend, und er konnte sich nicht einmal ein Licht kaufen; da erinnerte er sich plötzlich, daß sich noch ein Lichtstumpf in dem Feuerzeuge befinden müßte, welches er aus dem hohlen Baume mitgenommen hatte.

Er holte das Feuerzeug, aber als er Feuer schlug, sprang die Thüre auf und der Hund mit den Augen wie Gänseeier stand vor ihm. „Was befiehlt mein Herr?" fragte er. „Ei, das ist ein drolliges Feuerzeug!" rief der Soldat. „Schaffe mir Geld!" befahl er dem Hunde und — wips war er fort — wips — war er wieder da und hielt einen großen Beutel voll Geld in seiner Schnauze.

Nun wußte der Soldat, was das für ein prächtiges Feuerzeug war! Schlug er einmal, so kam der Hund, welcher auf der Kiste mit dem Kupfergeld saß; schlug er zweimal, so kam der, welcher das Silbergeld hatte, und schlug er dreimal, so kam der, welcher das Gold hatte.

Da dachte er auch sogleich an die Prinzessin: „Es ist doch kurios, daß man sie nicht zu sehen bekommt! Sie soll so schön sein, behauptet jeder, aber was kann ihr das nützen, wenn sie immer in dem großen Kupferschlosse sitzen muß. Kann ich sie denn gar nicht zu sehen bekommen? — Halt! — Mein Feuerzeug!" Nun schlug er Feuer, und — wips — kam der Hund mit Augen so groß wie Gänseeier.

„Es ist zwar mitten in der Nacht," sagte der Soldat, „aber ich möchte doch gar zu gern die Prinzessin sehen, nur einen kleinen Augenblick! Willst du sie mir verschaffen?"

Der Hund war gleich aus der Thüre, und ehe es der Soldat dachte, sah er ihn schon mit der Prinzessin wieder. Sie saß und schlief auf des Hundes Rücken und war so schön, daß man sehen konnte, daß es eine wirkliche Prinzessin war. Der Soldat war ganz überglücklich und konnte sich nicht enthalten, sie zu küssen. Gleich darauf lief der Hund mit der Prinzessin wieder zurück.

Am andern Morgen zog der Soldat wieder in die prächtigen Zimmer hinunter, zeigte sich in guten Kleidern und da erkannten ihn alle seine guten Freunde wieder und hielten natürlich große Stücke auf ihn.

Zu gleicher Zeit, als der König und die Königin beim Frühstück saßen, sagte die Prinzessin, sie hätte in der Nacht einen ganz wunderlichen Traum von einem Hunde und einem Soldaten gehabt. Sie wäre auf dem Hunde geritten und der Soldat hätte sie geküßt.

„Das wäre eine schöne Geschichte!" sagte die Königin.

Nun sollte eine der alten Hofdamen in der nächsten Nacht am Bette der Prinzessin wachen, um zu sehen, ob es ein wirklicher Traum wäre, oder was es sonst sein könnte.

In der Nacht kam auch richtig der Hund, nahm die schöne Prinzessin und lief, was er nur laufen konnte, allein die alte Hofdame zog Wasserstiefel an und lief ebenso schnell hinterher. Als sie nun sah, daß sie in einem großen Hause verschwanden, dachte sie: „Nun weiß ich, wo es ist!" und zeichnete mit einem Stück Kreide ein großes Kreuz an die Thüre. Darauf ging sie heim und legte sich nieder und auch der Hund kam mit der Prinzessin wieder. Als er aber sah, daß ein Kreuz auf die Thüre, wo der Soldat wohnte, gezeichnet war, nahm er ebenfalls ein Stück Kreide und machte auf alle Thüren der ganzen Stadt Kreuze. Und das war klug gethan, denn nun konnte ja die Hofdame die richtige Thüre nicht finden, da an allen Kreuze waren.

Früh Morgens kam der König und die Königin, die alte Hofdame und alle Offiziere, um zu sehen, wo die Prinzessin gewesen war.

„Da ist es!" sagte der König, als er die erste mit einem Kreuze bezeichnete Thüre erblickte.

„Nein, dort ist es!" sagte die Königin, als sie die zweite Thüre mit dem Kreuzzeichen bemerkte.

„Aber da ist eins und dort ist eins!" riefen sie sämtlich; wohin sie sahen, waren Kreuze an den Thüren. Da sahen sie denn wohl ein, daß alles Suchen vergeblich wäre.

Aber die Königin war eine außerordentlich kluge Frau. Sie nähte einen kleinen Beutel, den füllte sie mit feiner Buchweizengrütze, band ihn der Prinzessin auf den Rücken und schnitt darauf ein kleines Loch in den Beutel, so daß die Grütze den ganzen Weg, den die Prinzessin passierte, bestreuen konnte.

Nachts kam der Hund wieder, nahm die Prinzessin auf seinen Rücken und lief mit ihr zu dem Soldaten, der so gern ein Prinz gewesen wäre, um sie heimführen zu können.

Der Hund merkte durchaus nicht, wie die Grütze über den ganzen Weg vom Schlosse bis zu dem Fenster, wo er mit der Prinzessin die Mauer hinauflief, verstreut wurde. Nun sahen es des Morgens der König und die Königin deutlich, wo ihre Tochter des Nachts gewesen war, und da machten sie kurzen Prozeß mit dem Soldaten und warfen ihn ins Gefängnis.

Ach, wie finster und langweilig war es darin! Auch sagte man ihm: „Morgen wirst du gehängt werden!" Das war just nicht vergnüglich zu hören, und dazu hatte er sein Feuerzeug daheim im Wirtshause gelassen. Am Morgen konnte er durch das Eisengitter vor seinem kleinen Fenster sehen, wie das Volk aus der Stadt herbeieilte, ihn hängen zu sehen. Er hörte die Trommeln und sah die Soldaten marschieren. Alle Leute waren auf den Beinen; dabei war auch ein Schusterjunge mit Schurzfell und Pantoffeln; er galoppierte so eilig, daß ihm ein Pantoffel abflog und gerade gegen die Mauer, hinter welcher der Soldat saß und durch das Eisengitter hinausschaute.

„Hör einmal, Schusterjunge! Du brauchst dich nicht so zu beeilen," sagte der Soldat zu ihm, „es wird doch nichts daraus, bevor ich komme. Willst du aber in meine frühere Wohnung laufen und mir mein Feuerzeug holen, so sollst du vier Groschen bekommen. Aber lauf und nimm die Beine in die Hand!" Der Schusterjunge wollte gern das Geld haben und eilte pfeilgeschwind nach dem Feuerzeuge, gab es dem Soldaten und — — ja nun werden wir es zu hören bekommen.

Außerhalb der Stadt war ein großer Galgen aufgemauert, ringsum standen die Soldaten und viele hunderttausend Menschen. Der König und die Königin saßen auf einem prächtigen Throne, den Richtern und dem ganzen Rate gerade gegenüber.

Schon stand der Soldat oben auf der Leiter, als man ihm aber den Strick um den Hals legen wollte, bat er, man möge ihn doch noch eine Pfeife Tabak rauchen lassen.

Das wollte ihm nun der König nicht abschlagen, und so nahm der Soldat sein Feuerzeug und schlug Feuer, ein, zwei, dreimal. Siehe! da standen alle Hunde da, der mit Augen so groß wie Gänseeier, der mit den Augen wie Mühlräder, und der, welcher Augen hatte so groß wie ein runder Turm.

„Helft mir, daß ich nicht gehängt werde!" sagte der Soldat, und da stürzten sich die Hunde auf die Richter und den ganzen Rat, ergriffen den einen bei den Beinen, den andern bei der Nase und warfen sie viele Klaftern hoch in die Luft, so daß sie beim Niederfallen in Granatstücke zerschlagen wurden.

„Ich will nicht!" sagte der König, aber der größte Hund nahm sowohl ihn wie die Königin und warf sie allen anderen nach. Da erschraken die Soldaten und alles Volk schrie: „Lieber Soldat, du sollst unser König sein und die schöne Prinzessin haben!"

Darauf setzte man den Soldaten in des Königs Carosse, und alle drei Hunde tanzten voran und riefen: „Hurrah!" und die Jungen pfiffen auf den Fingern und die Soldaten präsentierten. Die Prinzessin kam aus dem kupfernen Schlosse heraus und wurde Königin und das gefiel ihr gar wohl. Die Hochzeit währte acht Tage und die drei Hunde saßen mit an der Hochzeitstafel und machten große Augen.

Das häßliche Entlein.

Auf dem Lande draußen war es herrlich. Es war ja Sommer! Auf den Wiesen stand das Heu in Schobern und dort stelzte der Storch auf seinen roten Beinen umher und plapperte ägyptisch, denn diese Sprache hatte er von seiner Mutter gelernt.

Um den Acker und die Wiesen zogen sich große Wälder und mitten in denselben befanden sich tiefe Seen. O, es war herrlich da draußen auf dem Lande! Mitten im warmen Sonnenscheine lag da ein altes Rittergut, von tiefen Kanälen umgeben, und von der Mauer an bis zum Wasser hinunter wuchsen dort große Klettenblätter, die so hoch waren, daß unter den größten kleine Kinder aufrecht stehen konnten. Darin war es gerade so wild wie im tiefsten Walde. Hier lag eine Ente auf ihrem Neste, um ihre Jungen auszubrüten, aber jetzt war sie dessen fast überdrüssig, weil es doch gar zu lange dauerte und sie dabei so selten Besuch bekam.

Endlich platzte ein Ei nach dem andern. „Pip, pip!" sagte es, alle Eidotter waren lebendig geworden und steckten den Kopf heraus.

„Rap, Rap! Eilt, eilt!" rief sie, und da rappelten und beeilten sie sich nach Kräften und guckten unter den grünen Blättern nach allen Seiten umher.

„Wie groß ist doch die Welt!" sagten alle Jungen; denn freilich hatten sie jetzt ganz anders Platz als zu der Zeit, da sie noch drinnen im Ei lagen.

„Glaubt denn das Gelbschnäbelchen, das sei schon die ganze Welt!" sagte die Mutter. „Die geht noch weit über die andere Seite des Gartens hinaus bis in das Feld des Pfarrers; da bin ich indes noch nie gewesen! — — Ihr seid doch alle hübsch beisammen!" setzte sie hinzu und erhob sich. „Nein, ich habe noch nicht alle! Das größte Ei liegt immer noch da! Wie lange soll denn das noch dauern? Nun habe ich es wirklich bald satt!" Und dann legte sie sich wieder.

„Nun, wie geht es?" fragte eine alte Ente, die auf Besuch gekommen war.

„Es dauert mit dem einen Ei so lange!" sagte die Ente, welche brütete. „Es zeigt sich noch kein Loch in demselben. Aber nun sollst du die andern sehen. Es sind die hübschesten jungen Enten, die ich je gesehen habe."

„Zeige mir doch das Ei, welches nicht bersten will," meinte die Alte. „Verlaß dich darauf, es ist ein Putenei. So bin ich auch einmal genarrt worden und ich hatte meine liebe Not mit den Jungen, denn sie fürchteten sich vor dem Wasser, kann ich dir sagen. Erst konnte ich sie gar nicht ausbekommen, so viel ich auch rappte und schnappte, ermahnte und nachhalf! — Laß mich doch das Ei sehen! Ja, das ist ein Putenei! Laß es liegen und lehre lieber deine andern Kinder schwimmen!"

„Ich will doch noch ein wenig darauf liegen bleiben!" entgegnete die Ente. „Habe ich nun so lange gelegen, kommt es auf etwas länger auch nicht an!"

„Jeder nach seinem Geschmack!" sagte die alte Ente und nahm Abschied.

Endlich platzte das große Ei. „Pip, Pip!" sagte das Junge und kroch heraus. Es war sehr groß und auffallend häßlich. Die Ente besah es sich. „Das ist ja ein entsetzlich großes Entlein!" sagte sie. „Keines von den andern sieht so aus. Sollte es wirklich eine junge Pute sein? Nun, da wollen wir bald dahinterkommen! In das Wasser muß es, und sollte ich es selbst hineinstoßen!"

Am nächsten Tage war prächtiges herrliches Wetter! Die Sonne schien brennend heiß auf alle die grünen Kletten hernieder. Die Entleinmutter erschien mit ihrer ganzen Familie am Kanale.

„Platsch!" sprang sie in das Wasser. „Rap, rap!" rief sie und ein Entlein nach dem andern plumpste hinein. Das Wasser schlug ihnen über dem Kopf zusammen, aber sie tauchten gleich wieder empor und schwammen stolz dahin, die Beine bewegten sich von selbst und alle waren sie in dem nassen Elemente, selbst das häßliche, graue Junge schwamm mit.

„Nein, das ist keine Pute!" sagte sie. „Sieh nur Einer, wie hübsch es die Beine gebraucht, wie gerade es sich hält. Rap, rap! Ich werde euch im

Entenhofe vorstellen, aber haltet euch immer in meiner Nähe, damit euch Niemand trete, und nehmt euch vor der Katze in Acht!"

Und so kamen sie in den Entenhof hinein. Ein erschrecklicher Lärm herrschte drinnen, denn zwei Familien bekämpften sich um einen Aalkopf, und trotzdem bekam ihn die Katze.

„Seht, so geht es in der Welt zu!" sagte die Entleinmutter, und schnappte mit dem Schnabel, denn sie wollte auch den Aalkopf haben. „Gebraucht nun eure Beine," sagte sie, „seht zu, daß ihr euch etwas beeilt und neigt den Hals vor der alten Ente dort. Sie ist die vornehmste von allen hier. Spanisches Blut rollt in ihren Adern, deshalb ist sie so schwerfällig. Wie ihr seht, trägt sie einen roten Lappen um das Bein. Das ist etwas unvergleichlich Schönes und die höchste Auszeichnung, welche je eine Ente erhalten kann. Ein wohlgezogenes Entlein setzt die Beine weit auseinander, gerade wie Vater und Mutter! Seht so! Neigt nun euren Hals und sagt: „Rap!"

Und das thaten sie. Aber die andern Enten ringsumher betrachteten sie und sprachen: „Seht nur einmal! Nun sollen wir die Sippschaft auch noch bekommen, als ob wir nicht schon genug wären! Pfui, wie das eine Entlein aussieht! Das wollen wir nicht unter uns dulden!" Und sogleich flog eine Ente hin und biß es in den Nacken.

„Laß es zufrieden!" sagte die Mutter, „es thut ja niemand etwas!"

„Aber es ist so groß und so seltsam," sagte die Ente, welche es gebissen hatte, „und deshalb muß es weggejagt werden!"

„Das sind schöne Kinder, die Mütterchen hat!" sagte herablassend die alte Ente mit dem Lappen um den Fuß. „Sämtlich schön mit Ausnahme des einen, welches mißglückt ist! Ich wünschte, sie könnte es umbrüten!"

„Das geht nicht, Ihro Gnaden!" sagte die Entleinmutter. „Es ist nicht hübsch, aber es hat ein sehr gutes Gemüt und schwimmt ebenso vortrefflich wie eines der andern, ja ich darf sagen, fast noch etwas besser. Ich denke, es wird sich auswachsen oder mit der Zeit kleiner werden. Außerdem ist's ja ein Enterich und da schadet ihm die Häßlichkeit nicht so viel."

45

„Die anderen Entlein sind ja ganz niedlich!" sagte die Alte. „Thut nun, als ob ihr zu Hause wäret, und findet ihr einen Aalkopf, so könnt ihr mir ihn bringen!"

Und so waren sie wie zu Hause.

Aber das arme Entlein, welches zuletzt aus dem Ei gekrochen und so häßlich war, wurde gebissen, gepufft und gehänselt von den Enten wie von den Hühnern. „Es ist zu groß," sagten sie allesamt, und der Puterhahn, der mit Sporen geboren war, und deshalb in dem Wahne stand, daß er Kaiser wäre, blies sich wie ein Schiff mit vollen Segeln auf, ging gerade auf dasselbe zu, kollerte und wurde ganz rot am Kopfe. Das arme Entlein wußte weder, wie es stehen, noch wie es gehen sollte. Es war betrübt, daß es so häßlich aussah und dem ganzen Entenhofe zum Gespötte diente.

So ging es den ersten Tag und später wurde es schlimmer und schlimmer. Das arme Entlein wurde von allen gejagt, selbst seine Geschwister waren recht unartig und sagten oft zu ihm: „Wenn dich nur die Katze holen wollte, du garstiges Ding!" und die Mutter seufzte: „Wärest du nur weit fort!" Die Enten bissen es, die Hühner hackten es und die Futtermagd stieß es mit dem Fuße.

Da lief und flog es über den Zaun; die Vöglein in den Büschen erhoben sich erschrocken in die Luft. „Daran ist meine Häßlichkeit schuld!" dachte das Entlein und schloß die Augen, lief aber trotzdem weiter. So gelangte es bis zu einem großen Moore, in dem die wilden Enten wohnten. Hier lag es die ganze Nacht, denn es war sehr müde und traurig.

Am Morgen flogen die wilden Enten auf und erblickten den neuen Kameraden. „Was bist du denn für ein Landsmann?" fragten sie, und das Entlein drehte sich nach allen Seiten und grüßte, so gut es konnte.

„Du bist abschreckend häßlich!" sagten die wilden Enten, „aber das kann uns einerlei sein, wenn du nur nicht in unsere Familie hineinheiratest!" Das Arme, es dachte wahrlich nicht ans Heiraten. Ihm war nur daran gelegen, die Erlaubnis zu erhalten, im Schilfe zu liegen und Moorwasser zu trinken.

Zwei ganze Tage lang hatte es da gelegen, als zwei wilde Gänse oder vielmehr Gänseriche dorthin kamen. Sie waren noch nicht gar lange aus dem Ei gekrochen und deshalb auch etwas vorschnell.

„Höre, Kamerad, du bist so häßlich, daß du förmlich hübsch bist und wir dich gut leiden können. Willst du zu uns halten und Zugvogel sein?" fragten sie.

„Piff, Paff!" knallte es da plötzlich und beide wilde Gänseriche fielen tot in das Schilf hinab und das Wasser wurde rot von Blut. „Piff, paff!" knallte es abermals und ganze Scharen wilder Gänse flogen aus dem Schilfe auf, und dann knallte es wieder. Es war große Jagd; die Jäger lagen rings um das Moor herum, ja, einige saßen oben in den Baumzweigen, welche sich weit über das Röhricht hinstreckten. Der blaue Pulverdampf zog wie Wolken durch die dunklen Bäume hindurch und ruhte weit über dem Wasser. In den Sumpf drangen die Jagdhunde hinein. Was war das für ein Schreck für das arme Entlein! Es drehte den Kopf, um ihn unter die Flügel zu stecken, als in demselben Augenblicke ein fürchterlich großer Hund dicht vor ihm stand; die Zunge hing dem Tiere ganz lang aus dem Halse und die Augen funkelten gräßlich. Er berührte das Entlein fast mit der Schnauze, wies die scharfen Zähne und — platsch! zog er sich zurück, ohne es zu packen.

„Gott sei Dank!" seufzte das Entlein, „ich bin so häßlich, daß mich selbst der Hund nicht beißen mag!"

So lag es denn ganz still, während die Schrotkörner in das Schilf sausten und Schuß auf Schuß knallte.

Erst am späten Nachmittage wurde es still, aber das arme Junge wagte noch nicht sich zu erheben. Es wartete noch mehrere Stunden, ehe es sich umschaute, und dann eilte es, so schnell es konnte, aus dem Moore weiter.

Gegen Abend erreichte es ein erbärmliches Bauernhäuschen, welches in so traurigem Zustande war, daß es selbst nicht wußte, nach welcher Seite es fallen sollte, und so blieb es stehen. Der Sturm sauste dermaßen um das wilde Entlein, daß es sich setzen mußte, um Widerstand zu leisten. Und es wurde immer schlimmer und schlimmer. Da bemerkte es, daß sich die Thüre aus der einen Angel gehoben hatte und so schief hing, daß es durch die Spalte in die Stube hineinschlüpfen konnte und das that es.

Hier wohnte eine alte Frau mit ihrem Kater und ihrem Huhne; der Kater, welchen sie Söhnchen nannte, konnte einen Buckel machen und spinnen. Selbst Funken konnte man ihm entlocken, wenn man ihn im Dunkeln gegen die Haare strich. Das Huhn hatte sehr kleine niedrige Beine und wurde deshalb Kurzbeinchen genannt.

Am Morgen bemerkte man sogleich das fremde Entlein und der Kater begann zu spinnen und das Huhn zu klucken.

„Was ist das!" rief die Frau und schaute sich um, da sie aber nicht gut sah, hielt sie das Entlein für eine fette Ente. „Das ist ja ein sonderbarer Fang!" sagte sie, „nun kann ich Enteneier bekommen. Wenn es nur kein Enterich ist! Das müssen wir erproben."

So wurde denn das Entlein für drei Wochen auf Probe angenommen, aber Eier kamen nicht.

Nun war der Kater der Herr im Hause und das Huhn war die Frau.

„Kannst du Eier legen?" fragte es.

„Nein!" — „Nun gut, dann hast du hier im Hause nichts zu sagen!"

Und der Kater sagte: „Kannst du einen Buckel machen, kannst du spinnen, kannst du Funken sprühen?" — „Nein!" — „Dann darfst du auch durchaus keine Meinung haben, wenn vernünftige Leute reden!"

Und das Entlein saß im Winkel und war schlechter Laune. Da dachte es unwillkürlich an die frische Luft und den Sonnenschein und bekam eine so eigentümliche Lust, auf dem Wasser zu schwimmen, daß es sich endlich nicht länger enthalten konnte, es dem Huhne anzuvertrauen.

„Was sprichst du da?" fragte dasselbe. „Du hast nichts zu thun, deshalb plagen dich so seltsame Launen. Lege Eier oder spinne, dann gehen sie vorüber!"

„Aber es ist herrlich, auf dem Wasser zu schwimmen!" entgegnete das Entlein, „herrlich, sich den Kopf in den Fluten zu kühlen oder auf den Grund niederzutauchen!"

„Ja, das muß wirklich ein prächtiges Vergnügen sein!" sagte das Huhn spöttisch, „bist du denn närrisch geworden! Frage einmal den Kater, der ist der Klügste, den ich kenne, ob es ihm so angenehm vorkommt, auf dem Wasser zu schwimmen oder unterzutauchen!"

„Ihr versteht mich nicht!" sagte das Entlein.

„Wenn wir dich nicht verstehen, wer sollte dich dann wohl verstehen! Du wirst doch wohl nicht klüger sein wollen als der Kater und ich. Sieh jetzt nur zu, daß du Eier legst und spinnen und Funken sprühen lernst!"

„Ich glaube, ich gehe in die weite Welt hinaus!" sagte das Entlein.

„Ja, thue das!" entgegnete das Huhn.

So ging denn das Entlein. Es schwamm auf dem Wasser, es tauchte unter, aber von allen Tieren wurde es um seiner Häßlichkeit willen übersehen.

Jetzt erschien der Herbst; die Blätter im Walde wurden gelb und braun, der Sturm entführte sie und wirbelte sie umher und oben in der Luft machte sich die Kälte bemerkbar. Die Wolken hingen schwer von Hagel und Schneeflocken, und auf dem Zaune stand ein Rabe und schrie: „Au, au!" vor lauter Kälte. Ja, man konnte schon ordentlich frieren, wenn man nur daran dachte. Das arme Entlein hatte es wahrlich nicht gut.

Eines Abends, die Sonne ging gerade wunderbar schön unter, kam ein ganzer Schwarm prächtiger, großer Vögel aus dem Gebüsch hervor, wie sie das Entlein noch nie so schön gesehen hatte. Sie waren blendend weiß und hatten lange geschmeidige Hälse; es waren S c h w ä n e . Sie stießen einen merkwürdigen Ton aus, breiteten ihre prächtigen, großen Schwingen aus und flogen aus den kalten Gegenden fort nach wärmeren Ländern, nach offenen Seen. Sie stiegen so hoch, so hoch, daß dem häßlichen jungen Entlein ganz seltsam dabei zu Mute wurde.

Es konnte die prächtigen, die glücklichen Vögel nicht vergessen, und sobald es sie nicht mehr wahrnahm, tauchte es bis auf den Grund unter, und geriet, als es wieder emporkam, förmlich außer sich. Es wußte nicht, wie die Vögel hießen, noch wohin sie zogen, aber doch hatte es dieselben lieb wie nie jemand zuvor. Neid kam gleichwohl nicht in sein Herz. Wie hätte ihm auch nur in den Sinn kommen können, sich eine solche Schönheit zu wünschen? Es wäre schon froh gewesen, wenn nur die Enten es hätten unter sich dulden wollen; — das arme häßliche Tier.

Und der Winter wurde so kalt, so kalt! Das Entlein mußte unermüdlich umherschwimmen, um das Zufrieren des Wassers zu verhindern. Aber jede Nacht wurde das Loch, in dem es schwamm, schmäler und schmäler. Es war eine Kälte, daß die Eisdecke krachte. Das Entlein mußte fortwährend die Beine gebrauchen, damit sich das Loch nicht völlig schloß. Endlich wurde es matt, lag ganz still und fror so im Eise fest.

In der Frühe des folgenden Morgens kam ein Bauer, der das arme Tier gewahrte. Er ging hin, zerschlug das Eis mit seinem Holzschuh, rettete es und trug es heim zu seiner Frau. Da lebte es wieder auf.

Die Kinder wollten mit demselben spielen. Da aber das Entlein glaubte, sie wollten ihm wehe thun, fuhr es in der Angst gerade in eine Milchschüssel, so daß die Milch in der Stube umherspritzte. Dann flog das Entlein auf das Gestell, auf welchem die Butter aufbewahrt wurde und von hier in die Mehltonne hinein und dann wieder in die Höhe. Da könnt ihr euch denken, wie es aussah! Die Frau schrie und schlug mit der Feuerzange nach demselben, die Kinder liefen einander über den Haufen und lachten und lärmten. Nur gut, daß die Thüre offen stand; so konnte sich das Entlein zwischen die Sträucher in den frischen Schnee hinaus retten, und da lag es nun bis auf den Tod erschöpft.

Allein, es würde wahrlich zu traurig sein, all die Not zu erzählen, welche das Entlein in dem harten Winter auszustehen hatte. — Es lag zwischen dem Röhricht im Moor, als die Sonne wieder warm zu scheinen begann; die Lerchen sangen, der Lenz war da.

Da entfaltete es mit einem male seine Schwingen, stärker sausten sie als zuvor und trugen es kräftig vorwärts, und ehe dasselbe es recht wußte, befand es sich in einem großen Garten, wo die Äpfelbäume in voller Blüte standen, wo die Fliedersträuche dufteten und ihre langen, grünen Zweige zu den sich sanft dahinschlängelnden Bächen und Kanälen herniedersenkten! O wie war es hier so köstlich, so frühlingsfrisch! Und gerade vor ihm kamen aus dem Dickicht drei schöne, weiße Schwäne angeschwommen; mit gekräuseltem Gefieder glitten sie leicht und majestätisch über das Wasser dahin. Das Entlein erkannte die schönen Tiere und wurde von einer eigentümlichen Schwermut ergriffen.

„Ich will hinfliegen zu ihnen, den königlichen Vögeln, und sie werden mich tot beißen, weil ich, der ich so häßlich bin, mich ihnen zu nähern wage. Aber besser von ihnen getötet, als von den Enten gezwackt, von den Hühnern gepickt, von der Hühnermagd gestoßen zu werden und im Winter alles mögliche Weh über sich ergehen zu lassen!" Und es flog auf das Wasser und schwamm den prächtigen Schwänen entgegen, die mit gesträubten Federn auf dasselbe losschossen.

„Tötet mich nur!" sagte das arme Tier, neigte sein Haupt gegen den Wasserspiegel und erwartete den Tod, — aber was sah es in dem klaren Wasser? Es sah unter sich sein eigenes Bild, aber es war nicht mehr ein plumper, schwarzgrauer Vogel, häßlich und Abscheu erweckend, es war selbst ein schneeweißer S c h w a n mit stolzem Gefieder.

Es thut nichts, in einem Entenhofe geboren zu sein, wenn man nur in einem Schwanenei gelegen hat! — Nun fühlte es sich glücklich über alle die Not und Widerwärtigkeit, welche es ausgestanden hatte. Nun verstand es erst, sein Glück und all die Herrlichkeit zu würdigen, die es überall begrüßte. — Und die großen Schwäne kamen herbei und streichelten es mit dem Schnabel.

Da traten einige kleine Kinder in den Garten. Sie warfen Brot und Körner in das Wasser, und das Kleinste rief: „Seht, da ist ein neuer!" Und jubelnd stimmten die andern Kinder ein: „Ein neuer, ein neuer Schwan ist gekommen!"

Sie klatschten in die Hände, tanzten umher, holten Vater und Mutter herbei und es wurde Brot und Kuchen in das Wasser geworfen und sie sagten alle: „Der neue ist der schönste, so jung und majestätisch!" Und die alten Schwäne verneigten sich vor ihm.

Da überschlich ihn Schüchternheit und Verschämtheit und er verbarg den Kopf unter den Flügeln; es war ihm so eigen zu Mute, er wußte selbst nicht wie. Er war allzuglücklich, aber durchaus nicht stolz, denn ein gutes Herz wird niemals stolz. Er dachte daran, wie er verhöhnt worden und hörte nun alle sagen, er wäre der schönste von allen schönen Vögeln. Die Fliedersträuche neigten sich zu ihm in das Wasser hinunter, und die Sonne schien warm und erquickend. Da sträubte er sein Gefieder, der schlanke Hals erhob sich und aus Herzensgrunde jubelte er: „So viel Glück habe ich mir nicht träumen lassen, als ich noch das h ä ß l i c h e   E n t l e i n war!"

Die Stopfnadel.

Es war einmal eine Stopfnadel, die so fein und spitz war, daß sie sich einbildete, eine Nähnadel zu sein.

„Seht jetzt nur darauf, daß ihr mich ordentlich festhaltet!" sagte die Stopfnadel zu den Fingern, welche sie hervorholten. „Laßt mich nicht los! Falle ich auf den Boden, wird es kaum möglich sein, mich wieder zu finden, so fein bin ich!"

„Nun, nun! Nur nicht zu viel des Eigenlobes!" sagten die Finger und faßten sie dann fest um den Leib.

„Seht ihr, ich komme mit Gefolge!" rief die Stopfnadel und zog einen langen Faden hinter sich her.

Die Finger lenkten die Stopfnadel gerade gegen den Pantoffel der Köchin, dessen Oberleder einen Riß bekommen hatte und jetzt zusammengenäht werden sollte.

„Das ist eine niedrige Arbeit!" sagte die Stopfnadel, „ich komme nie hindurch, ich zerbreche, ich zerbreche!" — und da zerbrach sie. „Habe ich nicht oft genug wiederholt!" jammerte sie, „daß ich zu fein bin!"

„Nun taugt sie zu nichts mehr!" meinten die Finger, mußten sie aber doch festhalten, die Köchin machte ihr einen Kopf aus Siegellack und steckte sie dann vorn in ihr Tuch.

„Sieh, jetzt bin ich eine Busennadel!" sagte die Stopfnadel; „ich wußte wohl, daß ich zu Ehren kommen würde; aus Was wird Was!" und dabei lachte sie innerlich, denn äußerlich kann man es einer Stopfnadel nie ansehen, daß sie lacht. Da saß sie nun so stolz, als führe sie in einer Kutsche und blickte nach allen Seiten.

„Darf ich mir wohl erlauben, Sie zu fragen, ob Sie von Gold sind?" fragte sie die Stecknadel, welche ihre Nachbarin war. „Sie haben ein vortreffliches Äußere und Ihren eigenen Kopf, wenn derselbe auch nur klein ist. Sie müssen dafür Sorge tragen, daß sich derselbe auswächst, denn man kann nicht allen das Ende mit Siegellack versehen!" Dabei richtete sich die Stopfnadel so stolz in die Höhe, daß sie sich aus dem Tuche löste und in die Gosse fiel, gerade als die Köchin das Spülicht ausgoß.

„Nun gehen wir auf Reisen!" sagte die Stopfnadel; doch da saß sie fest in der Gosse. „Mein gutes Bewußtsein ist mir geblieben;" damit tröstete sie sich und hielt sich stramm und aufrecht.

Allerlei segelte über sie dahin, Holzstückchen, Stroh und Zeitungspapier. „Sieh, wie sie dahinsegeln!" sagte die Stopfnadel. „Sie wissen nicht, was unter ihnen steckt! Ich stecke und sitze hier. Sieh, da treibt jetzt ein Holzpflock, der denkt an nichts in der Welt als an Pflöcke und Klötze und er ist selbst einer. Dort schwimmt ein Strohhalm; sieh, wie er sich schwenkt, wie er sich dreht! Ich sitze geduldig und still; ich weiß, was ich bin und das bleibe ich!"

Eines Tages gewahrte sie dicht an ihrer Seite einen glänzenden Gegenstand, deswegen die Stopfnadel vermutete, daß es ein Diamant wäre; aber es war nur ein gewöhnlicher Glasscherben. Da derselbe flimmerte, redete ihn die Stopfnadel an und gab sich ihm als Busennadel zu erkennen. „Sie sind wohl ein Diamant?" — „Ja, ich bin etwas dergleichen!" Und so hielten sie sich denn gegenseitig für sehr kostbare Gegenstände und sprachen über den jetzigen Hochmut der Welt.

„Ich habe meine Wohnung in einer sehr feinen, bunten Schachtel gehabt, welche einer Köchin gehörte," begann die Stopfnadel ihre Erzählung. „Sie hatte an jeder Hand fünf Finger; aber obgleich dieselben nur da waren, um mich zu halten und aus der Schachtel zu nehmen, so waren sie doch erschrecklich eingebildet."

„Zeichneten sie sich denn durch Glanz aus?" fragte der Glasscherben.

„Durch Glanz?" rief die Stecknadel aus, „nein, durch eitel Hochmut! Es waren fünf Brüder, alle geborne „Finger"; in aufrechter Haltung hielten sie sich stolz neben einander, obwohl ihre Länge sehr verschieden war. Der Äußerste von ihnen, der Däumerling, war kurz und dick; er stand nicht mit in Reih und Glied, sondern vor demselben und dann hatte er nur ein Gelenk im Rücken, er konnte sich nur in einer Richtung verbeugen, der Topflecker fuhr in Süßes und Saures, zeigte nach Sonne und Mond und drückte auf die Feder, wenn sie schrieben; der Langemann überragte die andern um Haupteslänge; der Ringhalter ging mit goldenen Reifen um den Leib einher und der kleine Peter Spielmann that gar nichts und war darauf noch stolz. Prahlerei war es und Prahlerei blieb es, und darum warf ich mich in die Gosse."

„Und nun sitzen wir beisammen und glänzen!" sagte der Glasscherben. Plötzlich strömte mehr Wasser in den Rinnstein, welches nun über den Rand trat und den Glasscherben mit sich riß.

„Sieh, nun wurde der befördert!" sagte die Stopfnadel. „Ich bleibe sitzen, ich bin zu fein, aber das ist mein Stolz und der ist achtungswert!" So saß sie in aufrechter Haltung da und machte sich viele Gedanken.

„Ich möchte fast annehmen, daß ich von einem Sonnenstrahl geboren bin, so fein bin ich. Mich dünkt sogar, daß mich die Sonne fortwährend unter dem Wasser sucht. Ach, ich bin so fein, daß mich die eigene Mutter nicht finden kann. Hätte ich mein altes Auge noch, welches abbrach, ich glaube, ich könnte Thränen vergießen. — Nein, ich könnte es doch nicht thun, weinen ist nicht fein."

Eines Tages lagerten sich einige Gassenbuben neben dem Rinnsteine und wühlten in demselben umher, wo sie alte Nägel, Kupferdreier und dergleichen fanden.

„Au!" schrie der eine, indem er sich an der Stopfnadel stach. „Das ist ja ein schlimmer Bursche!"

„Ich bin kein Bursch, ich bin ein Fräulein!" erwiederte die Stopfnadel, aber niemand hörte es. Der Siegellack hatte sich abgelöst und deshalb hielt sie sich für noch feiner als zuvor.

„Da kommt eine Eierschale angesegelt!" sagten die Knaben und steckten dann die Stopfnadel fest in die Schale.

„Weiße Wände und selbst schwarz!" sagte die Stopfnadel, „das kleidet gut! Nun kann man mich doch sehen! — Wenn ich nur nicht seekrank werde, denn sonst breche ich noch mehr!" Aber sie wurde nicht seekrank und brach nicht weiter.

„Es ist gegen die Seekrankheit doch gut, wenn man einen stählernen Magen hat und dabei immer eingedenk bleibt, daß man etwas mehr als ein Mensch ist! Bei mir ist es nun vorüber; je feiner man ist, destomehr kann man aushalten!" — „Krach!" stöhnte die Eierschale, während ein Lastwagen über sie hinging. — „Ach, wie das drückt!" seufzte die Stopfnadel. „Nun werde ich doch seekrank; ich breche, ich breche!" Aber sie brach nicht, trotzdem sie von einem Lastwagen überfahren wurde, sie lag der Länge nach da — und da mag sie liegen bleiben.

Tölpelhans.

Draußen auf dem Lande in einem alten Herrenhof lebte ein Gutsbesitzer, der zwei so kluge Söhne hatte, daß sie um die Tochter des Königs freien wollten und das durften sie, denn dieselbe hatte bekannt machen lassen, daß sie denjenigen zum Gemahl nehmen wollte, der sich am gewandtesten und klügsten mit ihr unterhalten könnte.

Die beiden bereiteten sich nun acht Tage lang vor. Längere Zeit bedurften sie nicht dazu, denn sie hatten Vorkenntnisse und die sind immer nützlich. Der eine wußte das ganze lateinische Lexikon und drei Jahrgänge der städtischen Zeitung auswendig und zwar rückwärts wie vorwärts. Der andere hatte sich mit sämtlichen Paragraphen aller Zunftgesetze und mit dem, was jeder Zunftmeister wissen mußte, bekannt gemacht. Auf diese Weise, meinte er, könnte er über Staats- und gelehrte Sachen mitsprechen. Außerdem verstand er Tragebänder zu sticken, denn er war fein und fingerfertig.

„Ich bekomme die Königstochter!" sagten sie alle beide, und deshalb gab ihr Vater jedem von ihnen ein schönes Pferd; der, welcher das Lexikon und die Zeitungen auswendig wußte, bekam ein kohlschwarzes, und der, welcher sich zunftmeisterlich gebahren und sticken konnte, erhielt ein milchweißes. Als sie im Hofe zu Pferde steigen wollten, erschien der dritte Bruder, denn es waren ihrer dreie, aber niemand zählte ihn als Bruder mit, weil er nicht die gleiche erstaunliche Gelehrsamkeit besaß wie die beiden anderen, und alle Welt nannte ihn nur T ö l p e l h a n s .

„Wo wollt ihr hin, daß ihr euch in den Bratenrock geworfen habt?" fragte er.

„An den Hof, um mit der Königstochter zu plaudern! Hast du nicht gehört, was im ganzen Lande ausgetrommelt wird?" und darauf erzählten sie es ihm.

„Potztausend, da muß ich mit dabei sein!" sagte Tölpelhans, und die Brüder lachten ihn aus und ritten von dannen.

„Vater, gieb mir ein Pferd!" rief Tölpelhans. „Ich bekomme solche Lust, mich zu verheiraten. Nimmt sie mich, so nimmt sie mich, und nimmt sie mich nicht, so nehme ich sie doch!"

„Was ist das für ein Geschwätz!" sagte der Vater. „Dir gebe ich kein Pferd. Du kannst ja nicht sprechen!"

„Soll ich kein Pferd bekommen," sagte Tölpelhans, „so nehme ich den Ziegenbock, der gehört mir und ist im Stande mich zu tragen!" Damit setzte er sich rittlings auf den Ziegenbock, stieß ihm die Hacken in die Seite und sprengte die Landstraße entlang. Hui, wie das ging! „Hier komme ich!" rief Tölpelhans und darauf sang er, daß es wiederhallte. Die Brüder ritten aber ganz still voran; sie sprachen kein einziges Wort, sie mußten alle die guten Einfälle, die sie vorbringen wollten, noch einmal überlegen.

„Halloh! Halloh!" rief Tölpelhans, „hier komme ich! Seht, was ich auf der Landstraße fand!" Mit diesen Worten zeigte er ihnen eine tote Krähe, die er gefunden hatte.

„Tölpel!" fuhren sie ihn an, „was willst du mit derselben?"

„Ich will sie der Königstochter schenken!"

„Ja, thue es!" sagten sie, lachten und ritten weiter.

Da rief Tölpelhans wieder: „Halloh! Halloh! Hier komme ich! Seht, was ich jetzt gefunden habe!" Die Brüder wandten sich wieder um, sich den seltenen Schatz anzusehen. „Tölpel!" sagten sie, „das ist ja ein alter Holzschuh, von welchem der obere Teil abgegangen ist! Soll die Königstochter den etwa auch haben?"

„Das soll sie!" sagte Tölpelhans, und die Brüder lachten, ritten weiter und kamen ihm eine große Strecke voraus.

„Halloh! Halloh! Hier bin ich!" rief Tölpelhans.

„Was hast du wieder gefunden?" fragten die Brüder.

„Oh!" sagte Tölpelhans, „es ist eigentlich kein Gesprächsgegenstand! Wie sie sich aber freuen wird, die Königstochter!"

„Pfui!" sagten die Brüder, „das ist ja Schlamm, der aus dem Straßengraben ausgeworfen ist."

„Das stimmt!" sagte Tölpelhans, „und er ist von der allerfeinsten Art, daß man ihn gar nicht festhalten kann!" und darauf füllte er sich die Tasche damit an.

Aber die Brüder ritten, was das Zeug halten wollte, und überholten ihn eine ganze Stunde. Sie hielten an dem Stadtthore, an welchem die Freier, je nach ihrer Ankunft, numeriert und in Reih und Glied gestellt wurden, je sechs in jedem Gliede und so dicht, daß sie kaum die Arme rühren konnten.

Alle übrigen Bewohner des Landes standen rings um das Schloß bis zu den Fenstern hinauf, um mit anzusehen, wie die Königstochter die Freier empfing. Merkwürdig! Sobald einer derselben die Schwelle ihres Zimmers überschritt, verließ ihn sein Rednertalent.

„Taugt nichts!" sagte die Königstochter. „Weg!"

Jetzt kam derjenige der Brüder, der das Lexikon auswendig wußte, aber bei dem langen Stehen in Reih und Glied hatte er es völlig vergessen. Dazu knarrte der Fußboden und die Decke war von Spiegelglas, so daß er sich selbst auf dem Kopfe sah, und nun standen sogar an jedem Fenster drei Schreiber und ein Stadtältester, die Alles, was gesprochen wurde, aufschrieben, damit es sofort in die Zeitung komme. Es war entsetzlich, es war furchtbar! Und zum Überfluß war im Ofen eingefeuert, daß er glühte.

„Hier herrscht eine drückende Hitze!" begann der Freier das Gespräch.

„Das kommt daher, weil mein Vater heute junge Hähne bratet!" sagte die Königstochter.

Da stand er; nicht ein Wort wußte er zu erwiedern. — Bäh! —

„Taugt nichts!" sagte die Königstochter. „Weg!" und so mußte er seiner Wege ziehen. Nun kam der zweite Bruder.

„Hier ist eine entsetzliche Hitze!" sagte er.

„Ja, wir braten heute junge Hähne!" versetzte die Königstochter.

„Wie belie — —" fragte er, und alle Schreiber schrieben: „Wie belie — —?"

„Taugt nichts!" sagte die Königstochter. „Weg!"

Nun kam Tölpelhans, er ritt auf seinem Ziegenbocke gerade in das Zimmer hinein. „Das ist denn doch eine glühende Hitze!" sagte er.

„Das rührt davon her, daß ich junge Hähne brate!" entgegnete die Königstochter.

„Das wäre ja herrlich!" sagte Tölpelhans, „dann kann ich wohl auch eine Krähe gebraten bekommen?"

„Den Gefallen will ich Ihnen gern erweisen!" erwiederte die Königstochter, „aber haben Sie auch etwas, worin sie gebraten werden kann, denn ich habe hier weder Topf noch Pfanne!"

„Hier ist ein vortreffliches Kochgeschirr," rief Tölpelhans fröhlich, zog den alten Holzschuh hervor und legte die Krähe hinein.

„Aber wo bekommen wir die Sauce her?" meinte die Königstochter.

„Die habe ich in der Tasche!" sagte Tölpelhans und darauf schüttete er etwas Schlamm aus der Tasche.

„Du gefällst mir," sagte die Königstochter, „du kannst doch antworten und du kannst reden, und dich will ich zu meinem Gemahle erheben! Aber weißt du wohl, daß jedes Wort, das wir sagen und gesagt haben, aufgeschrieben wird und morgen in die Zeitung kommt? An jedem Fenster siehst du drei Schreiber und einen Stadtältesten stehen."

„Das sind wohl die Herrschaften da!" versetzte Tölpelhans. „Dann muß ich dem Stadtältesten schon mein Bestes schenken!" Zugleich wandte er seine Taschen um und warf ihm den ganzen Schlamm gerade ins Gesicht.

„Da hast du dir gut zu helfen gewußt!" sagte die Königstochter. „Das hätte ich nicht zu thun vermocht! Aber ich werde es wohl noch lernen!" —

Und so wurde Tölpelhans denn König, bekam eine Frau und eine Krone und saß auf einem Throne, und das alles haben wir der Zeitung des Stadtältesten entnommen — auf die freilich auch kein rechter Verlaß ist.

Fünf in einer Schote.

Aünf Erbsen saßen der Reihe nach in einer Schote. Sie waren grün und die Schote war grün, und deshalb glaubten sie, daß die ganze Welt grün wäre und das war völlig richtig. Die Sonne schien und erwärmte von außen die Schote, der Regen machte sie rein und durchsichtig. Es war in ihr warm und schön, hell des Tages und finster des Nachts, wie es sein mußte, und die Erbsen wurden, wie sie so dasaßen, immer größer und nachdenklicher, denn mit etwas mußten sie sich doch beschäftigen.

„Sollen wir hier immer sitzen bleiben?" sagten sie. „Wenn wir von dem langen Sitzen nur nicht hart werden. Es kommt uns fast so vor, als ob es auch da draußen noch etwas gibt; eine Ahnung sagt uns das!"

Und Wochen vergingen; die Erbsen wurden gelb und die Schote wurde gelb. „Die ganze Welt wird gelb!" sagten sie, und das durften sie wohl behaupten.

Da empfanden sie einen Ruck in der Schote; sie wurde abgerissen, kam in Menschenhände und wurde mit mehreren andern gefüllten Schoten in eine Rocktasche gesteckt. „Nun werden wir bald geöffnet werden!" sagten sie.

„Ich möchte nur wissen, wer von uns es am weitesten bringen wird," sagte die kleinste Erbse.

„Geschehe, was da wolle!" sagte die größte.

„Krach!" da platzte die Schote, und alle fünf Erbsen rollten in den hellen Sonnenschein hinaus. Sie lagen in einer Kinderhand; ein kleiner Knabe hielt sie fest und sagte, die Erbsen wären gerade recht für seine Knallbüchse; und sogleich schoß er eine weg.

„Nun fliege ich in die weite Welt! Halt mich, wenn du kannst!" und dann war sie fort.

„Ich," sagte die zweite, „fliege gerade in die Sonne hinein, das ist eine richtige Erbsenschote und sehr passend für mich." Weg war sie.

„Wir schlafen, wohin wir kommen," sagen die beiden andern, „aber wir werden schon noch vorwärts rollen!" und damit rollten sie erst auf die Erde, ehe sie in die Knallbüchse kamen, aber hinein kamen sie. „Wir bringen es am weitesten!"

„Geschehe, was da wolle!" sagte die letzte und wurde in die Höhe geschossen. Sie flog gegen das alte Brett unter dem Giebelstubenfenster, gerade in eine Ritze, die mit Moos und lockerer Erde ausgefüllt war, und das Moos schloß sich wärmend um sie. Da lag sie verborgen, aber nicht vergessen von Gott. „Geschehe, was da wolle!" sagte sie.

Die kleine Giebelstube wurde von einer armen Frau bewohnt, die am Tage ausging, um allerlei schwere Arbeiten zu verrichten, denn Kräfte hatte sie und fleißig war sie, aber gleichwohl blieb sie arm. Zu Hause in der kleinen Stube lag während dessen ihre halberwachsene einzige Tochter; sie war zart und fein; ein ganzes Jahr hatte sie zu Bett gelegen und schien weder leben noch sterben zu können.

„Sie geht zu ihrer kleinen Schwester!" sagte die Frau. „Ich hatte nur zwei Kinder, aber da teilte der liebe Gott mit mir und nahm das eine zu sich! Nun möchte ich wohl gern das andere behalten, das mir noch übrig geblieben ist, aber er will sie wohl nicht getrennt lassen, und sie geht zu ihrer kleinen Schwester hinauf!"

Aber das kranke Mädchen starb nicht; geduldig und still lag es den ganzen Tag da, während die Mutter auf Verdienst abwesend war.

Es war Frühling und noch früh am Morgen. Gerade als die Mutter auf ihre Arbeit gehen wollte, schien die Sonne gar freundlich zum kleinen Fenster hinein auf den Fußboden, und das kranke Mädchen richtete seinen Blick auf die unterste Scheibe.

„Was ist doch das für Grünes dort neben der Scheibe? Es bewegt sich im Winde!"

Die Mutter trat an das Fenster und öffnete es halb. „Ih!" sagte sie, „das ist wahrhaftig eine junge Erbse, die mit ihren grünen Blättchen hervorgesproßt ist. Wie ist die hier in die Spalte hinaufgekommen? Da hast du ja einen kleinen Garten, an dessen Anblick du dich weiden kannst!"

Das Bett der Kranken wurde näher an das Fenster gerückt, von wo sie die hervorsprossende Erbse erblicken konnte, und die Mutter ging auf Arbeit aus.

„Mutter, ich glaube, ich erhole mich wieder!" sagte am Abend das kleine Mädchen. „Die Sonne hat heute so warm zu mir hereingeschienen. Die kleine Erbse gedeiht vortrefflich; und ich will auch gedeihen und mich im Sonnenscheine wieder erholen."

„Oh daß es so geschehen möchte!" sagte die Mutter, doch glaubte sie nicht an die Möglichkeit. Allein neben das grüne Pflänzlein, welches ihrem Kinde so frohe Lebensgedanken eingeflößt hatte, steckte sie einen kleinen Stock, damit der Wind ihm nicht schaden könne, und so gedieh und wuchs es lustig.

„Sie setzt sogar Blüten an," sagte die Mutter, und nun begann sie auch zu hoffen, daß ihr Kind sich wieder erholen könne, denn es hatte sich des Morgens selbst im Bett aufgerichtet und mit strahlenden Augen seinen kleinen Erbsengarten, den die eine einzige Erbse bildete, betrachtet. In der nächsten Woche war die Kranke zum erstenmale über eine Stunde auf. Draußen vor'm Fenster war eine weißrote Erbsenblüte völlig aufgebrochen. Das Mädchen küßte die feinen Blätter ganz leise. Dieser Tag war ein Festtag für sie.

„Der liebe Gott hat sie selbst gepflanzt und dann gedeihen lassen, um dir, mein teures Kind, und mir damit Hoffnung und Freude zu geben!" sagte die frohe Mutter und lächelte der Blume zu, wie einem guten, gottgesandten Engel.

Aber nun die andern Erbsen! — ja die, welche in die weite Welt hinausflog: „Halte mich, wenn du kannst!" fiel in die Dachrinne und geriet in einen Taubenkropf, wo sie lag wie Jonas in dem Wallfischbauch. Die beiden faulen brachten es gerade ebensoweit, sie wurden ebenfalls von Tauben aufgepickt und das heißt wenigstens einen soliden Nutzen schaffen; aber die vierte, welche sich bis in die Sonne emporschwingen wollte — — die fiel in den Rinnstein und lag Tage und Wochen darin, in dem schmutzigen Wasser, wo sie entsetzlich aufschwoll.

„Ich werde prächtig dick!" sagte die Erbse. „Ich werde noch platzen, und weiter, glaube ich, kann es keine Erbse bringen, oder hat es je gebracht. Ich bin die ausgezeichnetste von den fünf aus derselben Schote!" — Und der Rinnstein gab dieser Ansicht seinen Beifall.

Aber an dem Dachfenster stand das Mädchen mit leuchtenden Augen und mit Gesundheit auf den Wangen, und sie faltete ihre Hände über der Erbsenblüte und dankte Gott für dieselbe.

Das Märchen vom Sandmann.

In der ganzen Welt versteht niemand so schöne Geschichten zu erzählen wie der alte liebe S a n d m a n n. Gegen Abend, wenn die Kinder noch hübsch artig am Tische oder auf ihrem Stühlchen sitzen, kommt das alte Männchen ganz leise die Treppe herauf, denn es geht auf Socken. Husch, öffnet es die Thüre und streut den Kindern Sandkörnchen in die Augen, so fein, so fein, aber doch immer genug, daß sie nicht länger die Augen aufzuhalten vermögen. Deshalb sind sie auch nicht im stande, ihn zu sehen. Er schlüpft gerade hinter sie, bläst ihnen sanft in den Nacken und dann wird ihnen das Köpfchen gar schwer. O ja, aber es thut ihnen nicht weh, denn der Sandmann meint es mit den Kindern gerade gut. Er verlangt nur, daß sie ruhig sein sollen, und das sind sie am besten, wenn man sie zu Bette bringt.

Sobald die Kinder nun schlafen, setzt sich das alte Männchen zu ihnen auf das Bett. Er geht stattlich einher; sein Rock ist von Seidenzeug, aber es ist unmöglich, die Farbe desselben zu bestimmen, denn er schillert grün, rot und blau, je nach welcher Richtung er sich dreht. Unter jedem Arm hält er einen Regenschirm, einen mit Bildern darauf, welchen er über die Kinder ausspannt und dann träumen sie die ganze Nacht die herrlichsten Geschichten, und einen ohne irgend eine Zeichnung. Diesen stellt er über die unartigen Kinder, damit sie ganz bewußtlos schlafen. Wenn sie am Morgen aufwachen, haben sie dann nicht das Allermindeste geträumt.

Nun wollen wir hören, wie der Sandmann eine ganze Woche lang jeden Abend zu einem kleinen Knaben, der H j a l m a r hieß, kam und was er ihm erzählte! Es sind im ganzen sieben Geschichten, weil es sieben Wochentage giebt.

M o n t a g.

„Nun will ich dir meinen ganzen Staat zeigen," sagte der Sandmann am Abend zum Hjalmar, der im Bette lag.

Da verwandelten sich alle Blumen in den Blumentöpfen zu großen Bäumen, die ihre langen Zweige unter der Decke hin und die Wände entlang streckten, so daß die ganze Stube wie das herrlichste Lusthaus aussah. Alle Zweige waren voll Blumen, und jede Blume war schöner als eine Rose, duftete balsamisch und, wollte man sie essen, war sie süßer als Eingemachtes. Die Früchte glänzten gerade wie Gold, und Weißbrödchen waren da, die vor lauter Rosinen platzten — es war unvergleichlich schön. Plötzlich aber ließ sich in dem Tischkasten, wo Hjalmars Schulbücher lagen, ein entsetzliches Jammern vernehmen.

„Was ist das nur?" fragte der Sandmann, und zog den Tischkasten auf. Es war die Tafel, in der es zerrte und zupfte, denn es hatte sich eine falsche Zahl in das Rechenexempel eingeschlichen, so daß die Zahlen auseinander laufen wollten. Der Griffel hüpfte und sprang an seiner Schnur, als stellte er einen kleinen Hund vor, der dem Rechenexempel helfen möchte, aber er war es nicht im Stande. Und dann jammerte es auch in Hjalmars Schreibebuch, daß es ordentlich häßlich mit anzuhören war. Auf jeder Seite standen der Länge nach von oben nach unten sämtliche große Buchstaben, ein jeder mit einem kleinen zur Seite, einer hinter dem andern. Das bildete die Vorschrift, und neben dieser standen wieder einige Buchstaben, die sich einbildeten, ebenso auszusehen, weil sie aus Hjalmars eigener Feder herrührten. Aber, o weh! sie sahen fast aus, als ob sie über die Linien, auf denen sie doch stehen sollten, gestolpert wären.

„Seht, so solltet ihr euch halten!" sagte die Vorschrift. „Seht, etwas schräg, aber mit kräftigem Schwung!" — „O, wir wollen gern," sagten Hjalmars Buchstaben, „aber wir können nicht, wir sind so schlimm und unwissend!" — „Dann sollt ihr Kinderpulver bekommen!" sagte der Sandmann. — „O nein!" riefen sie und dann standen sie mit einem male kerzengerade, daß es eine Lust war. — „Heute werden keine Geschichten erzählt!" sagte der Sandmann. „Jetzt muß ich sie einexerzieren! Eins, zwei! Eins, zwei!" Nun exerzierte er die Buchstaben ein, und sie standen so gerade und gesund da, wie nur eine Vorschrift immer stehen kann. Als aber der Sandmann ging und Hjalmar am Morgen nachsah, da waren sie eben so jämmerlich wie zuvor.

Dienstag.

Sobald Hjalmar im Bette war, benetzte der Sandmann mit seiner kleinen Zauberspritze alle Möbel in der Stube, und sofort begannen sie zu plaudern und plauderten sämtlich von sich selbst.

Über der Kommode hing ein großes Gemälde in einem reich vergoldeten Rahmen, welches eine herrliche Landschaft darstellte. Als der Sandmann dasselbe mit seiner Zauberspritze benetzt hatte, begannen die Vögel darauf zu singen, die Baumzweige bewegten sich, und die Wolken flogen so natürlich, daß man ihren Schatten über die Landschaft konnte dahinschweben sehen.

Nun hob der Sandmann den kleinen Hjalmar so hoch, daß derselbe seine Füße in den Rahmen hineinstellen konnte und zwar gerade in das hohe Gras. Da stand er nun. Die Sonne schien durch die Zweige auf ihn hernieder. Er lief hin an das Wasser und setzte sich in ein kleines Boot, welches da lag. Es war rot und weiß angestrichen, die Segel leuchteten wie Silber, und zwei herrliche, schneeweiße Schwäne kamen herbei, spannten sich vor das Boot und zogen es an dem grünen Walde vorüber. Die prächtigsten Fische mit silbernen und goldenen Schuppen schwammen hinter dem Boote her; bisweilen schnellten sie über das Wasser empor, daß es plätscherte, und Vögel flogen in zwei langen Reihen hinten nach, die Mücken tanzten und die Maikäfer brummten „bum, bum". Alle wollten Hjalmar folgen und jeder hatte eine Geschichte zu erzählen.

Das war allerdings eine Segelfahrt, wie sie sein mußte! Bald waren die Wälder dicht und dunkel, bald waren sie wie der herrlichste Park mit Sonnenschein und Blumen, und große Schlösser von Glas und Marmor lagen darin. Auf den Altanen standen Prinzessinen, und alle waren kleine Mädchen, die Hjalmar recht wohl kannte, denn er hatte schon früher mit ihnen gespielt. Bei jedem Schlosse standen kleine Prinzen Schildwache. Sie schulterten mit goldenen Säbeln und ließen Rosinen und Zinnsoldaten regnen. Das waren wirkliche Prinzen.

Bald segelte Hjalmar durch Wälder, bald gerade durch große Säle oder mitten durch eine Stadt. Er kam auch durch diejenige, in welcher sein Kindermädchen wohnte, das gute Mädchen welches ihn getragen hatte, als er ein ganz, ganz kleiner Knabe war und das ihn so lieb gehabt. Dasselbe nickte und winkte und sang den niedlichen Vers, den es selbst gedichtet und Hjalmar gesandt hatte:

Ich denke dein in mancher Stund',

Du süßes Kind, du Liebling mein!

Ich hab' geküßt dir deinen Mund,

Die Stirne, Wangen, rot und fein!

Dein erstes Wort vernahm mein Ohr!

Doch mußt' ich fort, vergiß mein nicht!

Gott segne dich, den ich verlor,

Du Engel aus des Herren Licht!

Und alle Vögel sangen mit, die Blumen tanzten auf ihren Stengeln und die alten Bäume nickten, als ob der Sandmann auch ihnen Geschichten erzählte.

Mittwoch.

Nein, wie der Regen herniederströmte! Hjalmar konnte es im Schlafe hören, und als der Sandmann ein Fenster öffnete, stand das Wasser gerade bis an das Fenster hinauf. Ein ganzer See wälzte sich schon da draußen und das prächtigste Schiff lag hart vor dem Hause.

„Willst du mitsegeln, kleiner Hjalmar?" fragte der Sandmann, „dann kannst du heute Nacht nach fremden Ländern reisen und morgen doch wieder hier sein!"

Im Nu stand da Hjalmar in seinen Sonntagskleidern mitten auf dem prächtigen Schiffe und sofort heiterte sich das Wetter auf und sie segelten durch die Straßen, kreuzten um die Kirche, und nun war alles eine große, wilde See. Sie segelten so lange, bis kein Land mehr zu erblicken war. Sie bemerkten auch eine Schar Störche, die gleichfalls die Heimat verlassen hatten und nach den warmen Ländern wollten. Ein Storch flog dicht hinter dem anderen und sie waren schon weit, weit geflogen. Einer derselben war so müde, daß ihn seine Flügel kaum noch länger zu tragen vermochten. Er blieb hinter den anderen zurück, machte noch ein paar Flügelschläge, dann ließ er sich hinabsinken und — bums! da stand er auf dem Verdecke.

Da nahm ihn der Schiffsjunge und sperrte ihn in das Hühnerhaus zu den Hühnern, Enten und Truthähnen. Der arme Storch stand ganz eingeschüchtert mitten unter ihnen.

„Seht ihr den nicht?" gackerten alle Hühner.

Der kalekutische Hahn blies sich aus Leibeskräften auf und fragte ihn, wer er wäre? Die Enten gingen rückwärts und stießen einander an: „Spute dich, spute dich!"

Der Storch erzählte vom warmen Afrika, von den Pyramiden und vom Strauße, der wie ein wildes Pferd durch die Wüste dahinstürme, aber die Enten verstanden nicht, was er sagte, und darum stießen sie einander an: „Wir sind wohl einig darüber, daß er dumm ist?"

„Ja, er ist sicherlich dumm!" sagte der kalekutische Hahn und kollerte dann. Da schwieg der Storch ganz still und dachte an sein Afrika.

Aber Hjalmar ging hin zum Hühnerhause, öffnete die Thüre, rief den Storch und dieser hüpfte auf das Verdeck zu ihm hinaus. Nun hatte er sich ausgeruht, und es war gerade, als ob er Hjalmar zunickte, um sich bei ihm zu bedanken. Darauf breitete er seine Schwingen aus und flog nach den warmen Ländern, aber die Hühner gluckten, die Enten schnatterten und der kalekutische Hahn wurde ganz rot am Kopfe.

„Morgen wollen wir Suppe von euch kochen!" sagte Hjalmar und da erwachte er und lag in seinem Bettchen.

D o n n e r s t a g .

„Weißt du was?" sagte der Sandmann, „fürchte dich nur nicht; hier wirst du eine kleine Maus gewahren!" und dabei hielt er ihm seine Hand mit dem leichten, niedlichen Tierchen hin. „Sie ist gekommen, dich zur Hochzeit einzuladen. Hier sind zwei Mäuschen, die heute Nacht in den Ehestand treten wollen. Sie wohnen unter dem Fußboden in deiner Mutter Speisekammer."

„Aber wie kann ich durch das kleine Mäuseloch im Fußboden hindurchkommen?" fragte Hjalmar.

„Laß mich nur machen!" versetzte der Sandmann. „Ich will dich schon klein genug bekommen!" Darauf benetzte er Hjalmar mit seiner Zauberspritze, der nun sofort kleiner und kleiner wurde, bis er zuletzt nur fingergroß war.

„Nun kannst du dir vom Zinnsoldaten die Kleider borgen, ich denke, sie werden dir jetzt schon passen, und es nimmt sich gut aus, sich in Gesellschaft in Uniform zu zeigen."

„Jawohl!" sagte Hjalmar, und dann war er im Augenblicke wie der niedlichste Zinnsoldat angekleidet.

„Wollen Sie nicht so freundlich sein, sich in Ihrer Frau Mutter Fingerhut zu setzen?" sagte die kleine Maus, „dann werde ich die Ehre haben, Sie zu ziehen!"

„O Himmel! Will sich das Fräulein selbst bemühen!" sagte Hjalmar, und so fuhren sie zur Mäusehochzeit.

Zuerst gelangten sie in einen weitläufigen Gang unter dem Fußboden, der nicht höher war, als daß sie ohne anzustoßen mit dem Fingerhut darin fahren konnten, und der ganze Gang war mit faulem Holz erleuchtet.

„Riecht es hier nicht prächtig?" sagte die Maus, welche ihn zog. „Der ganze Gang ist mit Speckschwarten eingerieben."

Nun kamen sie in den Brautsaal hinein; hier standen zur Rechten alle die kleinen Mäusefräulein, und die zischelten und tuschelten, als ob sie sich über einander lustig machten. Zur Linken standen alle jungen Mäuseherren und strichen sich mit der Pfote den Schnauzbart; aber mitten im Kreise erblickte man das Brautpaar. Sie standen in einer ausgehöhlten Käserinde.

Immer mehr und mehr Fremde erschienen; es fehlte nicht viel, so hätten die Mäuse einander tot getreten; dazu hatte sich das Brautpaar mitten in die Thür gestellt, so daß man weder hinein noch hinaus gelangen konnte. Wie der Gang, so war auch das ganze Zimmer mit Speckschwarten eingerieben; das war die ganze Bewirtung; indes wurde zum Nachtisch eine Erbse vorgewiesen, in welche eine kleine Maus aus der Familie die Namen des Brautpaares hineingebissen, d.h. die ersten Buchstaben. Es war etwas ganz Außerordentliches.

Alle Mäuse versicherten, es wäre eine ausgezeichnete Hochzeit und die Unterhaltung wäre sehr vergnügt gewesen.

Dann fuhr Hjalmar wieder nach Hause. Er war zwar in vornehmer Gesellschaft gewesen, hatte aber auch gehörig zusammenkriechen, sich klein machen und in Zinnsoldaten-Uniform erscheinen müssen.

Freitag.

„Was werden wir denn diese Nacht unternehmen?" fragte Hjalmar.

„Ich weiß nicht, ob du heute Nacht wieder Lust hast, eine Hochzeit mitzumachen. Sie ist freilich anderer Art als die gestrige. Deiner Schwester große Puppe, die, welche wie ein Mann aussieht und Hermann heißt, soll sich mit der Puppe Bertha verheiraten, und da außerdem derselben Geburtstag ist, wird es an Geschenken nicht fehlen. Da sieh einmal!"

Mit diesen Worten deutete der Sandmann nach dem Tische. Auf demselben stand das kleine Papphaus mit Licht in den Fenstern, und alle Zinnsoldaten präsentierten vor der Thüre desselben das Gewehr. Das Brautpaar saß, ein Jedes gegen einen Tischfuß gelehnt, ganz gedankenvoll da, und dazu hatte es auch Grund genug. Aber der Sandmann, angethan mit der Großmutter schwarzem Rocke, vollzog die Trauung. Nach Beendigung derselben stimmten alle Möbel in der Stube folgendes Lied an:

Es brause unser Lied empor

Für's teure Paar in hellem Chor.

Sie stehen beide wie ein Pflock,

Denn Handschuhleder ist ihr Rock!

:,: Hurrah! Hurrah! dem schönen Paar,

Das unsrer Stube Zierde war! :,:

Und nun überreichte man ihnen Geschenke, doch hatten sie sich alle Eßwaren verbeten.

„Wollen wir nun das Landleben genießen, oder eine Hochzeitsreise antreten?" fragte der Bräutigam. Darauf wurde die Schwalbe, die sich in vielen Ländern umgesehen, und die alte Hofhenne, welche fünfmal Küchlein ausgebrütet hatte, zu Rate gezogen. Die Schwalbe erzählte von den schönen, warmen Ländern, wo die Weintrauben groß und schwer an den Stöcken hängen, wo die Luft so mild wäre und die Berge Farben hätten, wie man sie hier zu Lande niemals an denselben sieht.

„Es fehlt ihnen aber doch unser Grünkohl!" sagte die Henne. „Ich brachte einen Sommer mit allen meinen Kücheln auf dem Lande zu. Dort war eine Sandgrube, in der wir umhergehen und scharren konnten. Auch hatten wir Zutritt zu einem Garten mit Grünkohl! O wie grün der war! Ich kann mir nichts Schöneres denken!"

„Aber ein Kohlkopf sieht wie der andere aus," sagte die Schwalbe, „und dann herrscht hier oft so unangenehme Witterung!"

„O, daran hat man sich schon gewöhnt!" sagte die Henne.

„Aber hier ist es kalt, es friert!"

„Das ist für den Kohl gerade dienlich!" sagte die Henne. „Übrigens kann es auch bei uns sehr warm sein. Hatten wir nicht vor vier Jahren einen Sommer, wo fünf Wochen lang eine solche Hitze war, daß man kaum atmen konnte? Dann leben aber bei uns auch keine giftigen Tiere, wie in jenen Ländern, und wir sind frei von Räubern! Ein Bösewicht kann der nur sein, welcher unser Land nicht für das schönste hält! Er verdiente wahrlich nicht, hier zu weilen!" Weinend unterbrach sich die Henne und setzte dann schluchzend hinzu: „Auch ich bin gereist! Ich bin einmal in einem Korbe über zwölf Meilen weit gefahren! Das Reisen gewährt schlechterdings kein Vergnügen!"

„Ja, die Henne ist eine vernünftige Frau!" sagte die Puppe Bertha. „Ich halte nichts davon, eine Gebirgsreise zu unternehmen, denn kaum ist man oben, so geht es gleich wieder hinunter! Nein, wir wollen hübsch nach der Sandgrube hinausziehen und uns im Kohlgarten ergehen!"

Und dabei blieb es!

Sonnabend.

„Erzählst du mir nun Geschichten?" fragte der kleine Hjalmar, sobald ihn der Sandmann zu Bette gebracht hatte.

„Heute abend haben wir nicht Zeit dazu," sagte der Sandmann und spannte seinen schönen Regenschirm über ihn auf. „Sieh nur diese Chinesen an!" Der ganze Schirm glich einer großen chinesischen Schale mit blauen Bäumen und spitzen Brücken und kleinen Chinesen darauf, die dastanden und mit dem Kopfe nickten. „Wir müssen bis morgen die ganze Welt schön aufgeputzt haben," sagte der Sandmann, „es ist dann ja ein heiliger Tag, es ist Sonntag. Ich will auf den Kirchturm steigen, um nachzusehen, ob die kleinen Kirchengeister die Glocken putzen, damit ihr Geläute schön klingt; und was die allerschwierigste Arbeit ist, ich will alle Sterne herunterholen, um sie aufzupolieren. Aber erst müssen sie numeriert werden und ebenso die Löcher, in denen sie da oben sitzen, damit sie ihren rechten Platz wieder erhalten können, sonst würden sie nicht festsitzen und wir bekämen zu viel Sternschnuppen, indem einer nach dem andern herabpurzelte!"

„Hören Sie, wissen Sie was, Herr Sandmann!" begann ein altes Portrait, welches an der Wand hing, an welcher Hjalmar schlief, „ich bin Hjalmars Urgroßvater. Ich danke Ihnen zwar, daß Sie dem Knaben Geschichten erzählen, aber Sie dürfen doch seine Begriffe nicht verwirren. Die Sterne können nicht heruntergeholt und geputzt werden! Die Sterne sind Weltkörper, gerade so wie unsere Erde, und das ist eben das Gute an ihnen."

„Besten Dank, du alter Urgroßvater!" sagte der Sandmann, „besten Dank! Du bist ja das Haupt der Familie, du bist das Urhaupt! Aber ich bin älter als du. Ich bin ein alter Heide. Die Römer und Griechen nannten mich den Traumgott. Ich bin in die vornehmsten Häuser gekommen und komme noch hinein. Ich verstehe mit Niedrigen wie mit Großen umzugehen! Nun kannst du statt meiner erzählen!" Nach diesen Worten verließ der Sandmann verdrießlich das Zimmer und nahm seinen Schirm mit.

„Nun, man wird doch wohl seine Meinung noch sagen dürfen!" brummte das alte Portrait.

Und da erwachte Hjalmar.

S o n n t a g .

„Guten Abend!" sagte der Sandmann, und Hjalmar nickte, drehte aber gleich des Urgroßvaters Portrait gegen die Wand um, damit es nicht wie gestern mitsprechen könnte.

„Nun mußt du mir Geschichten erzählen: von den fünf grünen Erbsen, die in einer Schote wohnten, von Hahnenfuß, der Hennenfuß den Hof machte, und von der Stopfnadel, deren Spitze so fein war, daß sie sich einbildete, eine Nähnadel zu sein!"

„Man kann auch des Guten zuviel bekommen!" sagte der Sandmann. „Ich zeige dir am liebsten etwas, wie du weißt! Ich will dir meinen Bruder zeigen, aber der kommt zu niemand öfter als einmal. Tritt er zu jemand heran, so nimmt er ihn mit auf sein Pferd und erzählt ihm Geschichten. Er weiß nur zwei, die eine ist so unvergleichlich schön, wie sich niemand in der Welt vorstellen kann; und die andere ist über alle Beschreibung häßlich und abscheulich!" Darauf hob der Sandmann den kleinen Hjalmar zum Fenster empor und sagte: „Dort wirst du meinen Bruder sehen, welchen sie auch den T o d nennen. Siehst du, sein Rock ist mit Silberstickerei verziert, er trägt eine stattliche Husarenuniform; ein Mantel von schwarzem Sammet flattert bis über das Pferd hinaus! Sieh, wie er im Galopp dahinjagt!"

Und Hjalmar sah, wie der Tod vorwärts eilte und junge wie alte Leute auf sein Pferd nahm; einige setzte er vorn, andere hinten auf, aber immer fragte er erst: „Wie steht es mit dem Censurbuche?" — „Gut!" sagten sie sämtlich. — „Ja, laß mich nur selbst sehen!" erwiderte er, und dann mußten sie ihm das Buch zeigen. Alle nun, die „Sehr gut" und „Ausgezeichnet" hatten, kamen vorn auf das Pferd und ihnen erzählte er die herrliche Geschichte; doch diejenigen, welche „Ziemlich gut" und „Mittelmäßig" hatten, mußten hinten auf und die häßliche Geschichte mit anhören. Sie schauderten und weinten, sie wollten vom Pferde springen, vermochten es aber nicht, denn sie waren sofort fest an demselben angewachsen.

„Das ist aber der herrlichste Sandmann!" sagte Hjalmar, „vor dem fürchte ich mich nicht!"

„Das sollst du auch nicht!" sagte das Männchen. „Sorge nur dafür, daß du ein gutes Sittenzeugnis erhältst!" —

Das ist nun die Geschichte vom Sandmann! Lasse dir heute abend mehr von ihm erzählen.

MÄRCHEN FÜR KINDER

Die Theekanne.

Ich kannte einmal eine stolze Theekanne, stolz auf ihr Porzellan, stolz auf ihre lange Tülle, stolz auf ihren breiten Henkel. Und davon sprach sie gern; von ihrem Deckel dagegen sprach sie nicht; er hatte seine Mängel, und davon spricht man nicht gern, das thun schon die Andern zur Genüge. Die Tassen, der Sahnentopf und die Zuckerschale, kurzum das ganze Theegeschirr würden sicherlich die Gebrechlichkeit des Deckels nicht vergessen, und weit mehr davon reden, als von dem guten Henkel und der ausgezeichneten Tülle; das wußte die Theekanne.

„Oh, ich kenne sie!" sprach sie für sich selbst; „ich erkenne auch ebensogut meine Mängel, und darin besteht meine Demut. Mängel haben wir ja alle, aber man hat dann auch wieder seine besondere Begabung. Die Tassen erhielten einen Henkel, die Zuckerschale einen Deckel, ich erhielt beides und noch eine Tülle, die mich zur Königin am Theetische macht. Die andern zwei sind nur Dienerinnen des Wohlgeschmacks, ich aber bin die Spendende, die Herrscherin, ich verbreite Segen unter der durstenden Menschheit; in meinem Innern werden die Theeblätter in dem kochenden Wasser verarbeitet."

Dies alles sagte die Theekanne in ihrer sorglosen Jugendzeit. Sie stand auf dem gedeckten Tische, sie wurde von der feinsten Hand gehoben. Aber die feinste Hand war linkisch, die Theekanne fiel, die Tülle brach ab, der Henkel brach ab, vom Deckel verlohnt sich's gar nicht erst zu reden. Besinnungslos lag die Kanne am Boden, weithin entströmte ihr das kochende Wasser.

„Nie werde ich diesen entsetzlichen Augenblick vergessen!" sagte die Theekanne, wenn sie später sich selbst ihren Lebenslauf erzählte. „Ich wurde Invalide genannt, in einen Winkel gesetzt und einer armen Frau geschenkt. Ich stieg nun zur Armut hernieder und stand zwecklos da, aber gerade da, wo ich stand, begann mein besseres Leben. Erde wurde in mich hineingepackt; für eine Theekanne ist das ebensogut, wie begraben zu werden, aber in die Erde wurde eine Blumenzwiebel gelegt. Wer sie hineinlegte, wer sie mir schenkte, weiß ich nicht, aber geschenkt wurde sie mir. Und die Zwiebel lag in der Erde, die Zwiebel lag in mir, sie wurde mein lebendiges Herz, wie ich es nie vorher gehabt hatte. Leben und Kraft lag in mir, allerlei Kräfte regten sich: der Puls schlug, die Zwiebel keimte, die in ihr schlummernden Gefühle brachen in einer schönen Blume hervor. Ich sah sie, ich trug sie, ich vergaß mich selbst in ihrer Schönheit. Sie sagte mir keinen Dank, sie dachte nicht an mich; sie wurde bewundert und gepriesen. Ich war so froh darüber. Wie hätte ich es nicht sein müssen! Eines Tages vernahm ich, wie gesagt wurde, sie verdiene einen besseren Topf. Man zerbrach mich in Stücke. Oh, das that schrecklich weh, aber die Blume kam in einen besseren Topf. Und ich? Ich wurde hinausgeworfen in den Hof, ich liege nun als alter Scherben da. Aber in mir lebt die Erinnerung fort und die kann mir niemand rauben."

Die Blumen der kleinen Ida.

ausend noch einmal, sind meine armen Blumen welk!" rief bestürzt die kleine I d a . „Gestern abend waren sie noch so schön und nun hängen sie alle vertrocknet die Köpfchen. Warum thun sie das?" fragte sie den Studenten, den sie sehr gern hatte, weil er schöne Geschichten wußte und drollige Bilder ausschnitt: Herzen mit kleinen Mädchen darin, welche tanzten, und große Schlösser, deren Thüren sich öffnen ließen.

„Ja, weißt du, was deinen Blumen fehlt?" sagte der Student, „sie sind heute Nacht auf dem Balle gewesen und deshalb lassen sie die Köpfe hängen."

„Aber die Blumen können ja nicht tanzen!" sagte die kleine Ida.

„O ja!" sagte der Student, „sobald es dunkel wird und wir andern schlafen, dann springen sie lustig umher; fast jede Nacht haben sie Ball."

„Kann denn ein Kind mit auf den Ball kommen?"

„Ja," sagte der Student, „die kleinen niedlichen Gänseblümchen und Maiblümchen."

„Wo tanzen die schönen Blumen?" fragte die kleine Ida.

„Bist du nicht öfters vor dem Thore bei dem großen Schlosse gewesen, wo der König im Sommer wohnt und der schöne Garten mit den vielen Blumen ist? Du hast ja die Schwäne gesehen, die auf dich zuschwimmen, wenn du ihnen Brotkrümchen geben willst. Dort findet wirklich Ball statt, das kannst du mir glauben!"

„Erst gestern ging ich mit meiner Mutter draußen im Garten!" sagte Ida, „aber an allen Bäumen fehlten die Blätter und es waren gar keine Blumen mehr da! Wo sind sie? Im Sommer sah ich so viele!"

„Die sind drinnen im Schlosse!" sagte der Student. „Du mußt wissen, sobald der König und alle Hofleute wieder in die Stadt ziehen, dann laufen die Blumen sofort aus dem Garten auf das Schloß und sind lustig. Das solltest du einmal sehen. Die beiden reizendsten Rosen setzen sich auf den Thron und sind dann König und Königin. Die großen Hahnenkämme stellen sich alle an der Seite auf und stehen und verneigen sich. Das sind die Kammerjunker. Nun kommen die niedlichsten Blumen und dann ist da großer Ball. Die blauen Veilchen stellen kleine Seekadetten vor, sie tanzen mit Hyazinthen und Crocus, welche sie Fräulein anreden. Die Tulpen und Feuerlilien, das sind Matronen, die passen auf, daß recht schön getanzt wird und alles fein ordentlich hergeht."

„Aber," fragte die kleine Ida, „ist denn niemand da, der die Blumen dafür bestraft, daß sie in des Königs Schlosse tanzen?"

„Es ist niemand da, der darüber etwas Genaues wüßte!" sagte der Student. „Mitunter kommt des Nachts freilich der alte Schloßverwalter, der da draußen die Aufsicht zu führen hat. Sobald aber die Blumen sein großes Schlüsselbund rasseln hören, verhalten sie sich ganz still, verstecken sich hinter den langen Vorhängen und stecken den Kopf hervor. „„Mein Geruch sagte es mir, es sind hier Blumen im Saale!"" sagt der alte Schloßverwalter, aber sehen kann er sie nicht."

„Das ist drollig," sagte die kleine Ida und klatschte in die Hände. „Aber könnte ich denn die Blumen nicht auch sehen?"

„O ja!" sagte der Student, „vergiß nur nicht, sobald du wieder hinauskommst, durch das Fenster zu schauen, dann siehst du sie sicher. Das that ich heute, da lag eine lange Narcisse im Sofa und dehnte sich; das war eine Hofdame."

„Kommen auch die Blumen aus dem botanischen Garten da hinaus? Können sie den weiten Weg machen?"

„Jawohl!" sagte der Student, „denn, sobald sie wollen, können sie fliegen. Hast du nicht schon die herrlichen Schmetterlinge gesehen, die roten, gelben und weißen? Sie sehen fast wie Blumen aus und sind es auch gewesen. Sie sind vom Stengel hoch hinauf in die Luft gesprungen und haben dann mit ihren Blättern wie mit kleinen Flügeln geschlagen, und nun flogen sie. Da sie sich gut aufführten, durften sie auch am Tage fliegen, brauchten nicht wieder nach Hause zu kommen und still auf dem Stengel zu sitzen, und so wurden diese Blätter schließlich wirkliche Flügel. Das hast du ja selbst gesehen."

„Ach wie drollig!" sagte die kleine Ida und lachte.

„Wie kann man einem Kinde dergleichen vorreden!" sagte der mürrische Kanzleirat, welcher zum Besuch gekommen war und im Sofa saß. Er konnte den Studenten gar nicht leiden und brummte stets, wenn er ihn die komischen Bilder ausschneiden sah.

Aber der kleinen Ida kam es doch ganz lustig vor, was ihr der Student von ihren Blumen erzählte und sie dachte viel daran.

Die Blumen ließen also die Köpfe hängen, weil sie vom nächtlichen Tanze müde waren; sie waren gewiß krank. Im Puppenbette lag ihre Puppe Sophie und schlief, aber die kleine Ida sagte zu ihr: „Du mußt leider aufstehen, Sophie, und damit fürlieb nehmen, heute Nacht im Schubfache zu liegen; die armen Blumen sind krank und da müssen sie in deinem Bette liegen; vielleicht werden sie dann wieder frisch und wohl!" Damit nahm sie die Puppe heraus, die sehr ärgerlich aussah und kein einziges Wort sagte, denn es verdroß sie, daß sie nicht ihr Bett behalten durfte.

Dann legte Ida die Blumen in das Puppenbett, zog die kleine Decke ganz über sie und sagte, sie sollten nun hübsch stille liegen, sie würde ihnen dann Thee kochen, damit sie wieder wohl und frisch werden und morgen wieder aufstehen könnten. Die Vorhänge zog sie dicht um das kleine Bett, damit die Sonne ihnen nicht in die Augen scheinen sollte.

Auch den ganzen Abend hindurch konnte sie sich nicht enthalten, an das zu denken, was ihr der Student erzählt hatte. Als sie nun selbst zu Bett sollte, huschte sie erst hinter die Gardinen vor den Fenstern, wo die prächtigen Blumen ihrer Mutter, Hyazinthen und Tulpen, standen, und flüsterte ihnen ganz leise zu: „Ich weiß es nun, ihr sollt heute Nacht auf den Ball!" Aber die Blumen thaten, als verständen sie nichts und rührten kein Blatt, allein die kleine Ida wußte doch, was sie wußte.

Als sie nun zu Bett gegangen war, lag sie noch lange und dachte, wie hübsch es doch sein müßte, die herrlichen Blumen draußen auf dem Schlosse des Königs tanzen zu sehen. „Ob meine Blumen wohl wirklich mit dabei gewesen sind?" Dann fiel sie aber in Schlaf. In der Nacht erwachte sie wieder. Sie hatte von den Blumen und dem

Studenten geträumt, den der Kanzleirat ausgezankt und dabei gesagt hatte, er wollte ihr bloß etwas weis machen. In der Schlafkammer, wo Ida lag, war es ganz stille; die Nachtlampe brannte auf dem Tische und ihr Vater und ihre Mutter schliefen.

„Ob meine Blumen jetzt wohl in Sophiens Bett liegen?" sagte sie bei sich selbst; „ich möchte es doch gar zu gern wissen!" Sie richtete sich ein wenig auf und blickte nach der Thüre. Sie war nur angelehnt und drinnen lagen die Blumen und all ihr Spielzeug. Sie lauschte und da war es ihr, als hörte sie drinnen in der Stube auf dem Klavier spielen, aber ganz leise und so hübsch, wie sie nie zuvor gehört hatte.

„Jetzt tanzen gewiß alle Blumen drinnen!" sagte sie; „ach, wie gern möchte ich es doch sehen!" aber sie durfte nicht aufstehen, weil sie sonst Vater und Mutter geweckt hätte. „Wenn sie doch nur hereinkommen wollten!" sagte sie; aber die Blumen kamen nicht. Als nun die hübsche Musik immer weiter spielte, konnte sie es nicht länger mehr aushalten, denn es war zu herrlich. Unhörbar kletterte sie aus ihrem kleinen Bette, ging ganz leise nach der Thüre und sah in die Stube hinein. Nein, war das drollig, was sie nun zu sehen bekam!

Eine Nachtlampe brannte nicht darin, aber der Mond schien durch das Fenster mitten auf den Fußboden, so daß es fast tageshell war. Alle Hyazinthen und Tulpen standen in zwei langen Reihen auf dem Boden, am Fenster waren keine mehr zu sehen, da standen die leeren Töpfe. Auf dem Boden tanzten die Blumen ganz niedlich um einander herum, bildeten ordentliche Ketten und hielten einander an den langen grünen Blättern, wenn sie sich herumschwenkten. Am Klavier saß eine große Feuerlilie, welche die kleine Ida bestimmt im Sommer gesehen hatte, denn sie erinnerte sich noch ganz wohl, daß der Student gesagt hatte: „Seht nur, wie sie dem Fräulein Lina ähnelt!" Damals hatte Ida gelacht, aber jetzt sah sie, daß die lange, gelbe Blume dem Fräulein glich. Niemand bemerkte die kleine Lauscherin. Nun sah sie einen großen blauen Crocus mitten auf den Tisch springen, auf dem das Spielzeug stand, direkt auf das Puppenbett zugehen und die Vorhänge auf die Seite schieben. Da lagen die kranken Blumen, aber sie richteten sich sofort empor und nickten den andern auf dem Fußboden zu, daß sie auch mittanzen wollten. Der alte Herr auf dem Räucherkästchen, dem die Unterlippe abgebrochen war, stand auf und verneigte sich vor den hübschen

Blumen. Sie sahen gar nicht mehr krank aus, hüpften unter die andern hinunter und waren recht vergnügt.

Horch! War es nicht, als ob etwas vom Tische herunterfiele? Ida schaute hin. Es war die Fastnachtsrute, welche heruntersprang. Sie schien ebenfalls mit zu den Blumen zu gehören. Sie war auch sehr niedlich, und oben in der Spitze saß eine kleine Wachspuppe, die einen genau eben so breiten Hut auf dem Kopfe hatte, wie ihn der Kanzleirat trug. Die Fastnachtsrute hüpfte auf ihren drei roten Stelzfüßen mitten unter die Blumen, und stampfte, weil sie Mazurka tanzte, laut den Boden. Den Tanz verstanden die andern Blumen nicht, denn sie waren gar leicht und konnten nicht aufstampfen.

Die Wachspuppe auf der Fastnachtsrute wurde plötzlich groß und lang, schwang sich hoch über die Papierblumen empor und rief ganz laut. „Wie kann man einem Kinde dergleichen vorreden! Das ist dummes Zeug!" und da ähnelte die Wachspuppe dem Kanzleirate mit seinem breiten Hute auf das täuschendste; sie sah gerade eben so gelb und brummig aus. Aber die Papierblumen schlugen ihn an die dünnen Beine und da schrumpfte er wieder zusammen und wurde eine winzig kleine Wachspuppe. Das war ein zu komischer Anblick! Die kleine Ida konnte sich des Lachens nicht enthalten.

In demselben Augenblicke klopfte es ganz laut inwendig in dem Schubfache, wo Idas Puppe, Sophie, bei vielem anderen Spielzeug lag. Das Männchen auf dem Räucherkästchen lief bis an die Kante des Tisches, legte sich der Länge nach auf den Bauch und fing an den Schubkasten ein wenig herauszuziehen. Da richtete sich Sophie empor und sah sich ganz verwundert um. „Hier ist ja Ball!" sagte sie, „warum hat mir es denn niemand gesagt?"

„Willst du mit mir tanzen?" fragte das Räuchermännchen.

„Fürwahr, das stände mir gerade an, mit dir zu tanzen!" sagte sie und wandte ihm den Rücken. Hierauf setzte sie sich auf das Schubfach und dachte, es würde schon eine oder die andere Blume kommen und sie engagieren, aber es kam keine. Nun hustete sie, hm, hm, hm, aber gleichwohl kam keine. Das Räuchermännchen tanzte ganz allein und gar nicht so übel.

Da nun keine der Blumen Sophie zu sehen schien, ließ sie sich vom Schubfach gerade auf den Boden herabgleiten, so daß ein großer Lärm entstand. Alle Blumen umringten sie auch gleich und fragten, ob sie sich keinen Schaden gethan hätte, und sie benahmen sich alle sehr zuvorkommend gegen sie, besonders die Blumen, die in ihrem Bette gelegen hatten. Aber sie hatte keinen Schaden genommen und alle Blumen Idas dankten ihr für das prächtige Bett und bewiesen ihr große Zuneigung. Sie zogen sie mit sich bis mitten auf den Boden, wo der Mond schien, tanzten mit ihr und alle andern Blumen schlossen einen Kreis um sie. Nun war Sophie fröhlich und sagte, sie möchten getrost ihr Bett behalten, sie läge eben so gern im Schubfache.

Aber die Blumen sagten: „Empfange unsern besten Dank, allein wir können nicht mehr lange leben; morgen sind wir tot; sage aber der kleinen Ida, sie möchte uns draußen im Garten dort, wo der Kanarienvogel liegt, begraben. Dann würden wir im Sommer noch weit schöner wieder aufblühen!"

„Nein, ihr dürft nicht sterben!" sagte Sophie und küßte dann die Blumen. In dem Augenblicke ging die Saalthüre auf und eine große Menge prachtvoller Blumen tanzte herein. Ida konnte sich gar nicht denken, woher sie gekommen waren; es waren gewiß die Blumen draußen vom Schlosse des Königs. An der Spitze gingen zwei herrliche Rosen und trugen kleine Goldkronen, das war ein König und eine Königin. Darauf folgten die niedlichsten Levkojen und Nelken, die nach allen Seiten hin grüßten. Sie hatten Musik mit sich, große Mohnblüten und Päonien bliesen auf Erbsenschoten, so daß sie ganz rot im Gesicht waren. Die blauen Glockenblumen und die kleinen weißen Schneeglöckchen klingelten, als ob sie Schellen trügen. Das war eine komische Musik. Dann kamen gar viele andere Blumen und tanzten allesamt, die blauen Veilchen und die roten Tausendschön, die Gänseblümchen und Maiblümchen. Und alle Blumen küßten einander, was sehr niedlich anzusehen war.

Schließlich sagten die Blumen einander gute Nacht. Da schlich sich denn auch die kleine Ida in ihr Bett, wo sie von allem, was sie gesehen hatte, träumte.

Als sie am nächsten Morgen aufstand, ging sie sogleich zu dem kleinen Tische, um zu sehen, ob die Blumen noch dort wären. Sie zog den Vorhang vor dem kleinen Bett zur Seite, ja, da lagen sie sämtlich, aber sie waren ganz welk, weit mehr als gestern. Sophie lag im Schubfache, wohin Ida sie gelegt hatte; sie sah sehr schläfrig aus.

„Kannst du dich auf das besinnen, was du mir sagen solltest?" fragte die kleine Ida, allein Sophie machte ein dummes Gesicht und sagte auch nicht ein einziges Wort.

„Du bist gar nicht artig," sagte Ida, „und doch tanzten sie sämtlich mit dir." Dann nahm sie ein Papierschächtelchen, das mit niedlichen Vögeln bemalt war, öffnete es und legte die toten Blumen hinein. „Das soll euer hübscher Sarg sein," sagte sie, „und wenn später J o n a s und A d o l p h kommen, da sollen sie bei dem Begräbnisse draußen im Garten mit zugegen sein, damit ihr im Sommer wieder wachsen könnt und noch weit schöner werdet!"

Jonas und Adolph waren zwei frische Knaben und Spielgenossen von Ida; ihr Vater hatte jedem von ihnen eine neue Armbrust geschenkt, die sie bei sich hatten, um sie Ida zu zeigen. Sie erzählte ihnen von den armen Blumen, die gestorben waren, und dann durften sie dieselben begraben. Beide gingen mit ihrer Armbrust auf den Schultern voran und die kleine Ida folgte ihnen mit den toten Blumen in der niedlichen Schachtel. Draußen im Garten gruben die Kinder ein kleines Grab und Ida setzte die Blumen, nachdem sie dieselben noch einmal geküßt hatte, mit der Schachtel in die Erde. Adolph und Jonas schoßen mit der Armbrust über das Grab, denn sie hatten weder Flinten noch Kanonen.

MÄRCHEN FÜR KINDER

Das kleine Mädchen mit den Schwefelhölzern.

Es war entsetzlich kalt; es schneite und der Abend dunkelte bereits; es war der letzte Abend im Jahre, Sylvesterabend. In dieser Kälte und in dieser Finsternis ging auf der Straße ein kleines armes Mädchen mit bloßem Kopfe und mit nackten Füßen. Es hatte wohl freilich Pantoffeln angehabt, als es von Hause fortging, aber das waren die seiner verstorbenen Mutter gewesen und da sie ihr nicht paßten, so hatte sie die Kleine verloren, als sie über die Straße eilte, während zwei Wagen in rasender Eile vorüberjagten; der eine Pantoffel war nicht wieder aufzufinden und mit dem andern machte sich ein Knabe aus dem Staube.

Da ging nun das kleine Mädchen auf den nackten zierlichen Füßchen, die vor Kälte ganz rot und blau waren. In ihrer alten Schürze trug sie eine Menge Schwefelhölzer und ein Bund hielt sie in der Hand. Während des ganzen Tages hatte ihr niemand etwas abgekauft, niemand ein Almosen gereicht. Hungrig und frostig schleppte sich die arme Kleine weiter und sah schon ganz verzagt und eingeschüchtert aus. Die Schneeflocken fielen auf ihr langes blondes Haar, das schön gelockt über ihren Nacken hinabfloß. Aus allen Fenstern strahlte heller Lichterglanz und über alle Straßen verbreitete sich der Geruch von köstlichem Gänsebraten. Es war ja Sylvesterabend und dieser Gedanke erfüllte alle Sinne des kleinen Mädchens.

In einem Winkel zwischen zwei Häusern, von denen das eine etwas weiter in die Straße vorsprang als das andere, kauerte es sich nieder. Seine kleinen Beinchen hatte es unter sich gezogen, aber es fror nur noch mehr und wagte es trotzdem nicht, nach Hause zu gehen, da es noch kein Schächtelchen mit Streichhölzern verkauft, noch keinen Pfennig erhalten hatte. Es hätte gewiß vom Vater Schläge bekommen, und kalt war es zu Hause ja auch; sie hatten das bloße Dach über sich und der Wind pfiff schneidend hinein, obgleich Stroh und Lumpen in die größten Ritzen gestopft waren. Ach, wie gut mußte die Wärme eines Schwefelhölzchens thun! Wenn es nur wagen dürfte, eines aus dem Schächtelchen herauszunehmen, es gegen die Wand zu streichen und die Finger daran zu wärmen! Endlich zog das Kind eines heraus. „Ritsch!" wie sprühte es, wie brannte es. Das Schwefelholz strahlte eine warme helle Flamme aus, wie ein kleines Licht, als es das Händchen um dasselbe hielt. Es war ein merkwürdiges Licht; es kam dem Mädchen vor, als säße es vor einem großen eisernen Ofen mit Messingbeschlägen und Messingverzierungen; das Feuer brannte so schön und wärmte so wohlthuend! Die Kleine streckte schon die Füße aus, um auch diese zu wärmen — da erlosch die Flamme. Der Ofen verschwand — sie saß mit einem Stümpfchen des ausgebrannten Schwefelholzes in der Hand da.

Ein neues wurde angestrichen, es brannte, es leuchtete, und die Stelle der Mauer, auf welche der Schein fiel, wurde durchsichtig wie ein Flor. Die Kleine sah gerade in die Stube hinein, wo der Tisch gedeckt stand und köstlich dampfte die gebratene Gans darauf. Und was noch herrlicher war, die Gans sprang aus der Schüssel und watschelte mit Gabel und Messer im Rücken über den Fußboden hin; gerade auf das arme Mädchen zu. Da erlosch das Schwefelholz und nur die dicke kalte Mauer war zu sehen.

Sie zündete ein neues an. Da saß die Kleine unter dem herrlichsten Weihnachtsbaum; er war noch größer und noch weit reicher ausgeputzt als der, den sie am heiligen Abende bei dem reichen Kaufmann durch die Glasthüre gesehen hatte. Tausende von Lichtern brannten auf den grünen Zweigen, und bunte Bilder schauten auf sie hernieder; die Kleine streckte beide Hände nach ihnen in die Höhe — da erlosch das Schwefelholz. Die vielen Weihnachtslichter stiegen höher und höher und sie sah jetzt erst, daß es die hellen Sterne waren. Einer von ihnen fiel herab und zog einen langen Feuerstreifen über den Himmel.

„Jetzt stirbt jemand!" sagte die Kleine; denn die alte Großmutter, welche sie allein freundlich behandelt hatte, jetzt aber längst tot war, hatte gesagt: „Wenn ein Stern fällt, steigt eine Seele zu Gott empor!"

Sie strich wieder ein Schwefelholz gegen die Mauer; es warf einen weiten Lichtschein rings umher und im Glanze desselben stand die alte Großmutter hell beleuchtet mild und freundlich da.

„Großmutter!" rief die Kleine, „o nimm mich mit dir! Ich weiß, daß du verschwindest, sobald das Schwefelholz ausgeht, verschwindest, wie der warme Kachelofen, der köstliche Gänsebraten und der große flimmernde Weihnachtsbaum!" Schnell strich sie den ganzen Rest der Schwefelhölzer an, welche sich noch im Schächtelchen befanden, sie wollte die Großmutter festhalten; und die Schwefelhölzer verbreiteten einen solchen Glanz, daß es heller war als am lichten Tage. So schön, so groß war die Großmutter nie gewesen; sie nahm das kleine Mädchen auf ihren Arm und hoch schwebten sie empor in Glanz und Freude; Kälte, Hunger und Angst wichen von ihm — sie waren bei Gott.

Aber im Winkel am Hause saß in der kalten Morgenstunde das kleine Mädchen mit roten Wangen, mit Lächeln um den Mund — tot, erfroren am letzten Tage des alten Jahres. Der Morgen des neuen Jahres ging über der kleinen Leiche auf, welche mit den Schwefelhölzern, wovon fast ein Schächtelchen verbrannt war, dasaß. „Sie hat sich wärmen wollen!" sagte man. Niemand wußte, was sie Schönes gesehen hatte, in welchem Glanze sie mit der alten Großmutter zur Neujahrsfreude eingegangen war.

MÄRCHEN FÜR KINDER

Die wilden Schwäne.

Weit von hier, dort, wohin die Schwalben fliegen, ehe unser Winter eintritt, lebte ein König, der hatte elf Söhne und eine Tochter, E l i s e genannt. Die elf Prinzen gingen stets mit einem Stern auf der Brust und dem Säbel an der Seite zur Schule. Sie schrieben mit Diamantgriffeln auf goldenen Tafeln. Ihre Schwester Elise saß auf einem Stühlchen von Spiegelglas und besaß ein Bilderbuch, welches das halbe Königreich gekostet hatte.

Der König verheiratete sich zum zweitenmal, da er Witwer war, und zwar mit einer bösen Königin, welche die armen Kinder gar nicht lieb hatte. Schon den ersten Tag konnten sie es ganz deutlich merken. Im Schloße war ein großes Fest und da spielten die Kinder: „Es kommt Besuch"; aber während sie sonst alle Kuchen und Bratäpfel, die nur irgend aufzutreiben waren, erhielten, gab ihnen die Königin nur Sand in einer Tasse und sagte, sie könnten ja so thun, als ob es etwas wäre.

In der folgenden Woche übergab sie die kleine Elise einer Bauernfamilie auf dem Lande, und es dauerte nicht lange, bis sie dem Könige so viel über die armen Prinzen in den Kopf gesetzt hatte, daß er sich nun gar nicht mehr um sie kümmerte.

„Fliegt hinaus in die Welt und sorgt für euch selber!" sagte die böse Königin; „fliegt als große Vögel, ohne Stimme." Aber so schlimm, wie sie beabsichtigte, konnte sie es doch nicht ausführen: die Prinzen verwandelten sich in elf herrliche, wilde Schwäne. Mit einem seltsamen Schrei flogen sie zu den Schloßfenstern hinaus über den Park und Wald hinweg.

Es war noch ganz früh, als sie an jenem Bauernhause, in dem ihre Schwester gerade im Bette lag und schlief, vorbeikamen. Hier schwebten sie über dem Dache, drehten ihre langen Hälse hin und her und schlugen mit den Flügeln aber niemand sah oder hörte es. Sie mußten wieder weiter, hoch zu den Wolken empor, fort in die weite Welt, wo sie bis zu einem großen finstern Wald flogen, der sich bis an den Meeresstrand erstreckte.

Die arme kleine Elise stand in der Bauernstube und spielte mit einem grünen Blatte, denn anderes Spielzeug hatte sie nicht. Sie stach ein Loch in das Blatt, schaute durch dasselbe zur Sonne hinauf und dann war es ihr gerade, als wenn sie die hellen Augen ihrer Brüder erblickte.

Ein Tag verlief wie der andere. Wehte der Wind durch die großen Rosenhecken draußen vor dem Hause, dann flüsterte er den Rosen zu: „Wer kann schöner sein als ihr?" aber die Rosen schüttelten den Kopf und sagten: „Elise ist es!" Und saß am Sonntage die alte Hausmutter vor der Thüre und las in ihrem Gesangbuch, dann schlug der Wind die Blätter um und sagte zu dem Buche: „Wer ist frömmer als du?" — „Elise ist es!" sagte das Gesangbuch.

Als Elise fünfzehn Jahre alt war, sollte sie an den Hof ihres Vaters zurückkehren. Kaum hatte aber die Königin die auffallende Schönheit des Mädchens gesehen, als auch ihr Herz sogleich von Zorn und Haß gegen sie erfüllt wurde. Gar zu gern hätte sie nun auch ihre Stieftochter in einen wilden Schwan verwandelt, doch durfte sie es nicht sogleich wagen, da ja der König seine Tochter sehen wollte.

Früh morgens ging die Königin in das Bad, nahm drei Kröten, küßte sie und sagte zu der einen: „Setze dich, wenn Elise in das Bad kommt, auf ihren Kopf, damit sie träge wird wie du!" — „Setze dich auf ihre Stirn!" sagte sie zu der andern, „damit sie häßlich wird wie du, so daß sie ihr Vater nicht erkennt!" — „Ruhe an ihrem Herzen!" flüsterte sie der dritten zu, „laß sie einen bösen Sinn bekommen, damit sie dadurch Pein erleidet!" Darauf setzte sie die Kröten in das klare Wasser, welches sofort eine grünliche Farbe annahm. Nun befahl sie Elise, ein Bad zu nehmen. Während dieselbe nun in dem grünlichen Wasser untertauchte, setzte sich ihr die eine Kröte in das Haar, die andere auf die Stirn und die dritte ans Herz. Elise schien es aber gar nicht zu bemerken. Als sie sich wieder emporrichtete, schwammen drei rote Mohnblumen auf dem Wasser. Wären die Tiere nicht giftig gewesen und hätten sie nicht von der Hexe einen Kuß erhalten, so wären sie in rote Rosen verwandelt worden, Blumen aber wurden sie trotzdem, weil sie auf ihrem Haupte und an ihrem Herzen geruht hatten. Sie war zu fromm und unschuldig, als daß die Zauberkunst Gewalt über sie zu gewinnen vermochte.

Als das die böse Königin sah, rieb sie Elise mit Walnußsaft ein, so daß sie ganz dunkelbraun wurde. Es war jetzt unmöglich, die hübsche Elise wieder zu erkennen.

Als ihr Vater sie in diesem Zustand erblickte, erschrak er nicht wenig und erklärte, das wäre seine Tochter nicht. Niemand wollte sie wieder erkennen, außer dem Kettenhunde und den Schwalben, das waren aber arme Tiere und hatten nichts mitzusprechen.

Da weinte die arme Elise und gedachte ihrer elf Brüder, die alle verschwunden waren. Betrübt schlich sie sich aus dem Schlosse hinaus und ging den ganzen Tag über Feld und Sumpf bis in den großen Wald hinein. Sie wußte zwar nicht, wohin sie wollte, aber in ihrer Betrübnis sehnte sie sich nach ihren Brüdern, die gewiß, so dachte sie, gleich ihr in die Welt hinausgejagt worden waren. Diese wollte sie suchen und hoffte sie auch zu finden.

Sie war vollständig vom Wege abgekommen und die Nacht brach herein. Da legte sie sich dann auf das weiche Moos, sprach ihr Abendgebet und lehnte ihr Köpfchen gegen einen Baumstumpf. Dort war es so still, die Luft war so mild, und ringsumher im Grase und auf dem Moose funkelten, wie in grünlichem Feuer, hunderte von Leuchtkäferchen. Als sie einen Zweig mit der Hand berührte, fielen die leuchtenden Insekten wie Sternschnuppen zu ihr hernieder.

Die ganze Nacht träumte sie von ihren Brüdern; als sie erwachte, stand die Sonne schon hoch. Allerdings konnte sie dieselbe nicht sehen, denn die hohen Bäume breiteten ihre Zweige dicht und fest aus, aber die Strahlen spielten dort oben wie ein wehender Goldflor. Sie hörte das Wasser plätschern, das kam aus vielen, reichen Quellen, welche alle in einen Teich mündeten, in dem der herrlichste Sandboden war. Zwar wuchs hier dichtes Gebüsch ringsherum, doch hatten an einer Stelle die Hirsche eine große Öffnung gebildet und nach dieser Richtung hin ging Elise zum Wasser.

Als sie in demselben ihr eigenes Angesicht erblickte, erschrak sie auf das heftigste, so braun und häßlich war es. Kaum aber hatte sie ihr kleines Händchen naß gemacht und sich Augen und Stirn damit gerieben, so schien auch die weiße Haut wieder hervor. Da legte sie flugs ihre Kleider ab und stieg in's Wasser. Ein schöneres Königskind fand sich nirgends in der Welt.

Als sie sich wieder angekleidet und ihr Haar geflochten hatte, ging sie noch tiefer in den Wald hinein. Dort war es so still, daß sie ihre eigenen Fußtritte hörte und jedes welke Blatt, welches sich unter ihren Füßen bog, und sie empfand so recht die Einsamkeit, die sie nie zuvor gekannt hatte.

Die zweite Nacht im Walde brach herein. Diesmal funkelte nicht ein einziges Leuchtkäferchen aus dem Moose hervor und betrübt legte sie sich zum Schlafe nieder. Da schien es ihr, als beugten sich die Baumzweige über ihr zur Seite und der liebe Gott sähe mit milden Augen auf sie hernieder und kleine Engel guckten über seinem Haupte und unter seinen Armen hervor.

Als sie am andern Morgen erwachte, wußte sie nicht, ob sie es nur geträumt hätte oder ob es Wirklichkeit gewesen wäre.

Sie machte sich wieder auf den Weg und begegnete sehr bald einer alten Frau, die Beeren in ihrem Korbe trug. Die Alte schenkte ihr einige derselben und Elise fragte, ob sie nicht elf Prinzen hätte durch den Wald reiten sehen.

„Nein," sagte die Alte, „aber gestern sah ich elf Schwäne mit goldenen Kronen auf dem Kopfe den Bach hinabschwimmen; ich will dir den Weg dahin zeigen."

Sie führte Elise eine Strecke weiter bis zu einem Abhange, an dessen Fuße ein Bach vorüberrauschte.

Elise sagte nun der Alten Lebewohl und ging dann den Bach bis zu seiner Mündung entlang.

Da lag nun das ganze herrliche Meer vor dem jungen Mädchen ausgebreitet da. Aber nicht ein Segel zeigte sich darauf, nicht ein Boot war zu sehen, auf welchem sie hätte weiter gelangen können. Sie betrachtete die unzähligen kleinen Steine am Strande; das Wasser hatte sie alle rund geschliffen. Unermüdlich hatte es darüber hingerollt.

„Dank für eure Lehre, ihr klaren Wogen!" rief Elise. „Einmal, das sagt mir mein Herz, werdet ihr mich zu meinen Brüdern tragen!"

Auf dem angespülten Seegrase lagen elf weise Schwanenfedern; sie sammelte sie zu einem Strauß. Wassertropfen lagen auf ihnen, ob es Tau war oder Thränen, konnte niemand sehen.

Als die Sonne eben untergehen wollte, gewahrte Elise elf wilde Schwäne mit goldenen Kronen auf dem Kopfe, die dem Lande zuflogen; einer schwebte hinter dem andern, es sah wie ein langes, weißes Band aus. Da stieg Elise den Abhang hinauf und versteckte sich hinter einem Busch. Die Schwäne ließen sich unmittelbar in ihrer Nähe nieder und schlugen mit ihren großen, weißen Flügeln.

Als die Sonne unter das Wasser tauchte, sanken plötzlich die Schwanenhüllen und elf herrliche Prinzen, Elisens Brüder, standen da. Sie stieß einen lauten Schrei aus, denn, hatten sie sich auch sehr verändert, so wußte sie doch, daß sie es waren. Rasch sprang sie auf und umarmte ihre Brüder voller Freude, einen nach dem andern, rief jeden bei Namen, und die Brüder waren unendlich glücklich, als sie ihr Schwesterchen, das jetzt so groß und schön war, sahen und erkannten. Sie lachten und weinten und waren bald darüber einig, wie böse ihre Stiefmutter gegen sie alle gehandelt hätte.

„Wir Brüder," erzählte nun der Älteste, „fliegen als wilde Schwäne, so lange die Sonne am Himmel steht; ist sie untergegangen, erhalten wir unsere menschliche Gestalt wieder. Unsere Hauptsorge muß es deshalb sein, beim Sonnenuntergang festen Grund und Boden unter den Füßen zu haben, denn fliegen wir dann noch zwischen den Wolken, müssen wir, als Menschen, in die Tiefe hinabstürzen. Hier wohnen wir nicht; es liegt ein eben so schönes Land als dieses am jenseitigen Meeresufer; der Weg dahin ist weit, wir müssen über das große Meer und keine Insel liegt auf unserm Wege, auf der wir übernachten könnten; nur eine einsame kleine Klippe ragt inmitten desselben hervor. Sie ist gerade groß genug, daß wir Seite an Seite dicht nebeneinander ruhen können. Dort übernachten wir in unserer Menschengestalt; ohne sie könnten wir unser teures Vaterland nie wiedersehen, denn zwei der längsten Tage des Jahres gebrauchen wir zu unserem Fluge. Nur einmal jährlich ist es uns vergönnt, unsere Heimat zu besuchen. Elf Tage dürfen wir dann hier weilen, über diesen großen Wald hinfliegen, von wo wir das väterliche Schloß erblicken. Und hier haben wir dich, liebes Schwesterchen, gefunden. Noch zwei Tage dürfen wir hier bleiben, dann müssen wir über das

Meer nach einem herrlichen Lande aufbrechen, welches aber doch nicht unser Vaterland ist. Allein wie sollen wir es nur anfangen, dich mitzunehmen?"

„Was kann ich thun, um euch zu erlösen?" fragte die Schwester. Nun berieten und unterhielten sie sich fast die ganze Nacht; nur wenige Stunden senkte sich der Schlummer auf ihre Augen.

Elise erwachte plötzlich vom Rauschen der Schwanenflügel, welche über sie hinsausten. Die Brüder waren wieder versammelt und flogen in großen Kreisen und zuletzt weit fort, doch blieb wenigstens einer von ihnen, der jüngste, zurück. Der Schwan legte seinen Kopf in ihren Schoß und sie streichelte seine Schwingen; den ganzen Tag waren sie beisammen. Gegen Abend kamen die andern zurück und als die Sonne untergegangen war, standen sie in ihrer natürlichen Gestalt da.

„Morgen fliegen wir von hier fort und dürfen vor einem ganzen Jahr nicht zurückkommen; aber wir haben beschlossen, dich nicht zu verlassen. Hast du Mut, uns zu begleiten? Sollten unser aller Flügel nicht Kraft genug haben, mit dir über das Meer zu fliegen?"

„Ja, nehmt mich mit!" rief Elise freudig aus.

Die ganze Nacht brachten sie nun damit zu, aus der geschmeidigen Weidenrinde und dem zähen Schilf ein starkes Netz zu flechten; auf dieses legte sich Elise, und als nun die Sonne sich erhob und die Brüder in wilde Schwäne verwandelt wurden, ergriffen sie das Netz mit ihren Schnäbeln und flogen mit ihrer teuren Schwester, die noch im süßen Schlummer lag, hoch zu den Wolken empor. Die Sonnenstrahlen schienen ihr gerade ins Antlitz, weshalb einer der Schwäne über ihrem Haupt einherschwebte, um ihr mit seinen breiten Flügeln kühlen Schatten zu gewähren.

Sie waren schon weit vom Lande weg, als Elise erwachte. Sie glaubte noch zu träumen, so wunderbar kam es ihr vor, über das Meer hoch durch die Luft getragen zu werden. Ihr zur Seite lag ein Zweig mit herrlichen reifen Beeren und ein Bund wohlschmeckender Wurzeln. Diese hatte der jüngste der Brüder gesammelt und für sie hingelegt, und dankbar lächelte sie ihn an, denn sie erkannte, daß er es war, der über ihrem Haupte einherflog und sie mit den Flügeln beschattete.

Sie schwebten so hoch, daß das erste Schiff, welches sie unter sich erblickten, ihnen wie eine Möve vorkam, die auf dem Wasser lag. Eine große Wolkenmasse stand hinter ihnen, bergehoch aufgetürmt, und auf dieser gewahrte Elise ihren eigenen Schatten und den der elf Schwäne, der in Riesengröße ihren eilenden Flug begleitete. Den ganzen Tag flogen sie, wie ein sausender Pfeil durch die Luft geht, aber doch ging es jetzt, wo sie die Schwester zu tragen hatten, bedeutend langsamer als sonst. Da zog sich ein Unwetter zusammen und der Abend näherte sich. Ängstlich sah Elise die Sonne mehr und mehr sinken, und noch immer war die einsame Klippe im Meere nicht zu erblicken. Es kam ihr vor, als ob die Schwäne stärkere Flügelschläge machten. Die schwarze Wolkenmasse kam näher und näher, die starken Windstöße verkündeten einen Sturm. Die Wolken hatten sich in einer einzigen großen, Unheil drohenden Masse zusammengeballt, die sich bleiförmig vorwärts schob. Blitz leuchtete auf Blitz.

Jetzt hatte die Sonne den Meeresspiegel erreicht. Elisen klopfte das Herz. Da schossen die Schwäne hinab, so schnell, daß sie zu fallen vermeinte. Aber jetzt schwebten sie wieder. Die Sonne war schon zur Hälfte unter das Wasser getaucht, da bemerkte sie erst die kleine Klippe unter sich. Sie sah nicht größer als ein Seehund aus, der den Kopf aus dem Wasser erhebt. Die Sonne sank schnell; nur ein schmaler Streifen blitzte noch über dem Wasser hervor, da berührte ihr Fuß festen Boden. Das Sonnenlicht erlosch wie der letzte Funken eines brennenden Papieres. Arm in Arm sah sie ihre Brüder um sich stehen, aber mehr Platz, als unabweislich für diese und sie erforderlich war, fand sich auch nicht. Die See schlug gegen die Klippe und ergoß sich wie ein Regenguß über sie; der Himmel leuchtete, als wenn er in Flammen stände und der Donner rollte Schlag auf Schlag. Aber Schwester und Brüder hielten einander fest an den Händen und blieben getrost und mutig.

Als der Tag graute, war die Luft rein und still. Sobald die Sonne sich erhob, flogen die Schwäne mit Elisen von der Insel fort. Das Meer ging noch hoch, so daß es, als sie hoch in der Luft schwebten, ihnen vorkam, als ob der weiße Schaum auf der dunkelgrünen See Millionen Schwäne wären, die sich auf dem Wasser schaukelten.

Als die Sonne höher stieg, erblickte Elise vor sich ein Bergland, halb schwimmend in der Luft, mit glitzernden Eismassen auf den Felsen, und mitten auf denselben dehnte sich ein wohl meilenlanges Schloß aus mit einem kühnen Säulengange über dem andern. In der Tiefe wogten Palmenwälder und prächtige Blumen wie Mühlräder groß. Sie erkundigte sich, ob dies Land das Ziel ihrer Reise wäre, aber die Schwäne schüttelten den Kopf, denn was sie sah, war das herrliche, beständig wechselnde Wolkenschloß der Fee Fata Morgana. Sie schaute aufmerksamer hin und es war nur der Meeresnebel, der sich über das Wasser hinwälzte. Nun gewahrte sie auch bald das wirkliche Land, dem sie zueilten. Dort erhoben sich herrliche blaue Berge mit Zedernwäldern, Städten und Schlössern. Lange vor Sonnenuntergang saß sie auf dem Felsen vor einer großen Höhle, welche mit feinen grünen Schlingpflanzen bewachsen war; sie nahmen sich wie gestickte Teppiche aus.

„Nun wollen wir sehen, was du heute Nacht hier träumen wirst!" sagte der jüngste Bruder und führte sie in ihr Schlafzimmer.

„O möchte ich doch träumen, wie ich euch erlösen kann!" erwiderte sie. Dieser Gedanke beschäftigte sie so lebhaft, sie bat Gott so innig um seine Hilfe, ja selbst im Schlaf betete ihr Geist weiter, daß es ihr endlich vorkam, als flöge sie hoch in die Luft zu Fata Morganas Wolkenschlosse, und die Fee käme ihr entgegen, schön und glänzend. Und doch glich sie auch wieder der alten Frau, die ihr im Walde Beeren gegeben und von den Schwänen mit den goldenen Kronen erzählt hatte.

„Deine Brüder können erlöst werden!" sprach sie, „hast du aber auch Mut und Ausdauer? Wohl ist das Meer weicher als deine feinen Hände und formt doch die harten Steine um, aber es fühlt nicht den Schmerz, den deine Finger fühlen werden. Siehst du diese Brennessel, die ich in meiner Hand halte? Von derselben Gattung wachsen viele um die Höhle, in welcher du schläfst. Nur diese und solche, welche aus den Gräbern des Friedhofs hervorsprossen, kannst du brauchen. Merke das; diese mußt du pflücken, wenn sie deine Hand auch voll Blasen brennen werden. Brichst du nun die Nesseln mit deinen Füßen, so erhältst du Flachs, aus dem du elf Panzerhemden mit langen Ärmeln flechten und binden mußt; wirf diese über die elf Schwäne, so ist der Zauber gelöst. Aber sei dessen wohl eingedenk, daß du von Beginn bis zur Beendigung dieser Arbeit, und sollten Jahre dazwischen liegen, nicht sprechen darfst; das erste Wort, welches über deine Lippen kommt, fährt wie ein tötender Dolch in das Herz deiner Brüder; an deiner Zunge hängt ihr Leben!" Zugleich berührte sie Elisens Hand mit der Nessel; diese brannte wie glühendes Feuer, so daß die Prinzessin vor Schmerz erwachte. Es war heller, lichter Tag und dicht neben der Stelle, wo sie geschlafen hatte, lag eine Nessel gleich der, welche sie im Traume gesehen hatte. Da fiel sie auf ihre Kniee, dankte dem lieben Gott und trat aus der Höhle, um sofort ihre Arbeit zu beginnen.

Mit ihren feinen Händen griff sie hinunter in die häßlichen Nesseln, die sich wie Feuer anfühlten. Große Blasen brannten sie an ihren Händen und Armen, aber gerne wollte sie dies erleiden, konnte sie doch ihre lieben Brüder dadurch erlösen. Sie brach jede Nessel mit ihren nackten Füßen und flocht den grünen Flachs.

Als die Sonne untergegangen war, kamen die Brüder und erschraken, als sie Elise stumm fanden. Zunächst hielten sie es für eine neue Bezauberung ihrer bösen Stiefmutter, als sie aber ihre Hände sahen, begriffen sie, was sie um ihretwillen vorhatte.

Die ganze erste Nacht brachte sie bei ihrer Arbeit zu, denn es ließ ihr keine Ruhe, ehe sie nicht die lieben Brüder erlöst hatte. Den ganzen folgenden Tag saß sie, während die Schwäne fort waren, in ihrer Einsamkeit, aber nie war ihr die Zeit so schnell verflogen. Ein Panzerhemd war schon fertig und nun begann sie das zweite.

Da ließ sich zwischen den Bergen der Klang eines Jagdhorns vernehmen. Sie wurde ängstlich, der Ton kam immer näher; sie hörte Hundegebell. Erschreckt zog sie sich in die Höhle zurück, band die Nesseln, die sie gesammelt und gehechelt hatte, in ein Bund und setzte sich darauf.

Plötzlich kam ein großer Hund aus dem Gesträuch gesprungen, bald kamen noch mehrere und nach wenigen Minuten stand eine Gruppe Jäger vor dem Höhleneingang. Der schönste derselben, der König des Landes, redete Elise an: „Wo bist du hergekommen, du herrliches Kind?"

Elise schüttelte den Kopf, sie durfte ja nicht reden, denn es galt ihrer Brüder Leben und Erlösung. Ihre Hände verbarg sie unter der Schürze, damit der König nicht sähe, was sie zu leiden hätte.

„Begleite mich!" begann er von neuem; „hier darfst du nicht bleiben. Bist du ebenso gut, wie du schön bist, so will ich dich in Seide und Samt kleiden und dir die goldene Krone auf das Haupt setzen." Sie weinte und rang ihre Hände, aber der König sagte: „Ich will nur dein Glück, einst wirst du mir dafür danken!" Dann stürmte er vorwärts zwischen den Bergen hindurch, hielt sie vor sich auf dem Pferde und die Jäger jagten hinterher.

Als die Sonne niedersank, lag die prächtige Königsstadt mit ihren Kirchen und Kuppeln vor ihnen, und der König führte sie in sein Schloß, wo in hohen Marmorsälen große Wasserkünste plätscherten, wo Wände und Decken mit Gemälden verziert waren, aber sie hatte keine Augen dafür, sie weinte und trauerte. Willenlos duldete sie, daß die Frauen ihr königliche Kleider anlegten, ihr Perlen in das Haar flochten und feine Handschuhe über die verbrannten Finger zogen.

Als sie in aller ihrer Pracht dastand, war sie so blendend schön, daß sich der Hof noch tiefer vor ihr verneigte, und der König erwählte sie zu seiner Braut, obwohl der Erzbischof den Kopf schüttelte und meinte, das schöne Waldmädchen wäre sicher eine Hexe. Doch der König hörte nicht darauf, ließ die Musik erklingen und sie wurde durch duftende Gärten in die prächtigsten Säle hineingeführt. Aber nicht ein Lächeln glitt über ihren Mund oder strahlte aus ihren Augen. Nun öffnete der König ein kleines Zimmer dicht daneben, wo sie schlafen sollte. Es war mit köstlichen grünen Teppichen ausgeschmückt und ähnelte vollkommen der Höhle, in welcher der König sie gefunden hatte. Auf dem Fußboden lag das Bund Flachs, welchen sie aus den Nesseln gesponnen hatte, und unter der Decke hing das Panzerhemd, welches schon fertig gestrickt war. Alles dies hatte einer der Jäger als Merkwürdigkeit mitgenommen.

„Hier kannst du dich in deine frühere Heimat zurückträumen!" sprach der König. „Hier ist die Arbeit, die dich dort beschäftigte. Jetzt, mitten in deiner Pracht, wird es dich unterhalten, an die vergangene Zeit zurückzudenken."

Als Elise das erblickte, was ihrem Herzen so nahe lag, spielte ein Lächeln um ihren Mund und das Blut kehrte in ihre Wangen zurück; sie dachte an die Erlösung ihrer Bruder, küßte dem Könige die Hand, und er drückte sie an sein Herz und ließ durch alle Kirchenglocken das Hochzeitsfest verkündigen. Das schöne, stumme Mädchen aus dem Walde ward die Königin des Landes. Der Erzbischof selbst mußte ihr die Krone auf das Haupt setzen und in seinem Unwillen drückte er ihr den engen Reifen so fest auf die Stirne, daß es ihr Schmerzen verursachte.

Ihr Mund war stumm, hätte doch ein einziges Wort ihren Brüdern das Leben gekostet, allein ihre Augen spiegelten ihre innige Zärtlichkeit gegen den guten, schönen König wieder, der alles that, um sie zu erfreuen. Hätte sie sich ihm nur anvertrauen, ihm ihr Leid gestehen dürfen! Nun aber mußte sie stumm sein, mußte stumm ihr Werk vollenden. Deshalb schlich sie sich nachts in ihr verstecktes Kämmerlein, welches wie die Höhle ausgeschmückt war, und strickte ein Panzerhemd nach dem andern fertig; als sie jedoch das siebente begann, hatte sie keinen Flachs mehr.

Wie sie wußte, wuchsen die Nesseln, welche sie allein verwenden durfte, auf dem Friedhofe, aber sie mußte sie selbst pflücken; wie sollte sie das anfangen?

„Ich muß es wagen, der liebe Gott wird seine Hand nicht von mir abziehen!" dachte sie.

Mit einer Herzensangst, als hätte sie eine böse That vor, schlich sie sich in einer mondhellen Nacht in den Garten hinunter und ging durch die langen Baumwege und einsamen Straßen nach dem Friedhofe hinaus. Dort erblickte sie auf einem der breitesten Leichensteine einen Kreis häßlicher Hexen. Elise mußte dicht bei ihnen vorüber, und sie hefteten ihre bösen Blicke auf sie, aber sie betete, sammelte die brennenden Nesseln und nahm sie mit sich nach dem Schlosse.

Nur ein einziger Mensch hatte sie hierbei gesehen, der Erzbischof; er war noch wach, wenn die andern schliefen. Es hatte sich seine Meinung nun doch bewährt, daß es mit ihr nicht stände, wie es mit einer Königin stehen sollte. Sie war eine Hexe und darum hatte sie den König und das ganze Volk bethört. Er erzählte dem Könige, was er gesehen hatte und was er befürchtete. Da rollten dem Könige zwei schwere Thränen über die Wangen herunter. Er that des Nachts, als ob er schliefe, aber es kam kein ruhiger Schlaf in seine Augen; er merkte, wie Elise aufstand, wie sie dieses jede Nacht wiederholte, und jedesmal ging er ihr leise nach und sah, daß sie in ihrer Kammer verschwand.

Tag für Tag wurde seine Miene finsterer. Elise sah es wohl, begriff aber nicht weshalb. Doch ängstigte sie dieses Benehmen, und was litt sie nicht erst in ihrem Herzen um ihrer Brüder willen. Auf den königlichen Sammet und Purpur rannen ihre bitteren Thränen nieder. Inzwischen war ihre Arbeit nun bald vollendet, nur ein Panzerhemd fehlte noch, aber sie hatte nun keinen Flachs mehr und nicht eine einzige Nessel. Einmal, nur dieses letztemal noch, mußte sie deshalb zum Friedhofe hinaus wandern und einige Hände voll pflücken.

Elise ging, aber der König und der Erzbischof folgten ihr und sahen sie in die Kirchhofspforte hineintreten und verschwinden. Als sie sich derselben näherten, erblickten sie auf den Grabsteinen die Hexen, wie sie Elise erblickt hatte, und der König wandte sich ab, denn er vermutete die Königin unter ihnen.

„Das Volk möge sie verurteilen!" sagte er, und das Volk verurteilte sie zum Scheiterhaufen.

Aus den prächtigen Königssälen wurde sie in ein finsteres, feuchtes Loch geschleppt, in welches der Wind durch das Gitterfenster hineinpfiff; anstatt des Sammets und der Seide gab man ihr das Bund Nesseln, welches sie gesammelt hatte, darauf konnte sie ihr Haupt legen. Die harten, brennenden Panzerhemden, welche sie gestrickt hatte, sollten ihr statt Kissen und Decke dienen, doch konnte man ihr nichts Lieberes schenken. Sie nahm ihre Arbeit wieder auf und betete dabei inbrünstig zu Gott.

Da sauste gegen Abend dicht am Gitter ein Schwanenflügel, es war der jüngste der Brüder, der endlich die Schwester aufgefunden hatte. Laut schluchzte sie auf vor Freude, obgleich sie wußte, daß die kommende Nacht vielleicht die letzte war, die sie zu leben hatte. Aber jetzt war ihre Arbeit ja auch beinahe vollendet und ihre Brüder waren hier.

Die kleinen Mäuse liefen über den Fußboden, schleppten die Nesseln bis zu ihren Füßen hin, um doch auch ein wenig zu helfen, und die Drossel setzte sich an das Gitter des Fensters und sang so lustig sie konnte, damit Elise den Mut nicht verlieren sollte.

Es begann gerade zu dämmern, erst in einer Stunde sollte die Sonne aufgehen, da standen die elf Brüder vor dem Portale des Schlosses und verlangten, vor den König geführt zu werden. Das könnte nicht geschehen, erhielten sie aber zur Antwort, es wäre ja noch Nacht, der König schliefe und dürfte nicht geweckt werden. Sie baten, sie drohten, die Wache kam, ja selbst der König trat aus seinem Schlafzimmer und fragte, was das zu bedeuten hätte, aber in dem Augenblicke stieg strahlend die Sonne empor und nun war kein Bruder mehr zu sehen, aber über das Schloß hinweg flogen elf wilde Schwäne.

Auf einem schlechten Karren wurde die arme Königin zur Richtstätte geführt; sie trug ein häßliches, graues Gewand, ihr langes Haar wallte aufgelöst um das schöne Haupt, ihre Wangen waren leichenblaß, ihre Lippen bewegten sich leise, während ihre Finger den grünen Flachs flochten. Selbst auf ihrem Todeswege unterbrach sie die begonnene Arbeit nicht, die zehn Panzerhemden lagen zu ihren Füßen, an dem elften strickte sie.

„Seht nur die Hexe an," rief das Volk; „mit ihrem häßlichen Zauberwerk sitzt sie da. Reißt es ihr in tausend Stücke!"

Alle drängten auf sie ein und wollten es ihr zerreißen. Da kamen elf weiße Schwäne geflogen, die setzten sich rings um sie auf den Karren und schlugen mit ihren großen Schwingen. Da wich der Haufen erschrocken zur Seite.

„Das ist ein Zeichen vom Himmel! Sie ist sicherlich unschuldig!" flüsterten viele, wagten es aber nicht laut auszusprechen.

Nun ergriff sie der Büttel bei der Hand; da warf sie eiligst den Schwänen die elf Hemden über und plötzlich standen elf stattliche Prinzen da, aber der jüngste hatte anstatt des einen Armes einen Schwanenflügel, denn seinem Panzerhemde fehlte ein Ärmel, den sie noch nicht vollendet hatte.

„Nun darf ich sprechen!" rief sie aus, „ich bin unschuldig!"

„Ja, unschuldig ist sie!" sagte der älteste Bruder und erzählte dann alles, was geschehen war, und während er sprach, verbreitete sich ein Duft wie von tausenden von Rosen, denn jedes Stück Brennholz des Scheiterhaufens hatte Wurzel geschlagen und Zweige getrieben. Da stand eine duftende Hecke, hoch und groß mit roten Rosen; zu alleroberst aber wiegte sich eine Blume, weiß und leuchtend, die wie ein Stern erglänzte. Diese brach der König, steckte sie Elisen vor die Brust und nun erwachte sie mit Frieden und Glückseligkeit in ihrem Herzen.

Alle Kirchenglocken läuteten von selbst und die Vögel kamen in großen Schwärmen; es wurde ein Hochzeitszug zurück zum Schlosse, wie ihn noch kein König gesehen hatte.

Die glückliche Familie.

Das größte von allen Blättern ist wohl das Klettenblatt; ein Kind kann es als Schürze oder als Regenschirm benutzen; aber eine Schnecke ißt es am liebsten auf; es ist ihre Lieblingsspeise. Daher hatte man in der Nähe eines Edelsitzes Kletten gesät, weil die Schnecken wiederum eine Lieblingsspeise der Herrschaften auf dem Edelhofe waren. Aber diese waren gestorben, das Schloß war verfallen, der Garten verwildert; nur die Kletten wucherten fort, sie bildeten einen dichten Klettenwald und in diesem wohnten die beiden letzten uralten Schnecken.

Wie alt sie waren, wußten sie selbst nicht, konnten sich aber dessen noch ganz gut entsinnen, daß ihrer weit mehr gewesen waren, daß sie von einer aus fremden Ländern eingewanderten Familie abstammten und daß für sie und die Ihrigen der ganze Wald angepflanzt war. Sie waren über denselben nie hinausgekommen; gleichwohl war es ihnen nicht unbekannt, daß noch etwas zu der Welt gehörte, was Rittergut hieß. Dort oben wurde man gekocht, wovon man schwarz wurde, und dann wurde man auf eine silberne Schüssel gelegt; was dann aber weiter geschah, wußten sie nicht. Was das übrigens zu bedeuten hätte, gekocht zu werden und auf silberner Schüssel zu liegen, konnten sie sich nicht vorstellen, nur sagte ihnen ein dunkles Gefühl, daß das etwas Herrliches und überaus Vornehmes sein müßte.

Die alten weißen Schnecken waren die vornehmsten in der Welt, wie sie sehr wohl wußten; lediglich um ihretwillen war der Wald da, und das Rittergut war da, damit sie gekocht und auf silberne Schüsseln gelegt werden konnten.

Sie lebten jetzt sehr einsam und glücklich, und da sie selbst ohne Kinder waren, so hatten sie eine kleine gewöhnliche Schnecke an Kindesstatt angenommen. Der Kleine wollte indes nicht wachsen, da er zu niedriger Abkunft war. Aber die Alten, besonders die Schneckenmutter, meinten doch, eine Zunahme merken zu können, und letztere bat den Vater, er möchte nur das kleine Schneckenhaus befühlen, und das that er und fand, daß die Mutter recht hatte. —

„Höre nur, wie es heute auf die Kletten plätschert!" sagte an einem Regentage der Schneckenvater. „Ich bin nur froh, daß wir unser gutes Haus haben und der Kleine auch das seinige. Für uns ist allerdings besser gesorgt als für alle übrigen Geschöpfe, woraus du ersiehst, daß uns die Herrschaft in der Welt gehört! Von Geburt an besitzen wir ein Haus und der Klettenwald ist um unsertwillen angepflanzt worden!" — „Ich möchte nur wissen, was außerhalb desselben ist!" meinte die Schneckenmutter.

„Außerhalb ist nichts! Das Schloß ist vielleicht eingestürzt!" sagte der Schneckenvater, „oder der Klettenwald ist darüber hinweggewachsen, so daß die Menschen nicht mehr heraus können!"

„Hast du auch schon daran gedacht, wo wir eine Frau für unsern Kleinen herbekommen könnten?" fragte die Schneckenmutter. „Glaubst du nicht, daß weit, weit in den Klettenwald hinein sich noch jemand unserer Art finden sollte?"

„Schwarze Schnecken, meine ich, werden wohl zahlreich vorhanden sein," sagte der Alte, „schwarze Schnecken ohne Haus, aber die gehören trotz ihrer Eingebildetheit zu dem gemeinen Volke. Wir könnten jedoch die Ameisen damit beauftragen; sie laufen, als wenn sie etwas zu thun hätten, regelmäßig hin und her; sie wissen gewiß eine Frau für unser Schneckchen!"

„Ich weiß freilich die allerschönste!" sagte eine Ameise; „aber ich befürchte, es wird sich nicht machen, da es sich um eine Königin handelt!" — „Das thut nichts!" sagten die Alten. „Hat sie ein Haus?" — „Sie hat ein Schloß!" sagte die Ameise. „Das schönste Ameisenschloß mit siebenhundert Gängen." — „Nein, besten Dank!" sagte die Schneckenmutter, „unser Sohn soll nicht in einen Ameisenhaufen! Wißt ihr nichts Besseres, so wollen wir uns an die weißen Mücken wenden; sie fliegen in Regen und Sonnenschein weit umher und kennen den Klettenwald von innen und von außen!"

„Wir haben eine Frau für ihn!" sagten die Mücken. „Hundert Menschenschritte von hier sitzt auf einem Stachelbeerstrauche eine kleine Schnecke mit einem Hause." — „Gut, laßt sie zu ihm kommen!" sagten die Alten, „er hat einen Klettenwald, sie hat nur einen Strauch!"

Da holten sie das kleine Schneckenfräulein. Das dauerte acht Tage, aber das war gerade das Hervorragende dabei; damit bewies sie, daß echtes Schneckenblut in ihr rollte.

Darauf wurde Hochzeit gefeiert. Sechs Leuchtkäfer leuchteten, so gut sie vermochten; sonst verlief die Feierlichkeit in aller Stille, denn die alten Schnecken konnten Schwärmen und Lustbarkeiten nicht leiden. Dagegen wurde von der Schneckenmutter eine schöne Rede gehalten; der Vater war nicht dazu im Stande, er war zu bewegt, und dann übergaben sie ihnen den ganzen Klettenwald als Erbteil und wiederholten, was sie stets gesagt hatten, daß es das Beste in der Welt wäre, wenn sie und ihre Kinder einst auf das Schloß kommen, schwarz gekocht und auf eine silberne Schüssel gelegt werden würden.

Nach Schluß der Rede krochen die Alten in ihre Häuser und kamen nie wieder heraus; sie schliefen. Das junge Schneckenpaar regierte im Walde und erhielt eine zahlreiche Nachkommenschaft, nie aber wurden sie gekocht und nie kamen sie auf eine silberne Schüssel, weshalb sie meinten, daß das Schloß eingestürzt und alle Menschen in der Welt ausgestorben wären, und da ihnen niemand widersprach, galt es natürlich als wahr. Der Regen schlug auf die Klettenblätter, um ihnen eine Trommelmusik vorzumachen, und die Sonne leuchtete, um ihretwegen den Klettenwald in ein Lichtmeer zu tauchen und sie waren sehr glücklich und die ganze Familie war glücklich, und sie war es wirklich.

Der Engel.

Bei jedem guten Kinde, wenn es stirbt, steigt ein Engel Gottes auf die Erde nieder, nimmt das tote Kind auf seine Arme, breitet seine großen weißen Flügel aus, fliegt über alle Stätten hin, die das Kind lieb gehabt hatte, und pflückt eine ganze Hand voll Blumen, die er zu Gott hinaufbringt, damit sie dort noch schöner als auf Erden blühen. Der liebe Gott drückt alle Blumen an sein Herz, aber der Blume, die ihm am liebsten ist, gibt er einen Kuß und dadurch erhält sie Stimme und vermag in der großen Glückseligkeit mitzusingen.

Sieh, dies alles erzählte ein Engel Gottes, als er ein totes Kind zum Himmel trug und das Kind hörte es wie im Traume. Sie schwebten hin über die Stätten der Heimat, wo das Kind gespielt hatte, und kamen durch Gärten mit herrlichen Blumen.

„Welche wollen wir nun mitnehmen und in den Himmel pflanzen?" fragte der Engel.

Da stand ein schlanker, prächtiger Rosenstock, aber eine böse Hand hatte den Stamm umgebrochen, so daß alle Zweige voll großer, halbaufgebrochener Knospen verwelkt herabhingen.

„Der arme Rosenstock!" sagte das Kind. „Ob er nur oben bei Gott zur Blüte gelangen kann?"

Und der Engel nahm ihn, küßte aber das Kind dafür und das Kleine öffnete seine Augen zur Hälfte. Sie pflückten von den reichen Prachtblumen, nahmen jedoch auch die verachtete Goldblume und das wilde Stiefmütterchen mit.

„Jetzt haben wir Blumen!" jubelte das Kind, und der Engel nickte. Es war Nacht und überall herrschte Stille. Sie blieben in der großen Stadt und schwebten in einer der schmalsten Gassen, wo allerhand Gerümpel umherlag, denn es war Ziehtag gewesen.

Der Engel zeigte auf die Scherben eines Blumentopfes hinunter und auf einen Klumpen Erde, der herausgefallen war und durch die

Wurzeln einer großen, verwelkten, und deshalb auf die Straße hinausgeworfenen Feldblume zusammengehalten wurde.

„Die nehmen wir mit!" sagte der Engel. „Ich will dir gleich erzählen, weshalb!" Und nun flogen sie und der Engel erzählte:

„Dort unten in der engen Straße, in dem niedrigen Keller, wohnte ein armer, kranker Knabe. Von Kindesbeinen an war er immer bettlägerig gewesen. Wenn er sich am wohlsten fühlte, konnte er die kleine Stube auf Krücken ein paarmal auf- und niedergehen; das war das Höchste. Während weniger Sommertage fielen die Sonnenstrahlen ein halbes Stündchen in den Kellerflur hinein. Wenn dann der arme Junge dasaß und die warme Sonne auf sich herniederscheinen ließ, und durch seine feinen Finger, die er sich vor das Gesicht hielt, das rote Blut hindurchschimmern sah, dann hieß es: „Heute ist er ausgewesen!" Den Wald in seinem herrlichen Frühlingsgrün kannte er nur dadurch, daß ihm des Nachbars Sohn den ersten Buchenzweig brachte. Den hielt er über den Kopf und träumte nun, unter Buchen zu ruhen, wo die Sonne schiene und die Vögel sängen.

„An einem schönen Lenztage brachte ihm der Nachbarssohn mehrere Feldblumen, worunter sich auch eine mit der Wurzel befand. Sie wurde in einen Topf gepflanzt und an das Fenster dicht neben seinem Bette gestellt. Die Blume war von einer glücklichen Hand gepflanzt, sie wuchs, trieb neue Schößlinge und trug jedes Jahr ihre Blumen. Sie ersetzte dem kranken Knaben den schönsten Garten, war sein kleiner Schatz auf dieser Erde. Er begoß und wartete sie und sorgte dafür, daß sie jeglichen Sonnenstrahl, der durch das niedrige Fenster hereinglänzte, bis auf den letzten erhielt. Die Blume wuchs selbst in seine Träume hinein, denn für ihn allein wuchs sie, verbreitete sie ihren Duft und erfreute sie das Auge. Ihr wandte er im Tode sein Antlitz zu, als der Herr ihn rief.

„Ein ganzes Jahr ist er nun bei Gott gewesen. So lange hat die Blume vergessen im Fenster gestanden und ist verdorrt und deshalb auf die Straße hinausgeworfen worden. Und dies ist die arme verdorrte Blume, die wir mit in unseren Strauß genommen haben, denn diese schlichte Blume hat mehr Freude gebracht als die reichste Blume in dem Garten einer Königin."

„Aber, woher weißt du dies alles?" fragte das Kind, welches der Engel zum Himmel emportrug. — „Ich weiß es!" sagte der Engel, „ich war ja selbst der kleine kranke Knabe. Sollte ich meine Blumen nicht kennen?" Und das Kind öffnete seine Augen nun ganz und schaute dem Engel in sein herrliches, freundliches Antlitz.

In demselben Augenblicke waren sie in Gottes schönem Himmel, wo Freude und Glückseligkeit war. Und Gott drückte das tote Kind an sein Herz und da erhielt es Flügel wie der andere Engel und flog Hand in Hand mit ihm dahin. Gott drückte alle die Blumen an sein Herz, aber die arme vertrocknete Feldblume küßte er und sie erhielt Stimme und sang mit all den Engeln, die um Gott schwebten, einige ganz nahe, andere in großen Kreisen um diese herum, immer weiter und weiter hinaus bis in die Unendlichkeit, alle aber gleich glücklich. Alle sangen sie, Klein und Groß, das gute, nun so gesegnete Kind, wie die arme Feldblume, die vertrocknet, im Kehricht mit hinausgeworfen, in der engen, dunklen Straße dagelegen hatte.

MÄRCHEN FÜR KINDER

Der standhafte Zinnsoldat.

Es waren einmal fünfundzwanzig Zinnsoldaten, die alle Brüder waren, da man sie aus einem und demselben alten Zinnlöffel gegossen hatte. Das Gewehr hielten sie im Arm, das Gesicht vorwärts gegen den Feind gerichtet; rot und blau, kurzum herrlich war die Uniform.

Das Allererste, was sie in dieser Welt hörten, nachdem der Deckel von der Schachtel, in welcher sie lagen, abgenommen wurde, war das Wort: „Zinnsoldaten!" Das rief ein kleiner Knabe und klatschte vor Wonne in die Hände. Er hatte sie zu seinem Geburtstage bekommen und stellte sie nun auf dem Tisch in Schlachtordnung auf.

Der eine Soldat glich dem andern auf das Genaueste, nur ein einziger war etwas verschieden: er hatte nur ein Bein, denn da er zuletzt gegossen worden, hatte das Zinn nicht mehr ausgereicht; doch stand er auf seinem einen Beine eben so fest wie die andern auf ihren beiden, und gerade er sollte sich durch sein denkwürdiges Schicksal besonders auszeichnen.

Auf dem Tische, wo sie aufgestellt wurden, befand sich noch vieles andere Spielzeug; aber dasjenige, welches am meisten die Aufmerksamkeit auf sich zog, war ein hübsches Schloß von Papier. Durch die kleinen Fenster konnte man inwendig in die Säle hineinschauen. Vor demselben standen kleine Bäume, rings um ein Stück Spiegelglas, welches einen See vorstellen sollte. Das war wohl alles niedlich, aber das Niedlichste blieb doch ein kleines Mädchen, welches vor dem offenen Schloßportale stand. Es war ebenfalls aus Papier ausgeschnitten, hatte aber ein seidenes Kleid an und ein kleines, schmales, blaues Band über den Schultern; mitten auf diesem saß ein funkelnder Stern, so groß wie ihr ganzes Gesicht. Das kleine Mädchen streckte ihre beiden Arme anmutig in die Höhe, denn sie war eine Tänzerin, und dann erhob sie das eine Bein so hoch, daß es der Zinnsoldat gar nicht entdecken konnte und dachte, daß sie, wie er, nur Ein Bein hätte.

„Die paßte für mich als Frau!" dachte er, „aber sie ist zu vornehm für mich, sie wohnt in einem Schlosse, und ich habe nur eine Schachtel, die ich mit vierundzwanzig teilen muß, das ist keine Wohnung für sie. Doch will ich zusehen, ob ich ihre Bekanntschaft machen kann!" Dann legte er sich der Länge nach hinter eine Schnupftabaksdose, die auf dem Tische stand. Von hier konnte er die kleine feine Dame, die nicht müde wurde, auf einem Bein zu stehen, ohne das Gleichgewicht zu verlieren, genau beobachten.

Als es Abend wurde, legte man die übrigen Zinnsoldaten in ihre Schachtel und die Leute im Hause gingen zu Bette. Nun begann das Spielzeug zu spielen, der Nußknacker schlug Purzelbäume und der Griffel fuhr lustig über die Tafel hin. Es entstand ein Lärm, daß der Kanarienvogel aufwachte und seinen Gesang mit hineinschmetterte. Die beiden Einzigen, welche sich nicht von der Stelle bewegten, waren der Zinnsoldat und die kleine Tänzerin. Sie stand kerzengerade auf der Zehenspitze und hatte beide Arme erhoben; er war auf seinem Einen Bein ebenso standhaft, nicht einen Augenblick wandte er seine Augen von ihr ab.

Jetzt schlug es Mitternacht und klatsch! sprang der Deckel von der Schnupftabaksdose, aber nicht etwa Schnupftabak war darin, nein, sondern ein kleiner schwarzer Kobold; das war ein Kunststück.

„Zinnsoldat!" sagte der Kobold, „du wirst dir noch die Augen aussehen!" — Aber der Zinnsoldat that, als ob er nichts gehört hätte. — „Ja, warte nur bis morgen!" rief ihm dann der Kobold noch zu.

Als es nun Morgen ward und die Kinder aufstanden, wurde der Zinnsoldat in das offene Fenster gestellt, und war es nun der Kobold oder ein Zugwind, gleichviel, plötzlich flog das Fenster auf und der Soldat fiel aus dem dritten Stockwerke häuptlings hinunter. Das war ein schrecklicher Sturz. Er streckte sein Eines Bein gerade in die Luft und blieb auf dem Helme, das Bajonett nach unten, zwischen den Pflastersteinen stecken.

Die Dienstmagd und der kleine Knabe liefen sogleich hinunter, um ihn zu suchen; aber obgleich sie beinahe auf ihn getreten hätten, konnten sie ihn doch nicht erblicken.

Nun begann es zu regnen; Tropfen folgte auf Tropfen, bis es ein tüchtiger Platzregen wurde; als er vorüber war, kamen zwei Straßenjungen dorthin.

„Sieh, sieh!" sagte der eine, „da liegt ein Zinnsoldat, der muß hinaus und segeln!"

Nun machten sie ein Boot aus Zeitungspapier, setzten den Zinnsoldaten mitten hinein und ließen ihn den Rinnstein hinunter segeln. Beide Knaben liefen nebenher und klatschten in die Hände. Hilf Himmel, was für Wellen erhoben sich in dem Rinnstein und welch reißender Strom war da! Ja, es mußte ein wahrer Platzregen heruntergekommen sein. Das Papierboot schwankte auf und nieder und bisweilen drehte es sich im Kreise, daß den Zinnsoldaten ein Schauer überlief. Trotzdem blieb er standhaft, verfärbte sich nicht, sah geradeaus und behielt das Gewehr im Arm.

Plötzlich trieb das Boot unter eine lange Rinnsteinbrücke; hier war es so dunkel wie in seiner Schachtel. „Wo mag ich jetzt nur hinkommen?" dachte er. „Ja, ja, das ist des Kobolds Schuld!"

In diesem Augenblicke erschien eine Wasserratte, welche unter der Rinnsteinbrücke wohnte.

„Hast du einen Paß?" fragte die Ratte. „Her mit dem Passe!"

Aber der Zinnsoldat schwieg still und hielt sein Gewehr nur noch fester. Das Boot fuhr weiter und die Ratte hinterher. Hu! wie sie mit den Zähnen knirschte und den Spänen und dem Stroh zurief: „Haltet ihn auf! Er hat keinen Zoll bezahlt, er hat keinen Paß vorgezeigt!"

Aber die Strömung wurde stärker und stärker; der Zinnsoldat konnte, schon ehe er das Ende des Brettes erreichte, den hellen Tag erblicken, aber er hörte zugleich einen brausenden Ton, der auch eines tapferen Mannes Herzen erschrecken konnte. Denkt euch, der Rinnstein stürzte am Ende der Brücke gerade in einen großen, breiten Kanal hinab, was ihm gleiche Gefahr bringen mußte als uns, wollten wir Menschen einen großen Wasserfall hinuntersegeln.

Er war jetzt schon so nahe dabei, daß er nicht mehr anzuhalten vermochte. Das Boot fuhr hinab, der arme Zinnsoldat hielt sich, so gut es gehen wollte, aufrecht. Niemand sollte ihm nachsagen können, daß er auch nur mit den Augen geblinkt hätte. Das Boot drehte sich drei-, viermal um sich selbst und füllte sich dabei bis zum Rande mit Wasser, es mußte sinken. Der Zinnsoldat stand bis zum Halse im Wasser, und tiefer und tiefer sank das Boot. Mehr und mehr löste sich das Papier auf; jetzt ging das Wasser schon über des Soldaten Haupt, — da dachte er an die kleine, niedliche Tänzerin, die er nie mehr erblicken sollte; und es klang vor des Zinnsoldaten Ohren:

„Morgenrot, Morgenrot,

Leuchtest mir zum frühen Tod."

Nun zerriß das Papier und der Zinnsoldat fiel hindurch, wurde aber in demselben Augenblicke von einem großen Fische verschlungen.

Nein, wie finster war es da drinnen; da war es noch schlimmer als unter der Rinnsteinbrücke und vor allen Dingen so gar eng. Gleichwohl war der Zinnsoldat standhaft und lag, so lang er war, mit dem Gewehre im Arme.

Der Fisch fuhr umher und machte die entsetzlichsten Bewegungen; endlich wurde es ganz still, und wie ein Blitzstrahl fuhr es durch ihn hin. Dann drang ein heller Lichtglanz hinein und jemand rief laut: „Ein Zinnsoldat!" Der Fisch war gefangen, auf den Markt gebracht und verkauft worden und so in die Küche hinausgewandert, wo ihn die Magd mit einem großen Messer aufschnitt. Sie faßte den Soldaten mitten um den Leib und trug ihn in die Stube hinein, wo sämtliche den merkwürdigen Mann sehen wollten, der im Magen eines Fisches umhergereist war; der Zinnsoldat war jedoch darauf gar nicht stolz. Man stellte ihn auf den Tisch und da — nein, wie wunderlich kann es doch in der Welt zugehen, befand sich der Zinnsoldat in der nämlichen Stube, in der er vorher gewesen war, er sah die nämlichen Kinder und das nämliche Spielzeug stand auf dem Tische: das herrliche Schloß mit der niedlichen kleinen Tänzerin. Sie hielt sich immer noch auf dem einen Beine und hatte das andere hoch in der Luft, sie war ebenfalls standhaft. Das rührte den Zinnsoldaten so, daß er beinahe Zinn geweint hätte, aber das schickte sich nicht. Er sah sie und sie sah ihn an, aber sie sagten einander nichts.

Plötzlich ergriff der eine der kleinen Knaben den Zinnsoldaten und warf ihn geradewegs in den Ofen hinein, obgleich hierzu eigentlich gar kein Grund vorlag; doch gewiß hatte es ihm der Kobold in der Dose eingegeben.

Der Zinnsoldat stand mitten im Feuer und fühlte eine ganz entsetzliche Hitze. Die Farben waren von ihm abgegangen, ob das von den Reisestrapazen herrührte oder vom Kummer, wußte er nicht. Er sah das Dämchen an und fühlte, wie er schmolz; aber noch stand er aufrecht und hielt sein Gewehr im Arm. Da ging plötzlich eine Thür auf, ein Windhauch erfaßte die Tänzerin und diese flog gleich einer Sylphe in den Ofen zum Zinnsoldaten, loderte auf und war dahin. Da schmolz auch der Zinnsoldat zu einem Klumpen, und als die Magd am nächsten Morgen die Asche aus dem Ofen nahm, fand sie ihn gestaltet wie ein kleines Herz. Von der Tänzerin war nichts übrig als der Flitterstern, der schwarz gebrannt war.

MÄRCHEN FÜR KINDER

Des Kaisers Nachtigall.

Das Schloß des Kaisers von China war das prächtigste in der Welt, durch und durch von feinem Porzellan. Im Garten sah man die herrlichsten und merkwürdigsten Blumen und an den allerprächtigsten waren silberne Glocken befestigt, die fortwährend tönten, damit man nicht vorüberginge, ohne die Blumen zu bemerken. Alles war in des Kaisers Garten auf das Geschmackvollste und Kunstreichste ausgegrübelt und er erstreckte sich so weit, daß selbst der Gärtner das Ende desselben nicht kannte.

Aus dem Garten gelangte man in einen Wald, und dieser stieß an das Meer, welches blau und tief war. Große Schiffe konnten unter den überhängenden Zweigen hinsegeln, und in diesen wohnte eine Nachtigall, welche so himmlisch schön sang, daß selbst der arme Fischer, der vollauf von seinem Geschäft in Anspruch genommen war, still lag und lauschte, wenn er nachts ausgefahren war, sein Netz aufzuziehen und dann die Nachtigall hörte. „Mein Gott', wie ist das schön!" sagte er, dann aber mußte er seinem Gewerbe nachgehen und vergaß den Vogel. Doch wenn derselbe in der nächsten Nacht wieder sang, und der Fischer dorthin kam, wiederholte er: „Mein Gott, wie ist das doch schön!"

Von allen Ländern der Welt kamen Reisende nach der Stadt des Kaisers und bewunderten dieselbe, das Schloß und den Garten; vernahmen sie aber die Nachtigall, dann sagten sie alle: „Das ist doch das Allerbeste!"

Die Reisenden erzählten davon nach ihrer Heimkunft, und die Gelehrten schrieben Bücher über die Stadt, das Schloß und den Garten, aber die Nachtigall vergaßen sie nicht, der wurde das Hauptkapitel gewidmet; und die, welche dichten konnten, schrieben die herrlichsten Gedichte über die Nachtigall im Walde bei der tiefen See.

Die Bücher wurden in alle Sprachen übersetzt und einige gerieten dann auch einmal dem Kaiser in die Hände. Er saß in seinem goldenen Stuhl, las und las und nickte jeden Augenblick mit dem

Kopfe, denn es freute ihn, diese prächtigen Beschreibungen von der Stadt, dem Schlosse und dem Garten zu vernehmen. „Aber die Nachtigall ist doch das Allerbeste!" stand da geschrieben.

„Was soll das heißen?" fragte der Kaiser. „Die Nachtigall? Die kenne ich ja gar nicht. Giebt es einen solchen Vogel in meinem Kaiserreiche und sogar in meinem eigenen Garten? Davon habe ich nie gehört. So etwas muß man erst aus Büchern erfahren!"

Darauf rief er seinen Kavalier. „Hier soll sich ja ein höchst merkwürdiger Vogel aufhalten, der Nachtigall genannt wird!" redete ihn der Kaiser an. „Man sagt, daß er das Allerbeste in meinem großen Reiche ist! Weshalb hat man mir nie etwas von demselben gesagt?"

„Ich habe ihn nie vorher nennen hören!" sagte der Kavalier; „er ist nie bei Hofe vorgestellt worden!"

„Ich will, daß er heute abend herkommt und vor mir singt!" fuhr der Kaiser fort. „Die ganze Welt weiß, was ich habe, und ich weiß es nicht."

„Ich habe ihn nie vorher nennen hören!" entgegnete der Kavalier, „aber ich werde ihn suchen, ich werde ihn finden!"

Aber, wo war er zu finden? Der Kavalier lief treppauf und treppab, durch Säle und Gänge, keiner von allen, die er traf, hatte von der Nachtigall je reden gehört; und der Kavalier lief wieder zum Kaiser und behauptete, es müßte gewiß eine Fabel der Buchschreiber sein.

„Ja, aber das Buch, in dem ich es gelesen habe," versetzte der Kaiser, „ist mir von dem großmächtigen Kaiser von Japan geschickt worden und folglich ist es keine Unwahrheit. Ich will die Nachtigall hören! Sie soll heute abend hier sein! Sie steht in meiner allerhöchsten Gnade!"

Der Kavalier und mit ihm der halbe Hof suchten und fragten nun nach der merkwürdigen Nachtigall, die alle Welt kannte, nur niemand bei Hofe.

Endlich trafen sie ein armes kleines Küchenmädchen. Sie sagte: „O Gott, die Nachtigall! Die kenne ich gut! Ja, wie kann die singen! Jeden Abend darf ich meiner Mutter einige Speisereste bringen. Sie wohnt unten am Meeresufer, und wenn ich zurückkehre, müde bin und im Walde ruhe, dann höre ich die Nachtigall singen. Die Thränen treten mir dabei in die Augen, es kommt mir gerade so vor, als ob mich meine Mutter küßte!"

„Kleines Küchenmädchen!" sagte der Kavalier, „ich will dir eine Anstellung in der Schloßküche verschaffen, wenn du uns zur Nachtigall führst, denn sie ist heute abend zum Gesang befohlen!"

Darauf zogen sie alle nach dem Wald hinaus, wo die Nachtigall zu singen pflegte, der halbe Hof war mit. Als sie im besten Marsche waren, fing eine Kuh zu brüllen an.

„Oh!" sagte ein Hofjunker, „nun haben wir sie! Es steckt doch wirklich eine ganz außerordentliche Kraft in einem so kleinen Tierchen. Ich habe sie sicher schon früher einmal gehört!"

„Nein, das sind Kühe, welche brüllen!" sagte das kleine Küchenmädchen; „wir sind noch weit von der Stelle entfernt!"

Jetzt quackten Frösche im Sumpfe. „Herrlich!" sagte der chinesische Schloßbonze. „Nun höre ich sie, es klingt gerade wie kleine Glocken."

„Nein, das sind die Frösche!" versetzte das kleine Küchenmädchen. „Aber nun werden wir sie, denke ich, bald hören." Da begann die Nachtigall zu schlagen.

„Das ist sie!" rief das kleine Mädchen, „hört, hört, und dort sitzt sie!" und dabei zeigte sie auf einen kleinen, grauen Vogel oben in den Zweigen.

„Ist es möglich!" sagte der Kavalier, „so einfach von Aussehen hätte ich sie mir nicht vorgestellt!"

„Kleine Nachtigall!" rief das kleine Küchenmädchen ganz laut, „unser allergnädigster Kaiser wünscht, daß du vor ihm singst!"

„Mit größtem Vergnügen!" sagte der Vogel, und sang gleich, daß es eine wahre Lust war.

„Es klingt gerade wie Glasglocken!" sagte der Kavalier, „und seht nur die kleine Kehle, wie die sich anstrengt! Es ist merkwürdig, daß wir sie früher nie gehört haben! Sie wird einen großen Erfolg bei Hofe haben!"

„Soll ich noch einmal vor dem Kaiser singen?" fragte die Nachtigall, welche glaubte, daß der Kaiser zugegen wäre.

„Meine vortreffliche, liebe Nachtigall!" sagte der Kavalier, „ich habe die große Freude, Sie zu einem Hoffeste heute abend zu befehlen, wo Sie Seine kaiserliche Gnaden mit Ihrem reizenden Gesange bezaubern sollen!"

„Es nimmt sich im Grünen am besten aus!" entgegnete die Nachtigall, aber sie ging doch mit, als sie hörte, daß es der Kaiser wünschte.

Im Schlosse war alles im festlichen Staate. Wände und Fußboden, die von Porzellan waren, erglänzten im Scheine vieler tausend goldener Lampen. Die schönsten Blumen, die recht laut klingeln konnten, waren in den Gängen aufgestellt. Da war ein Laufen und Rennen, und von dem starken Zugwind klingelten alle Glocken, so daß man sein eigenes Wort nicht verstand.

Mitten in dem Saale, in welchem der Kaiser saß, war eine kleine, goldene Säule aufgestellt, auf welcher die Nachtigall sitzen sollte. Der ganze Hof war dort versammelt, und das kleine Küchenmädchen hatte die Erlaubnis erhalten, hinter der Thür zu stehen, da ihr nun der Titel einer „wirklichen Hofköchin" beigelegt war.

Die Nachtigall sang so lieblich, daß dem Kaiser Thränen in die Augen traten; die Thränen liefen ihm über die Wangen hinab, und nun sang die Nachtigall noch schöner, daß es recht zu Herzen ging. Der Kaiser war so froh und zufrieden, daß er zu bestimmen geruhte, die Nachtigall sollte einen goldenen Pantoffel um den Hals tragen. Die Nachtigall aber dankte, sie hätte schon eine hinreichende Belohnung erhalten.

„Ich habe Thränen in den Augen des Kaisers gesehen, das ist mir der reichste Schatz! Eines Kaisers Thränen haben eine wunderbare Macht! Gott weiß, ich bin belohnt genug!" Dann sang sie wieder mit ihrer süßen, bezaubernden Stimme. Ja, die Nachtigall machte wirklich Glück.

Sie sollte nun bei Hofe bleiben, ihren eigenen Käfig haben und die Freiheit genießen, zweimal des Tages und einmal des Nachts sich im Freien zu ergehen. Zwölf Diener mußten sie begleiten, die sie alle an einem um das eine Bein geschlungenen Bande festhielten. Ein solcher Ausgang war nun eben kein Vergnügen.

Eines Tages wurde dem Kaiser eine große Kiste mit der Aufschrift „Nachtigall!" überreicht.

„Da haben wir nun gewiß ein Buch über unsern berühmten Vogel!" dachte der Kaiser; aber es war kein Buch, es war ein kleines Kunstwerk, welches in einer Schachtel lag, eine künstliche Nachtigall, die der lebendigen ähneln sollte, aber überall mit Diamanten, Rubinen und Saphiren besetzt war. Sobald man den künstlichen Vogel aufzog, konnte er eines der Stücke singen, welche die wirkliche Nachtigall sang, und dabei bewegte er den Schwanz auf und nieder und glänzte von Silber und Gold. Um den Hals hing ihm ein Bändchen, auf dem geschrieben stand: „Die Nachtigall des Kaisers von Japan ist arm gegen die des Kaisers von China!"

„Das ist herrlich!" sagten sie sämtlich, und derjenige, welcher den künstlichen Vogel überbracht hatte, erhielt sofort den Titel eines „kaiserlichen Oberhofnachtigallenüberbringers".

„Nun müssen sie zusammen singen! Was wird das für ein Duett werden!"

So mußten sie denn zusammen singen, aber es wollte nicht recht gehen, denn die wirkliche Nachtigall ging auf ihre Art und der Kunstvogel ging auf Walzen. „Der trägt nicht die Schuld!" sagte der Spielmeister, „der ist besonders taktfest und ganz aus meiner Schule!" Nun sollte der Kunstvogel allein singen. — Er machte ein ebenso großes Glück wie der wirkliche und dann bot er auch einen viel prächtigeren Anblick.

Dreiunddreißigmal sang er ein und dasselbe Stück und wurde doch nicht müde. Die Leute hätten ihn gern wieder von vorn gehört, doch meinte der Kaiser, daß nun auch die lebendige Nachtigall etwas vortragen sollte — — aber wo war diese? Niemand hatte bemerkt, daß sie zum offenen Fenster hinausgeflogen war, fort zu ihren grünen Wäldern.

„Aber was ist denn das?" rief der Kaiser; und alle Hofleute schalten und meinten, die Nachtigall wäre ein höchst undankbares Tier. „Den besten Vogel haben wir doch!" trösteten sie sich und so mußte der

Kunstvogel wieder singen. Der Spielmeister lobte den Vogel über alle Maßen, ja, er versicherte, er wäre besser als die wirkliche Nachtigall, nicht nur was die Kleider und die vielen strahlenden Diamanten anbelangte, sondern auch hinsichtlich seines Innern.

Der Kaiser stimmte ihm bei und der Spielmeister erhielt Befehl, den Vogel am nächsten Sonntage dem Volke vorzuweisen. Und die Leute hörten ihn und waren ganz entzückt und riefen: „O!" und hielten nach ihrer Sitte einen Finger in die Höhe und nickten dabei. Aber die armen Fischer, welche die wirkliche Nachtigall gehört hatten, meinten: „Das klingt wohl ganz hübsch, es läßt sich auch eine Ähnlichkeit der Melodie nicht ableugnen, aber es fehlt doch etwas. Was es nur sein mag?"

Die wirkliche Nachtigall ward aus Land und Reich verwiesen; der Kunstvogel aber hatte seinen Platz auf einem seidenen Kissen, unmittelbar neben dem Bette des Kaisers. Alle Geschenke, die er erhalten hatte, Gold und Edelsteine, lagen rings um ihn her, und im Titel war er bereits bis zum „Kaiserlichen Nachttischsänger" mit dem Range eines Rates erster Klasse aufgestiegen.

So ging es ein ganzes Jahr: Der Kaiser, der Hof und alle andern Chinesen kannten jeden Laut in dem Gesange des Kunstvogels auswendig, aber gerade deshalb hielten sie die größten Stücke auf ihn. Sie konnten selbst mitsingen und thaten es. Die Gassenbuben sangen: „Zizizi! Kluckkluckkluck!" und der Kaiser sang es. O, es war himmlisch!

Aber eines Abends, als der Kunstvogel gerade am besten sang, und der Kaiser im Bette lag und zuhörte, ging es inwendig im Vogel: „Schwupp!" Da sprang etwas: „Schnurrrrr!" Alle Räder liefen herum, und dann schwieg die Musik.

Der Kaiser sprang sogleich aus dem Bette und ließ seinen Leibarzt holen, aber was konnte der helfen! Dann schickte man nach dem Uhrmacher, und nach vielem Fragen und vielem Untersuchen setzte er den Vogel wenigstens einigermaßen wieder in Stand, erklärte aber, er müßte sehr geschont werden, denn die Zapfen wären abgenutzt und es wäre unmöglich, neue dergestalt einzusetzen, daß die Musik sicher ginge. Da war nun große Trauer. Nur einmal des Jahres durfte man den Kunstvogel singen lassen, und schon das war ein großes

Wagnis. Dann aber hielt der Spielmeister eine kleine Rede und versicherte, daß es noch ebenso gut wäre wie früher, und dann war es auch ebenso gut wie früher.

Nun waren fünf Jahre verstrichen, als das ganze Land plötzlich eine wirkliche Ursache zu großer Trauer bekam, denn der Kaiser, der sehr geliebt wurde, erkrankte lebensgefährlich. Ein neuer Kaiser war schon im voraus gewählt und das Volk stand auf der Straße und fragte, wie es mit dem Herrn stände. Es hieß schon, der Kaiser sei tot. Aber der Kaiser war noch nicht tot. Steif und bleich lag er in dem prächtigen Bette mit den langen Sammetvorhängen und den schweren Goldquasten. Hoch oben stand ein Fenster offen und der Mond schien herein auf den Kaiser und den Kunstvogel.

Der arme Kaiser konnte kaum noch atmen, es war ihm, als ob etwas auf seiner Brust läge. Er schlug die Augen auf und da sah er, daß es der Tod war, der auf seiner Brust saß. Er hatte sich seine goldene Krone aufgesetzt und hielt in der einen Hand den goldenen Säbel des Kaisers und in der andern dessen prächtige Fahne. Aus den Falten der großen Sammetvorhänge schauten ringsumher seltsame Köpfe hervor, einige sehr häßlich, andere Frieden verheißend und mild. Es waren alle böse und gute Thaten des Kaisers, die ihn jetzt, wo der Tod auf seinem Herzen saß, anblickten.

„Erinnerst du dich dessen?" flüsterte eine nach der anderen. „Erinnerst du dich dessen?" und dann erzählten sie ihm so viel, daß ihm der Schweiß von der Stirne lief.

„Das habe ich nie gewußt!" seufzte der Kaiser. „Musik, Musik, die große chinesische Trommel!" rief er, „damit ich nicht alles höre, was sie sagen!"

Aber sie verstummten nicht, und der Tod nickte zu allem, was gesagt wurde.

„Musik, Musik!" schrie der Kaiser. „Du kleiner lieblicher Goldvogel, singe doch, singe! Ich habe dir Gold und Kostbarkeiten gegeben, ich habe dir selbst meinen goldenen Pantoffel um den Hals gehängt, singe doch, singe!"

Aber der Vogel schwieg, es war niemand da, ihn aufzuziehen, und sonst sang er nicht. Aber der Tod fuhr fort, den Kaiser mit seinen großen, leeren Augenhöhlen anzuschauen, und es war so still, so erschrecklich still.

Da ertönte plötzlich, dicht neben dem Fenster, der herrlichste Gesang. Er rührte von der kleinen, lebendigen Nachtigall her, die draußen auf einem Zweige saß. Sie hatte von ihres Kaisers Not gehört und war deshalb gekommen, ihm Trost und Hoffnung zuzusingen. Und wie sie sang, erbleichten die Spukgestalten mehr und mehr, immer rascher pulsierte das Blut in des Kaisers schwachem Körper und selbst der Tod lauschte und sagte: „Fahre fort, kleine Nachtigall, fahre fort!"

„Ja, wenn du mir des Kaisers goldenen Säbel, seine Fahne und seine Krone geben willst."

Und der Tod gab jedes Kleinod für einen Gesang hin, und die Nachtigall war unermüdlich. Sie sang von dem stillen Friedhofe, wo die weißen Rosen wachsen, wo der Flieder duftet und wo das frische Gras von den Thränen der Überlebenden benetzt wird. Da bekam der Tod Sehnsucht nach seinem Garten und schwebte wie ein kalter, weißer Nebel zum Fenster hinaus.

„Dank, Dank!" sagte der Kaiser, „du himmlischer kleiner Vogel, ich kenne dich wohl! Dich habe ich aus meinem Lande und Reiche verwiesen, und doch hast du die bösen Geister von meinem Bette hinweggesungen, den Tod von meinem Herzen vertrieben! Wie soll ich dir lohnen?"

„Du hast mir gelohnt!" sagte die Nachtigall, „Thränen haben deine Augen vergossen, als ich das erstemal sang; das vergesse ich dir nie, das sind die Juwelen, die eines Sängers Herzen wohl thun. Aber schlafe nun, werde frisch und gesund! Ich will dich einsingen."

Sie sang — — und der Kaiser fiel in einen süßen, sanften, erquickenden Schlaf.

Die Sonnenstrahlen fielen durch das Fenster auf ihn, als er gestärkt und gesund erwachte. Noch war keiner von seinen Dienern zurückgekommen, denn sie hielten ihn für tot, aber die Nachtigall saß noch da und sang.

„Immer mußt du bei mir bleiben!" sagte der Kaiser; „du sollst nur singen, wenn du willst, und den Kunstvogel schlage ich in tausend Stücke!"

„Thue das nicht!" sagte die Nachtigall. „Er hat gethan, was er zu thun vermochte; behalte ihn auch fernerhin. Ich kann in einem Schlosse nicht wohnen, doch laß mich zu dir kommen, so oft mich das Verlangen dazu treibt; dann will ich des Abends dort auf dem Zweige vor dem Fenster sitzen und dir vorsingen, damit du froh, aber auch zugleich nachdenklich wirst. Ich will singen von den Glücklichen und von denen, welche leiden; ich will singen vom Bösen und Guten, was dir verhehlt wird. Der kleine Singvogel fliegt weit umher zu dem armen Fischer, zu des Landmannes Dach, zu jedem, der fern von dir und deinem Hofe ist. Dein Herz liebe ich mehr, als deine Krone, und doch hat die Krone etwas von dem Dufte des Heiligen an sich. — Ich komme, ich singe dir vor! Aber Eins mußt du mir versprechen!"

„Alles!" sagte der Kaiser und stand da in seiner kaiserlichen Tracht, die er sich selbst angelegt hatte, und legte den Säbel, der von Gold schwer war gegen sein Herz.

„Um Eines bitte ich dich! Erzähle niemand, daß du einen kleinen Vogel hast, der dir alles sagt, dann wird es noch besser gehen!"

Darauf flog die Nachtigall fort.

Die Diener kamen herein, um nach ihrem toten Kaiser zu sehen; — ja, da standen sie und der Kaiser sagte ganz frisch und munter: „G u t e n M o r g e n ! "

Die

Schneekönigin.

Märchen in sieben Geschichten.

E r s t e Geschichte. Der Zauberspiegel.

in böser Zauberer hatte einst einen Spiegel angefertigt, der die Eigenschaft besaß, daß alles Gute und Schöne, das sich darin spiegelte, zusammenschrumpfte und häßlich grinste, während das, was nichts taugte, deutlich hervortrat und sich gut ausnahm. Das wäre lustig, meinten die, welche die Schule des Zauberers besuchten, denn dieser gab Unterricht im Zaubern. Sie liefen mit dem Spiegel umher und zuletzt war weder ein Land noch ein Mensch, die nicht ihr verdrehtes Bild gesehen hätten.

Nun wollten sie zuletzt sogar auch noch zum Himmel emporfliegen, um mit den Engeln und dem lieben Gott ihren Spott zu treiben. Je höher sie mit dem Spiegel flogen, desto stärker grinste er, daß sie ihn kaum festhalten konnten. Höher und höher flogen sie, Gott und seinen Engeln immer näher. Da erbebte der Spiegel in seinem Grinsen so furchtbar, daß er ihren Händen entglitt und auf die Erde hinunterstürzte, wo er in hundert Millionen, Billionen und noch mehr Stücke zerbrach.

Aber gerade hienieden richtete er weit größeres Unglück an als zuvor, denn einige Stücke waren kaum so groß wie ein Sandkorn, und diese verbreiteten sich über die ganze weite Welt. Wo sie den Leuten in die Augen kamen, da blieben sie sitzen, und dann sahen die Menschen alles verkehrt oder hatten nur Augen für das Verkehrte bei einer Sache, denn jedes Spiegelsplitterchen hatte dieselben Kräfte behalten, welche dem ganzen Spiegel eigen waren.

Einigen Menschen drang ein solcher Spiegelsplitter sogar in das Herz, und dann war es entsetzlich, das Herz wurde förmlich ein Eisklumpen. Einige Scherben waren so groß, daß sie zu Fensterscheiben benutzt wurden, andere Stücke dienten als Brillengläser, was natürlich eine große Verwirrung anrichtete. Und immer noch flogen kleine Glassplitter in der Luft umher. Wir werden nun hören, was durch dieselben geschah.

Z w e i t e Geschichte. Die Nachbarskinder.

In der großen Stadt, wo so viel Leute beisammenwohnen, daß nicht alle ein Gärtchen haben können, sondern viele sich mit Blumentöpfen begnügen müssen, lebten einst zwei arme Kinder, die einen etwas größeren Garten als einen Blumentopf besaßen. Sie waren nicht Bruder und Schwester, hatten einander aber eben so lieb, als ob sie es wären. Ihre Eltern wohnten in unmittelbarer Nachbarschaft. Sie bewohnten zwei Dachkammern, da, wo das Dach des einen Nachbarhauses das des andern berührte und die Wasserrinne zwischen den Dächern entlang lief. Dort hinaus blickte aus jedem Hause ein Fenster. Man brauchte nur über die Rinne zu schreiten, um von dem einen Fenster nach dem andern zu gelangen.

Jedes Elternpaar hatte draußen einen hölzernen Kasten angebracht, in welchem die nötigsten Küchenkräuter gezogen wurden. Auch befand sich in jedem Kästchen ein kleiner Rosenstock und beide wuchsen und gediehen herrlich. Nun gerieten die Eltern auf den Gedanken, die Kästen quer über die Rinne so auszustellen, daß sie fast von dem einen Fenster bis zu dem andern reichten und sich völlig wie zwei Blumenwälle ausnahmen. Erbsenranken hingen über die Kästen hinunter und die Rosenstöcke trieben lange Zweige, rankten sich um die Fenster, neigten sich einander zu und bildeten fast eine Laube, und die Kinder erhielten oftmals die Erlaubnis, hinauszuklettern und unter den Rosen miteinander zu spielen.

Im Winter war ja dies Vergnügen vorüber. Die Fenster waren dann oft ganz zugefroren. Doch dann wärmten sie Kupferdreier auf dem Ofen, hielten sie gegen die gefrorene Scheibe und dann bildete sich dort ein prächtiges Guckloch, so rund, o so rund; dahinter strahlte ein glückliches sanftes Auge, eines hinter jedem Fenster. Das war der kleine Knabe und das kleine Mädchen. Er hieß K a y und sie hieß G e r d a. Im Sommer konnten sie rasch bei einander sein, im Winter aber mußten sie die vielen Treppen hinunter und hinauf. — Draußen wirbelte der Schnee.

„Jetzt schwärmen die weißen Bienen!" sagte die alte Großmutter.

„Haben sie auch eine Bienenkönigin?" fragte der kleine Knabe.

„Die haben sie!" sagte die Großmutter, „sie fliegt immer dort, wo sie am dichtesten schwärmen. Sie ist die größte von allen Schneeflocken, und nie ist sie ruhig auf Erden, sie fliegt gleich wieder zu der schwarzen Wolke empor. Manche Winternacht fliegt sie durch die Straßen der Stadt und guckt zu den Fenstern hinein, und dann gefrieren diese so wunderbar, als wären sie mit Blumen besäet."

„Ja, das habe ich gesehen!" riefen beide Kinder, und nun wußten sie, daß es Wahrheit wäre.

„Kann die Schneekönigin hereinkommen?" fragte das kleine Mädchen.

„Laß sie nur kommen," sagte der Knabe, „dann setze ich sie auf den warmen Kachelofen und sie muß zerschmelzen!"

Aber die Großmutter strich ihm das Haar glatt und erzählte andere Geschichten.

Des Abends, als der kleine Kay zu Hause und halb ausgezogen war, kletterte er auf den Stuhl am Fenster und guckte zu dem kleinen Loch hinaus. Ein paar Schneeflocken fielen draußen und eine derselben, die allergrößte, blieb auf dem Rande des einen Blumenkastens hängen. Die Schneeflocke wuchs und wuchs, bis sie sich zuletzt in eine vollständige Frau verwandelte, in den feinsten weißen Flor gehüllt, der wie von Millionen sternartiger Flocken zusammengesetzt war. Sie war schön und fein, aber von Eis, dem blendenden, blinkenden Eis, doch war sie lebendig. Die Augen funkelten wie zwei helle Sterne, aber unstät rollten sie umher ohne Ruh und Rast. Sie nickte nach dem Fenster zu und winkte mit der Hand. Der kleine Knabe erschrak und sprang vom Stuhle hinunter. Da war es, als flöge ein großer Vogel draußen an dem Fenster vorüber.

Am folgenden Tag war klares Frostwetter — — und dann begann es zu thauen, der Lenz hielt seinen Einzug, die Sonne schien, die Spitzen der Grashälmchen sproßten hervor, die Schwalben bauten Nester, die Fenster wurden geöffnet, und die kleinen Kinder saßen wieder in ihrem Gärtchen hoch oben in der Dachrinne über allen Stockwerken.

Die Rosen blühten während dieses Sommers besonders schön. Das kleine Mädchen hatte ein Lied gelernt und sang es dem Knaben vor und er sang mit:

„Ich liebe die Rosen in all ihrer Pracht,

Doch mehr noch den Heiland, der selig uns macht!"

Kay und Gerda saßen und sahen sich das Bilderbuch mit den vielen Tieren und Vögeln an, da war es — die Uhr auf dem großen Kirchturme schlug gerade fünf — daß Kay sagte: „Au! es ging mir wie ein Stich durch das Herz! Und jetzt ist mir etwas ins Auge geflogen!" Das kleine Mädchen faßte ihn um den Hals; er blinzelte mit den Augen: nein, es war durchaus nichts zu sehen.

„Ich denke, es ist fort!" sagte er, aber fort war es nicht. Es war gerade einer von diesen Glassplittern, die von dem Spiegel abgesprungen waren, dem Zauberspiegel. Wir entsinnen uns desselben wohl noch, der bewirkte, daß alles Große und Gute, welches sich darin abspiegelte, klein und häßlich wurde, und jeder Fehler an einer Sache sich sofort bemerkbar machte. Der arme Kay, ihm war ein solches Splitterchen auch gerade in das Herz eingedrungen. Das sollte nun bald wie ein Eisklumpen werden. Nun that es zwar nicht mehr wehe, aber da war es.

„Weshalb weinst du?" fragte er. „So siehst du häßlich aus. Mir fehlt ja durchaus nichts! Pfui!" rief er plötzlich aus, „die Rose da ist ja vom Wurme angefressen! Und sieh, jene ist gar nicht gerade gewachsen. Das sind eigentlich recht häßliche Rosen. Sie sind ebenso garstig wie die Kasten, in denen sie stehen!" Und dann stieß er heftig mit dem Fuße gegen den Kasten und riß die beiden Rosen ab.

„Kay, was thust du!" rief das kleine Mädchen; und als er ihr heftiges Erschrecken bemerkte, riß er noch eine Rose ab und sprang dann in sein Fenster hinein.

Wenn sie später mit dem Bilderbuche kam, spottete er darüber und wenn die Großmutter Geschichten erzählte, kam er stets mit einem Aber dazwischen; zuweilen schlich er sich hinter ihr her, setzte ihre Brille auf und ahmte ihre Stimme nach. Er konnte bald allen Leuten in der Straße Gang und Redeweise nachahmen und besonders das Unschöne wußte er treffend zu kopieren. Aber daran war das Glas schuld, welches ihm in die Augen geflogen war, das Glas, welches ihm in dem Herzen saß. Daher kam es, daß er sogar die kleine Gerda neckte, die ihn von ganzer Seele lieb hatte.

Seine Spiele nahmen jetzt einen ganz anderen Charakter an, sie wurden mehr verständig. An einem Wintertage, als Schneegestöber eingetreten war, kam er mit einem Vergrößerungsglase, hielt seine blauen Rockzipfel hinaus und ließ die Schneeflocken darauf fallen.

„Sieh nun einmal in das Glas, Gerda!" sagte er, und jede Schneeflocke wurde ungleich größer und nahm sich wie eine prächtige Blume oder ein zehnzackiger Stern aus. Es gewährte einen herrlichen Anblick.

„Siehst du, wie kunstreich!" rief Kay aus; „das bietet weit mehr Vergnügen und Stoff zum Nachdenken dar, als die wirklichen Blumen! Auch ist kein einziger Fehler an ihnen, sie sind ganz regelmäßig; wenn sie nur nicht schmelzen würden!"

Nicht lange darauf kam Kay mit großen Fausthandschuhen und seinem Schlitten auf dem Rücken. Er flüsterte Gerda in die Ohren: „Ich habe Erlaubnis bekommen, auf den großen Platz zu fahren, wo die Andern spielen!" und fort war er.

Dort auf dem Platze banden mitunter die kecksten Knaben ihre Schlitten an die Bauernwagen und fuhren dann eine tüchtige Strecke mit. Das ging gerade recht lustig. Als das Spiel im vollen Gange war, kam ein großer, weiß angestrichener Schlitten. Eine Person saß in demselben, die in einen weißen, rauhen Pelz eingehüllt und mit einer weißen Pelzmütze bedeckt war. Der Schlitten fuhr zweimal um den Platz herum und Kay gelang es, seinen kleinen Schlitten an denselben festzubinden und nun fuhr er mit. Rascher und immer rascher ging es gerade in die nächste Straße hinein. Der Führer des Schlittens wandte den Kopf und nickte ihm so freundlich zu, als ob sie mit einander bekannt wären. So oft Kay seinen kleinen Schlitten abbinden wollte, nickte die Person abermals und dann blieb Kay sitzen; sie fuhren gerade zum Stadtthore hinaus. Da wurde das Schneegestöber so heftig, daß der kleine Knabe nicht die Hand vor den Augen mehr erkennen konnte, während er gleichwohl weiter fuhr. Endlich ließ er den Strick fallen, um sich von dem großen Schlitten los zu machen, aber es half nichts, sein kleines Fuhrwerk hing fest und es ging mit Windeseile. Da rief er ganz laut, aber niemand hörte ihn, und der Schnee wirbelte und der Schlitten flog vorwärts. Mitunter gab es einen Stoß, als ob man über Gräben und Hecken führe. Er war ganz entsetzt, wollte sein Vaterunser beten, konnte sich aber nur noch auf das große Einmaleins besinnen.

Die Schneeflocken wurden größer und größer, zuletzt sahen sie wie große weiße Hühner aus. Plötzlich sprangen die Pferde zur Seite, der Schlitten hielt und die Person, welche ihn fuhr, erhob sich; Pelz und Mütze waren von lauter Schnee. Es war eine Dame, hoch und schlank, blendend weiß, es war die S c h n e e k ö n i g i n .

„Wir sind wacker vorwärts gekommen," sagte sie. „Aber ist das etwa ein Wetter zum Frieren? Komm, krieche mit in meinen Bärenpelz hinein!" und sie setzte ihn in den Schlitten an ihre Seite und schlug den Pelz um ihn, daß es ihm vorkam, als versänke er in einen Schneehaufen.

„Frierst du noch?" fragte sie und küßte ihn dann auf die Stirn. Huh, das war noch kälter als Eis, das ging ihm gleich bis ans Herz, welches ja schon halb und halb ein Eisklumpen war. Ihm war zu Mute, als sollte er sterben; — aber nur einen Augenblick, dann that es ihm gerade gut. Er empfand nichts mehr von der Kälte um sich.

„Meinen Schlitten! vergiß meinen Schlitten nicht!" Dessen erinnerte er sich zuerst. Er wurde auch auf eins der weißen Hühner gebunden, welches mit dem Schlitten auf dem Rücken hinterher flog. Die Schneekönigin küßte Kay noch einmal und dann hatte er die kleine Gerda und die Großmutter und alle daheim vergessen.

Kay fürchtete sich gar nicht vor der Schneekönigin; er erzählte ihr, daß er im Kopfe rechnen könne und sogar mit Brüchen, daß er die Größe und Einwohnerzahl der Länder wüßte und sie lächelte zu allem. Und sie flog mit ihm, flog hoch hinauf zu der schwarzen Wolke und der Sturm sauste und brauste, als sänge er alte Lieder. Sie flogen über Wälder und Seen, über Meere und Länder. Unten in der Tiefe sauste der kalte Wind, heulten die Wölfe, flimmerte der Schnee und über denselben flogen die schwarzen, schreienden Krähen hinweg, aber über ihnen glänzte der Mond groß und klar und zu ihm schaute Kay auf, die lange, lange Winternacht hindurch. Am Tage schlief er zu den Füßen der Schneekönigin.

D r i t t e Geschichte. Der Blumengarten der Zauberin.

Aber was wurde aus der kleinen Gerda, als Kay nicht wiederkam? Wo
in aller Welt befand er sich doch? — Niemand wußte es, niemand
konnte Auskunft erteilen. Die Knaben erzählten nur, daß sie gesehen,
wie er seinen kleinen Schlitten an einen großen und prächtigen
angebunden hätte, der in die Straßen hinein und dann zum
Stadtthore hinausgefahren wäre. Niemand wußte, wo er war; viele
Thränen flossen, die kleine Gerda weinte bitterlich und lange. Dann
hieß es, er wäre tot, er wäre in dem Flusse ertrunken, der nahe bei der
Stadt vorbeifloß. O, es waren recht lange dunkle Wintertage.

Jetzt erschien der Lenz mit wärmerem Sonnenscheine.

„Kay ist tot und fort!" sagte die kleine Gerda.

„Das glaube ich nicht!" sagte der Sonnenschein.

„Er ist tot und fort!" sagte sie zu den Schwalben.

„Das glauben wir nicht!" entgegneten dieselben, und endlich glaubte
die kleine Gerda es auch nicht mehr.

„Ich will meine neuen roten Schuhe anziehen!" sagte sie eines
Morgens, „diejenigen, welche Kay noch nie gesehen hat, und dann will
ich zum Flusse hinuntergehen und mich bei diesem erkundigen!"

Noch war es ganz früh, als sie sich erhob, die alte Großmutter, welche
noch schlummerte, küßte, die roten Schuhe anzog und dann ganz
allein zum Thore hinaus nach dem Flusse ging.

„Ist es wahr, daß du mir meinen kleinen Spielkameraden genommen
hast? Ich will dir meine roten Schuhe schenken, wenn du mir ihn
wiedergeben willst!"

Es kam ihr vor, als ob die Wellen ihr so eigentümlich zunickten. Dann
nahm sie ihre roten Schuhe, das liebste, was sie besaß, und warf sie
beide in den Fluß, aber sie fielen dicht an das Ufer, und die kleinen
Wellen trugen sie wieder zu ihr an das Land, als wollte der Fluß sie
ihres liebsten Eigentums nicht berauben, zumal er ja den kleinen Kay
nicht hatte. Nun aber glaubte sie, daß sie die Schuhe nicht weit genug
hinausgeworfen hätte, und kletterte deshalb in ein Boot, welches im
Schilfe lag. Sie ging bis an das äußerste Ende und warf die Schuhe von

neuem in die Wellen. Das Boot war jedoch nicht befestigt, und bei der Bewegung, welche sie machte, glitt es vom Lande ab. Sie bemerkte es zwar und beeilte sich zurückzukommen, aber ehe es ihr gelang, war das Boot schon ein Stück vom Ufer, und nun glitt es rascher den Fluß abwärts.

Da erschrak die kleine Gerda gewaltig und begann zu weinen, allein nur die Sperlinge hörten sie und diese konnten sie nicht an das Land tragen, aber sie flogen das Ufer entlang und zwitscherten, als wollten sie sie trösten: „Hier sind wir! Hier sind wir!" Das Boot trieb mit dem Strome; die kleine Gerda saß ganz still in bloßen Strümpfen. Ihre kleinen roten Schuhe schwammen hinterher, konnten das Boot jedoch nicht erreichen, da dasselbe schneller vom Strome fortgerissen wurde.

Lieblich war es an beiden Ufern; prächtige Blumen, alte Bäume und die Abhänge mit Schafen und Kühen belebt, aber nicht ein Mensch war zu sehen.

„Vielleicht trägt mich der Fluß zum kleinen Kay hin!" dachte Gerda und da wurde sie besserer Laune, sie erhob sich und betrachtete viele Stunden lang die schönen grünen Ufer. Dann fuhr sie an einem großen Kirschgarten vorüber, in welchem ein Häuschen mit merkwürdig roten und blauen Fenstern stand; übrigens war es mit Stroh gedeckt und draußen standen zwei hölzerne Soldaten, welche vor den Vorübersegelnden das Gewehr schulterten.

Gerda rief sie an; sie hielt sie für lebendig, aber sie antworteten natürlich nicht; sie kam ihnen ganz nahe, die Strömung trieb das Boot gerade auf das Land zu.

Gerda rief noch lauter und da trat aus dem Hause eine alte, alte Frau, die sich auf einen Krückstock stützte. Um sich gegen die Sonne zu schützen, hatte sie einen großen Hut auf, der mit den schönsten Blumen bemalt war.

„Du liebes armes Kind!" sagte die alte Frau, „wie bist du auf den großen starken Strom gekommen und so fern in die weite Welt hinausgetrieben!" Darauf ging die alte Frau bis an den Rand des

Wassers, zog das Boot mit ihrem Krückstock an das Land und hob die kleine Gerda heraus.

Obgleich Gerda froh war, auf das Trockene zu kommen, fürchtete sie sich doch ein wenig vor der fremden alten Frau.

„Komme doch und erzähle mir, wer du bist und wie du hierher kommst!" sagte sie.

Gerda erzählte ihr alles und fragte sie, ob sie den kleinen Kay nicht gesehen hätte. Die alte Frau meinte, er käme wohl noch, sie möchte nur nicht betrübt sein und Kirschen essen und sich ihre Blumen ansehen. Dann nahm sie Gerda bei der Hand, ging mit ihr in das kleine Häuschen und schloß die Thüre zu.

Die Fenster waren sehr hoch angebracht und die Scheiben waren rot, blau und gelb. Das Tageslicht fiel ganz eigentümlich herein, aber auf dem Tische standen die köstlichsten Kirschen und Gerda aß nach Herzenslust davon, weil sie die Erlaubnis dazu erhalten hatte. Während sie aß, kämmte ihr die alte Frau das Haar mit einem goldenen Kamme, und das Haar ringelte sich und schimmerte goldig um ihr liebes freundliches Gesichtchen, welches rund war und wie eine Rose blühte.

„Nach einem so holden kleinen Mädchen habe ich mich schon lange gesehnt!" sagte die Alte. „Du wirst nun sehen, wie gut wir uns gegenseitig gefallen werden!" Und je länger sie das Haupt der kleinen Gerda kämmte, desto mehr vergaß dieselbe ihren Pflegebruder Kay, denn die alte Frau konnte zaubern, aber eine böse Zauberin war sie nicht. Sie ging in den Garten hinaus, streckte ihren Krückstock über alle Rosenstöcke aus und diese versanken sofort in die schwarze Erde. Die Alte befürchtete, daß Gerda beim Anblick der Rosen ihrer eigenen gedenken, sich dadurch des kleinen Kay erinnern und dann davonlaufen würde.

Jetzt führte sie Gerda in den Blumengarten hinaus. Welch' ein Duft, welch' eine Pracht herrschte hier! Alle erdenkliche Blumen, und zwar für jede Jahreszeit, standen hier in üppigstem Flor. Gerda hüpfte vor Freude und spielte, bis die Sonne hinter den hohen Kirschbäumen unterging. Dann bekam sie ein hübsches Bett mit rotseidenen Kissen, die mit blauen Veilchen gestopft waren, und schlief und träumte so herrlich, wie eine Königin.

Am nächsten Morgen durfte sie wieder mit den Blumen in dem warmen Sonnenscheine spielen — und so ging es viele Tage. Gerda kannte jede Blume, aber wie viele auch vorhanden waren, so kam es ihr doch vor, als ob eine darunter fehlte, nur wußte sie nicht welche. Eines Tages sah sie aber auf dem Sonnenhut der alten Frau eine gemalte Rose. Sie sprang zwischen den Beeten umher und suchte eine Rose unter den Blumen, aber da war keine zu finden. Da setzte sie sich hin und weinte; aber ihre heißen Thränen fielen gerade auf eine Stelle, wo ein Rosenstock versunken war, und als die warmen Thränen die Erde benetzten, da schoß plötzlich der Stock ebenso blühend, wie er versunken war, empor, und Gerda umarmte ihn, küßte die Rosen und gedachte der hübschen Rosen daheim und dabei kam ihr auch der kleine Kay wieder in den Sinn.

„O wie lange bin ich nun schon hier bei der alten Frau!" sagte das kleine Mädchen. „Ich wollte ja Kay suchen! — Wißt ihr nicht, wo er ist?" fragte sie die Rosen. „Glaubt ihr, daß er tot und fort ist?"

„Tot ist er nicht!" sagten die Rosen. „Wir sind ja in der Erde gewesen, wo alle Tote sind, aber dort war Kay nicht!"

„Dank, tausend Dank!" erwiderte die kleine Gerda und ging zu den andern Blumen, schaute in ihren Kelch und fragte: „Wißt ihr nicht, wo der kleine Kay ist?"

Aber jede Blume stand in der Sonne und träumte ihr eigenes Märchen oder Geschichtchen. Von diesen vernahm die kleine Gerda viele, viele, aber keine wußte etwas von Kay.

„Es ist vergebens, daß ich die Blumen frage, sie wissen nur ihr eigenes Lied, sie erteilen mir keine Auskunft!" sagte Gerda, als ihr die Blumen des Gartens ihre Geschichten erzählt hatten. Und dann schürzte sie ihr Röckchen auf, um besser laufen zu können und eilte nach dem Ausgang des Gartens.

Die Thüre war zwar verschlossen, doch drückte sie auf die verrostete Klinke, bis sie nachgab und die Thüre aufsprang, und nun lief die kleine Gerda barfuß in die weite Welt hinaus. Dreimal schaute sie zurück, aber niemand verfolgte sie. Endlich konnte sie nicht mehr gehen und setzte sich auf einen großen Stein. Als sie nun um sich schaute, war der Sommer vorbei; es war Spätherbst, was man in dem schönen Garten, wo fortwährend Sonnenschein herrschte und Blumen aller Jahreszeiten standen, gar nicht hatte wahrnehmen können.

„Gott, wie viel Zeit habe ich versäumt!" sagte die kleine Gerda. „Es ist ja Herbst geworden, da darf ich nicht rasten!" und sie erhob sich, um weiter zu gehen.

O wie wund und müde ihre kleinen Füße waren, und wie rauh und kalt es ringsumher aussah! Die langen Weidenblätter waren gelb und in großen Perlen träufelte der Tau herab. Ein Blatt nach dem andern fiel ab, nur der Schlehendorn trug noch Früchte, die freilich herb genug waren und den Mund zusammenzogen. O, wie grau und schwer es in der weiten Welt doch war! —

Vierte Geschichte. Prinz und Prinzessin.

Gerda mußte sich wieder ausruhen. Da hüpfte auf dem Schnee gerade vor ihr eine große Krähe, die schon dagesessen, sie aufmerksam angeschaut und mit dem Kopfe gewackelt hatte. Nun sagte sie: „Kra, kra! — gut' Tag, gut' Tag!" Besser konnte sie es nicht aussprechen, aber trotzdem meinte sie es mit dem kleinen Mädchen sehr gut und fragte, wohin sie so allein in die weite Welt hinausginge. Das Wort allein verstand Gerda nur zu wohl und fühlte den ganzen Inhalt desselben gar tief, und dann erzählte sie der Krähe ihr ganzes Leben und Schicksal und fragte, ob sie Kay nicht gesehen hätte.

Und die Krähe nickte ganz bedächtig und sagte: „Es könnte sein, es könnte sein!"

„Wie? Glaubst du?" rief das kleine Mädchen und küßte die Krähe so ungestüm, daß sie dieselbe fast tot gedrückt hätte.

„Vernünftig, vernünftig!" entgegnete die Krähe. „Ich denke, es wird der kleine Kay sein! Aber jetzt hat er dich wohl schon vergessen. Doch es macht mir Mühe, deine Sprache zu reden. Allein, wenn du die Krähensprache verstehst, dann kann ich besser erzählen!"

„Nein, die habe ich nicht gelernt!" sagte Gerda, „doch die Großmutter konnte sie recht geläufig. Hätte ich sie nur gelernt!"

„Thut nichts, thut nichts!" sagte die Krähe, „ich werde erzählen, so gut ich kann," und dann erzählte sie, was sie wußte:

„In dem Königreiche, in welchem wir hier sitzen, wohnt eine ungeheuer kluge Prinzessin. Eines Tages fiel es dieser ein, sich zu vermählen. Sie wollte jedoch einen Mann haben, der zu antworten verstand, wenn man ihn anredete, einen, der nicht nur dastand und vornehm aussah, denn das ist höchst langweilig. Nun ließ sie alle Hofdamen zusammentrommeln, und als diese ihre Willensmeinung vernahmen, wurden sie sehr froh. „So hab ichs gern!" rief eine jede, „daran hab' ich neulich auch schon gedacht!"

„Die Zeitungen erschienen sofort mit einem Rande von Herzen und den Namenszügen der Prinzessin. Manniglich konnte darin schwarz auf weiß lesen, daß es einem jeden jungen Manne von hübschem Äußeren frei stände, auf das Schloß zu kommen und mit der Prinzessin zu sprechen, und den, welcher so zu reden verstände, daß er sich trotz des ihn umgebenden Glanzes unbefangen äußerte und zugleich am besten spräche, den wollte die Prinzessin zum Manne nehmen! — Ja, ja!" sagte die Krähe, „du kannst es mir glauben, es ist so wahr, wie ich hier sitze. Die Leute strömten herzu, da war ein Gedränge und Gelaufe, aber dennoch glückte es niemand, weder den ersten noch den zweiten Tag. Wenn sie draußen auf der Straße waren, konnten alle vortrefflich plaudern, sobald sie aber zum Schloßportale hereintraten und die silberstrotzenden Leibwächter und die Treppen hinauf die Diener in Gold und die großen erleuchteten Säle erblickten, dann wurden sie verwirrt. Standen sie nun vor dem Throne, auf welchem die Prinzessin saß, so vermochten sie nur ihr letztes Wort nachzusprechen, und diese Wiederholung flößte ihr kein Interesse ein. In ganzen Reihen standen sie vom Stadtthore bis zum Schlosse. Ich war selbst drinnen, um es mit anzusehen!" versicherte die Krähe.

„Aber Kay, der kleine Kay!" fragte Gerda. „Wann kam er? Befand er sich unter der Menge?"

„Eile mit Weile! nun sind wir gerade bei ihm! Am dritten Tage kam eine kleine Person, weder mit Pferd, noch mit Wagen, ganz lustig und guter Dinge gerade auf das Schloß hinaufspaziert. Seine Augen blitzten wie deine, er hatte prächtiges langes Haar, aber sonst ärmliche Kleider."

„Das war Kay!" jubelte Gerda. „O, dann habe ich ihn gefunden!" und dabei klatschte sie in die Hände.

„Er hatte einen kleinen Ranzen auf seinem Rücken!" sagte die Krähe.

„Nein, das war sicherlich sein Schlitten!" sagte Gerda, „denn damit ging er fort!"

„Das ist wohl möglich!" entgegnete die Krähe; „ich sah nicht so genau hin! Aber so viel weiß ich, daß er, als er in das Schloßthor hineintrat und die silberstrotzenden Leibwachen und die Treppen hinauf die Diener in Gold erblickte, nicht im Geringsten in Verlegenheit geriet. Er nickte ihnen flüchtig zu und sagte: „Das muß langweilig sein, auf der Treppe zu stehen. Ich gehe lieber hinein!" Drinnen erglänzten die Säle in hellem Kerzenscheine. Geheimeräte und Exzellenzen gingen auf bloßen Füßen und trugen goldene Gefäße; man konnte wohl beklommen werden. Seine Stiefel knarrten entsetzlich laut, doch schien er sich darüber gar nicht zu beunruhigen."

„Das ist ganz gewiß Kay!" rief Gerda, „ich weiß, er hatte neue Stiefel; ich habe sie in der Stube der Großmutter knarren hören!"

„Ja, geknarrt haben sie!" versetzte die Krähe, „und munter und guter Dinge ging er gerade zur Prinzessin hinein; dieselbe saß auf einer Perle, die so groß wie ein Spinnrad war. Alle Hofdamen mit ihren Zofen, und den Zofen ihre Zofen, und alle Kavaliere mit ihren Dienern, und den Dienern ihrer Diener, die sich auch einen Burschen hielten, standen ringsherum aufgestellt."

„Das muß fürchterlich sein!" sagte die kleine Gerda. „Und Kay hat die Prinzessin doch bekommen?"

„Ja, er hat sie bekommen," sagte die Krähe, „da er so gut zu reden verstand."

„Ja, sicher! das war Kay!" sagte Gerda, „er war so klug, er konnte mit Brüchen im Kopfe rechnen! — O, willst du mich nicht auf dem Schlosse einführen!"

„Ja, das ist leicht gesagt!" meinte die Krähe. „Aber wie machen wir das? Denn das will ich dir nur sagen, so ein kleines Mädchen, wie du bist, erhält nie Erlaubnis zum Eintritt!"

„Ja, die bekomme ich!" rief Gerda aus. „Wenn Kay von meiner Ankunft hört, kommt er gleich heraus und holt mich!"

„Erwarte mich dort am Zaune!" erwiderte die Krähe, wackelte mit dem Kopfe und flog davon.

Es war schon dunkel, als die Krähe zurückkehrte. „Rar, rar!" sagte sie. „Es ist für dich unmöglich, in das Schloß zu gelangen, weil du barfuß bist. Die silberstrotzenden Leibwachen und Diener in Gold würden es nicht gestatten. Weine jedoch nicht, du sollst doch schon hinaufkommen. Ich habe nämlich eine Base, die im Schlosse Kammerjungfer ist, die kennt eine kleine Hintertreppe, die zum Schlafzimmer hinaufführt, und sie weiß, wo sie den Schlüssel holen kann!"

Sie gingen in den Garten hinein, in den großen Baumgang, wo schon ein Blatt nach dem andern abfiel, und als auf dem Schlosse nach und nach die Lichter ausgelöscht wurden, führte die Krähe die kleine Gerda zu einer Hinterthür, die nur angelehnt war.

O, wie Gerdas Herz vor Angst und Sehnsucht klopfte! Ihr war zu Mute, als ob sie etwas Böses thun wollte, und sie wollte doch nur erfahren, ob der kleine Kay da wäre. Ja, er mußte es sein! Sie stellte sich ganz lebendig seine klugen Augen, sein langes Haar vor; sie sah ihn ordentlich lächeln, wie damals, als sie daheim unter den Rosen saßen. Er würde sich gewiß freuen, sie zu sehen und dann von ihr zu hören, einen wie weiten Weg sie um seinetwegen zurückgelegt hätte, und wie betrübt sie alle zu Hause gewesen wären, als er nicht wieder heimkehrte. O, das war eine Furcht und eine Freude!

Nun waren sie auf der Treppe. Dort brannte eine kleine Lampe auf einem Schranke. Mitten auf dem Fußboden stand die Base der Krähe und betrachtete Gerda, die sich vor ihr verneigte.

„Ich werde vorangehen," begann die Schloßkrähe. „Wir gehen hier den geraden Weg, denn da begegnen wir niemand!"

„Mir ist, als ob jemand hinter uns kommt!" sagte Gerda, und es sauste wirklich etwas an ihr vorüber. Es war, als ob Schatten über die Wand hin glitten, Pferde mit flatternden Mähnen und schlanken Beinen, Jägerburschen, Herren und Damen zu Pferde.

„Das sind nur Träume!" sagte die Krähe, „sie kommen und holen die Gedanken der hohen Herrschaft zur Jagd ab."

Nun traten sie in den ersten Saal hinein; er war mit rosenrotem Atlas behängt und künstliche Blumen zogen sich an allen Wänden hinauf. Hier sausten die Träume schon an ihnen vorüber, flogen aber so schnell, daß Gerda die hohe Herrschaft nicht zu sehen bekam. Ein Saal war immer prächtiger als der andere; der Anblick der vielen Kostbarkeiten konnte einen förmlich betäuben. Jetzt waren sie in dem Schlafzimmer. Die Decke desselben glich einer großen Palme mit Blättern vom herrlichsten Glase, und mitten auf dem Fußboden hingen an einem dicken Stengel von Gold zwei Betten, deren jedes die Gestalt einer Lilie hatte. Das eine, in welchem die Prinzessin lag, war weiß; das andere war rot, und in diesem sollte Gerda den kleinen Kay suchen. Sie bog eines der roten Blätter zur Seite und da erblickte sie einen braunen Nacken. Ja, das war Kay! Sie rief ganz laut seinen Namen, hielt die Lampe, daß das Licht auf ihn fiel — die Träume sausten zu Pferde wieder in die Stube hinein — er erwachte, wandte das Haupt — — — und es war nicht der kleine Kay.

Der Prinz ähnelte ihm nur im Nacken, war aber jung und schön. Und aus dem weißen Lilienbette guckte die Prinzessin hervor und fragte, was das wäre. Da weinte die kleine Gerda und erzählte ihre ganze Geschichte und alles, was die Krähen für sie gethan hätten.

„Du arme Kleine!" sagten der Prinz und die Prinzessin und lobten die Krähen und sagten, sie wären gar nicht böse auf sie, sie sollten es aber doch ja nicht öfter thun. Indes sollten sie eine Belohnung erhalten.

„Wollt ihr frei fliegen?" sagte die Prinzessin, „oder wollt ihr eine feste Anstellung als Hofkrähen haben, mit allem, was aus der Küche abfällt?"

Und beide Krähen verneigten sich und baten um feste Anstellung, denn sie dachten an ihr Alter und sagten, es wäre so schön, im Alter sorgenfrei leben zu können.

Der Prinz erhob sich aus seinem Bette und ließ Gerda in demselben schlafen, und mehr konnte er doch nicht thun. Sie faltete ihre keinen Händchen und dachte: „Wie gut Menschen und Tiere doch sind!" und dann schloß sie die Augen und entschlummerte sanft.

Am nächsten Morgen wurde sie von Kopf bis zu Fuß in Sammet und Seide gekleidet. Sie wurde freundlich aufgefordert, auf dem Schlosse zu bleiben und herrlich und in Freuden zu leben, aber sie bat lediglich um einen kleinen Wagen mit einem Pferde und um ein Paar Stiefelchen, dann wollte sie wieder in die weite Welt hinausfahren und Kay suchen.

Sie erhielt sowohl Stiefelchen als auch einen Muff und ward niedlich gekleidet. Als sie fort wollte, hielt vor der Thüre ein neues Wägelchen aus reinem Golde, das Wappen des Prinzen und der Prinzessin leuchtete wie ein Stern auf demselben. Kutscher, Diener und Vorreiter saßen da mit goldenen Kronen auf dem Kopfe. Der Prinz und die Prinzessin halfen Gerda in den Wagen und wünschten ihr alles Glück. „Lebewohl, lebewohl!" riefen ihr beide nach, und die kleine Gerda weinte und die Krähen auch. Die Waldkrähe begleitete sie die ersten drei Meilen; sie saß ihr zur Seite, weil sie das Fahren auf dem Rücksitz nicht vertragen konnte. Inwendig war der Wagen mit Zuckerbretzeln gefüttert und die Sitzkasten waren mit Früchten und Pfeffernüssen angefüllt.

So ging es die ersten drei Meilen, dann sagte auch die Krähe Lebewohl, und das war der schwerste Abschied. Sie flog auf einen Baum und schlug mit ihren schwarzen Flügeln, solange sie noch den Wagen, der wie der helle Sonnenschein glänzte, sehen konnte.

F ü n f t e Geschichte. Das kleine Räubermädchen.

Sie fuhren durch den dunklen Wald, aber der Wagen leuchtete weithin. „Das ist Gold!" riefen die Räuber, stürzten hervor, fielen den Pferden in die Zügel, erschlugen die kleinen Vorreiter, den Kutscher und die Diener und zogen nun die kleine Gerda aus dem Wagen.

„Sie ist fett, sie ist reizend, sie ist mit Nußkernen gemästet!" sagte das alte Räuberweib, welches einen langen struppigen Bart und Augenbrauen hatte, die ihr bis über die Augen herabhingen. „Das ist ebenso gut wie ein kleines fettes Lamm! Nun, wie soll sie schmecken." Bei diesen Worten zog sie ihr blankes Messer heraus und das blitzte, daß es Angst einjagen konnte.

„Au!" schrie das Weib zu gleicher Zeit. Kein Wunder! der Frau wilde und ungeberdige Tochter, die auf ihrem Rücken hing, hatte sie in das Ohr gebissen und so konnte sie nicht gleich dazu kommen, Gerda zu schlachten.

„Sie soll mit mir spielen!" sagte das kleine Räubermädchen herrisch. „Sie soll mir ihren Muff, ihr schönes Kleid geben, sie soll neben mir in meinem Bette schlafen!"

„Ich will in den Wagen hinein!" sagte das kleine Räubermädchen, und es mußte und wollte seinen Willen haben, denn es war gar verhätschelt und gar halsstarrig. Es setzte sich mit Gerda hinein und dann fuhren sie über Stock und Stein immer tiefer in den Wald. Das kleine Räubermädchen war eben so groß wie Gerda, aber kräftiger, breitschultriger und gebräunter. Seine Augen waren ganz schwarz, sie sahen fast traurig aus. Es faßte die kleine Gerda um den Leib und sagte: „Sie sollen dich nicht schlachten, so lange ich nicht böse auf dich werde! Du bist gewiß eine Prinzessin?"

„Nein," erwiderte die kleine Gerda, und erzählte ihr alles, was sie erlebt hatte und wie lieb sie den kleinen Kay hätte.

Jetzt hielt der Wagen still; sie befanden sich mitten auf dem Hofe eines Räuberschlosses. Von oben bis unten war es geborsten, Raben und Krähen flogen aus den offenen Löchern, und die großen Bullenbeißer, die aussahen, als könnte jeder einen Menschen verschlingen, sprangen hoch empor, aber ohne zu bellen, denn das war verboten.

Mitten auf dem steinernen Fußboden des großen, alten, verräucherten Saales brannte ein großes Feuer. Der Rauch zog unter der Decke hin und drang durch die zahlreichen Risse und Sprünge ins Freie. In einem großen Braukessel wurde Suppe gekocht und Hasen wie Kaninchen wurden am Spieße gedreht.

„Du sollst diese Nacht mit mir bei allen meinen lieben Tierchen schlafen!" sagte das Räubermädchen. Sie erhielten nun zu essen und zu trinken und gingen dann nach einer Ecke, wo Stroh und Decken lagen. Oben drüber saßen auf Latten und Stangen wohl an hundert Tauben, die alle zu schlafen schienen, sich aber doch ein wenig bewegten, als die kleinen Mädchen kamen.

„Die gehören samt und sonders mir!" sagte das kleine Räubermädchen und ergriff schnell eine der nächsten, hielt sie an den Beinen und schüttelte sie, bis sie mit den Flügeln schlug.

„Dort sitzt das Waldgesindel!" fuhr sie fort und deutete auf eine Menge Stäbe, die hoch oben vor einem Loche in die Mauer eingeschlagen waren. „Das ist mein Waldgesindel und hier steht mein altes, liebstes Bä!" Dabei zog sie ein Renntier am Geweihe hervor, welches einen blanken Kupferring um den Hals hatte und angebunden war. „Jeden Abend kitzle ich es mit meinem scharfen Messer am Halse, wovor es sich sehr fürchtet!" Das kleine Mädchen zog ein langes Messer aus einer Spalte in der Mauer und ließ es über den Hals des Renntieres hingleiten.

„Willst du das Messer während des Schlafes bei dir behalten?" fragte Gerda und sah sie etwas ängstlich an.

„Ich schlafe immer mit dem Messer!" sagte das kleine Räubermädchen. „Man weiß nicht, was sich ereignen kann. Aber nun lass mich's noch einmal hören, was du mir vorhin von dem kleinen Kay erzähltest, und weshalb du in die weite Welt hinausgegangen bist." Und Gerda begann ihre Geschichte wieder von vorn, und die Waldtauben girrten oben in ihrem Käfig, die andern Tauben aber schliefen. Das kleine Räubermädchen legte einen Arm um Gerda's Hals, hielt das Messer in der andern Hand und schnarchte, daß man es hören konnte, Gerda jedoch war nicht imstande, ein Auge zu schließen, wußte sie doch nicht, ob sie leben bleiben oder sterben sollte. Die Räuber saßen rund um das Feuer, sangen und tranken und das Räuberweib schlug Purzelbäume. O, es war dem kleinen Mädchen wahrhaft entsetzlich, dies mit ansehen zu müssen.

Da sagten die Waldtauben: „Kurre, kurre! wir haben den kleinen Kay gesehen. Ein weißes Huhn trug seinen Schlitten, er saß auf dem Wagen der Schneekönigin, welche unmittelbar über den Wald hinfuhr, als wir im Neste lagen. Sie blies uns junge Tauben an und mit Ausnahme von uns beiden starben alle; kurre, kurre!"

„Was sagt ihr dort oben?" rief Gerda. „Wohin reiste die Schneekönigin? Ist euch etwas davon bekannt?"

„Sie reiste vermutlich nach Lappland, denn dort ist immer Schnee und Eis! Frage nur das Renntier, welches dort angebunden steht!"

„Dort ist Eis und Schnee, dort ist ein gesegnetes und herrliches Land!" versetzte das Renntier. „Dort springt man in den großen, glitzernden Thälern frei umher. Dort hat die Schneekönigin ihr Sommerzelt, aber ihr festes Schloß hat sie oben nach dem Nordpole zu, auf der Insel, die Spitzbergen genannt wird!"

„O, Kay, lieber Kay!" seufzte Gerda.

„Nun mußt du still liegen!" sagte das Räubermädchen, „sonst stoße ich dir das Messer in den Leib!"

Am Morgen erzählte Gerda ihr alles, was die Waldtauben gesagt hatten, und das kleine Räubermädchen sah ganz ernsthaft aus, nickte jedoch mit dem Kopfe und sagte: „Das ist ganz gleich! — Weißt du, wo Lappland liegt?" fragte sie das Renntier.

„Wer sollte es wohl besser wissen, als ich," sagte das Tier, und die Augen leuchteten ihm im Kopfe. „Dort bin ich geboren und aufgewachsen, dort habe ich mich auf den Schneefeldern umhergetummelt."

„Höre!" sagte das Räubermädchen zu Gerda. „Wie du siehst, sind unsere Mannsleute sämtlich fort, aber Mutter ist noch hier und bleibt auch zu Hause. Zum Frühstück trinkt sie jedoch aus der großen Flasche und entschlummert bald darauf. Dann will ich etwas für dich thun."

Als nun die Mutter aus ihrer Flasche getrunken hatte und einen kleinen Nickkopf machte, ging das Räubermädchen zum Renntiere und sagte: „Ich hätte zwar ganz besondere Lust, dich noch manchmal mit dem scharfen Messer zu kitzeln, denn das ist außerordentlich belustigend, aber gleichviel, ich will trotzdem deinen Strick lösen und dir hinaushelfen, daß du nach Lappland laufen kannst, aber du mußt laufen wie noch nie und mir dieses kleine Mädchen nach dem Schlosse der Schneekönigin bringen, wo sich ihr Spielkamerad aufhält.

Du hast wohl gehört, was sie erzählte, denn sie schwatzte laut genug, und du pflegst zu lauschen!"

Das Renntier sprang vor Freude hoch auf. Das Räubermädchen hob die kleine Gerda hinauf und war vorsichtig genug, sie festzubinden und ihr sogar ein kleines Sitzkissen zu geben. „Das ist einerlei!" sagte sie, „da hast du deine Pelzstiefelchen wieder, denn es wird kalt werden, den Muff behalte ich aber, er ist doch gar zu niedlich! Gleichwohl sollst du nicht frieren. Hier hast du meiner Mutter große Fausthandschuhe, sie reichen dir gerade bis an die Ellbogen! Zieh sie an!"

Gerda weinte vor Freude.

„Solch' Gejammer kann ich nicht ausstehen!" sagte das kleine Räubermädchen. „Nun mußt du gerade vergnügt aussehen! Hier hast du noch zwei Brote und einen Schinken, damit du nicht zu hungern brauchst!" Beides wurde hinten auf das Renntier gebunden; das kleine Räubermädchen öffnete die Thüre, lockte alle die großen Hunde herein, zerschnitt dann den Strick mit ihrem Messer und sagte zum Renntiere: „Lauf nun, aber gieb wohl auf das kleine Mädchen acht!"

Und Gerda streckte die Hände mit den großen Fausthandschuhen gegen das Räubermädchen aus, sagte Lebewohl und dann flog das Renntier vorwärts über Gebüsch und Gestrüpp, durch den großen Wald, über Sümpfe und Steppen, so schnell es vermochte. Die Wölfe heulten und die Raben schrieen. Schwaches Knistern ließ sich aus weiter Ferne vernehmen und starkes Wetterleuchten zeigte sich auf allen Seiten.

„Das sind meine alten Nordlichter!" sagte das Renntier, „sieh, wie sie leuchten!" und dann lief es noch hurtiger vorwärts, Tag und Nacht. Die Brote wurden verzehrt, der Schinken dazu und dann waren sie in Lappland.

S e c h s t e Geschichte. Die Lappin und die Finnin.

Vor einem kleinen, unansehnlichen Häuschen machten sie Halt. Das Dach ging bis zur Erde hinunter, und die Thüre war so niedrig, daß die Bewohner nur auf dem Bauche kriechend sich durch den Eingang zwängen konnten. Mit Ausnahme einer Lappin, welche neben einer Thranlampe stand und Fische briet, war niemand daheim. Das Renntier erzählte ihr Gerdas ganze Geschichte, zuerst jedoch seine eigene, welche ihm ungleich wichtiger erschien, und Gerda war vor Kälte so erstarrt, daß sie nicht zu reden vermochte.

„Ach, ihr Armen!" sagte die Lappin, „da habt ihr noch weit zu laufen! Ihr müßt über hundert Meilen weit in das Innere der Finnmark hinein, denn dort hat die Schneekönigin ihre Sommerwohnung und läßt jeden Abend blaue Flammen auflodern. Ich werde in Ermangelung des Papiers ein paar Worte auf einen trocknen Stockfisch schreiben, den werde ich euch an die Finnin dort oben mitgeben, welche euch bessere Auskunft erteilen kann, als ich!"

Als sich Gerda nun wieder erwärmt und zu essen und zu trinken bekommen hatte, schrieb die Lappin ein paar Worte auf einen trocknen Klippfisch, bat Gerda, denselben wohl zu verwahren, band sie wieder auf das Renntier und dieses sprang davon. Oben in der Luft knisterte es und die ganze Nacht brannten die schönsten blauen Nordlichter; und dann kamen sie nach Finnmark und klopften an den Schornstein der Finnin, denn sie hatte nicht einmal eine Thür.

Es herrschte eine Hitze darin, daß sogar die Finnin nur eine ganz dünne Bekleidung trug. Sie war klein und starrte von Schmutz. Sie löste sofort die Kleider der kleinen Gerda auf, zog ihr die Fausthandschuhe und Stiefel aus, weil sie die Hitze sonst nicht hätte ertragen können, legte dem Renntiere ein Stück Eis auf den Kopf und las dann, was auf dem Klippfische geschrieben stand.

„Du bist sehr klug!" sagte das Renntier; „ich weiß, du kannst alle Winde der Welt mit einem Zwirnsfaden zusammenbinden. Wenn der Schiffer den einen Knoten löst, erhält er guten Wind, löst er den andern, dann bläst ein scharfer Wind, und löst er den dritten und vierten, dann stürmt es, daß die Wälder niederstürzen. Willst du dem kleinen Mädchen nicht einen Trank geben, daß sie die Kraft von zwölf Männern erhält und die Schneekönigin überwindet?"

„Die Kraft von zwölf Männern!" sagte die Finnin, „die würde sicher nicht ausreichen!" Dann ging sie nach einem Gestell, holte ein großes zusammengerolltes Fell hervor und entrollte es. Seltsame Buchstaben waren darauf geschrieben, und die Finnin las, daß ihr dicke Schweißtropfen von der Stirn rieselten.

Aber das Renntier bat so beweglich für die kleine Gerda und diese schaute die Finnin mit so bittenden, thränenfeuchten Augen an, daß dieselbe das Renntier in eine Ecke zog, wo sie demselben zuflüsterte, während sie ihm frisches Eis auf den Kopf legte:

„Der kleine Kay ist wirklich bei der Schneekönigin, findet dort alles nach seinem Wunsche und Behagen und meint, ihm sei das beste Los in der Welt zugefallen. Das rührt aber davon her, daß ihm ein Glassplitter in das Herz und ein Glaskörnchen in das Auge gedrungen ist. Beides muß erst heraus, sonst wird er nie wieder ein tüchtiger Mensch und die Schneekönigin behält Gewalt über ihn."

„Aber kannst du der kleinen Gerda nichts eingeben, daß sie Macht über das Ganze erhält?"

„Ich kann ihr keine größere Macht geben, als sie schon besitzt! Siehst du nicht, wie groß diese ist? Siehst du nicht, wie Menschen und Tiere ihr dienen müssen, wie sie auf bloßen Füßen so gut in der Welt vorwärts gekommen ist? Von uns darf sie ihre Macht nicht erfahren, die sitzt in ihrem Herzen und besteht darin, daß sie ein süßes, unschuldiges Kind ist. Kann sie nicht selbst in das Schloß der Schneekönigin eindringen und den kleinen Kay von dem Glase befreien, dann können wir nicht helfen! Zwei Meilen von hier beginnt der Garten der Schneekönigin; dorthin kannst du das kleine Mädchen bringen; setze sie neben dem großen Busche ab, der mit roten Beeren bedeckt im Schnee steht. Halte dich nicht mit langem Geschwätz auf und beeile dich, hierher zurückzukommen!" Dann hob die Finnin die kleine Gerda auf das Renntier, welches aus Leibeskräften davon eilte.

„Meine Stiefelchen! Meine Fausthandschuhe!" rief die kleine Gerda, der sich die schneidende Kälte fühlbar machte. Aber das Renntier wagte nicht anzuhalten, es lief, bis es den großen Busch mit den roten Beeren erreichte. Dort setzte es Gerda ab, küßte sie auf den Mund, wobei dem Tiere große heiße Thränen über die Backen hinabrollten, und dann lief es, so schnell es konnte, wieder zurück. Da stand nun die arme Gerda, ohne Stiefelchen, ohne Handschuhe, mitten in der unwirtbaren, kalten Finnmark.

Sie lief vorwärts, so schnell sie vermochte. Da zeigte sich plötzlich ein ganzes Regiment Schneeflocken. Sie fielen aber nicht etwa vom Himmel herab, der war ganz klar und strahlte von Nordlichtern, die Schneeflocken flogen vielmehr gerade über die Oberfläche der Erde hin und nahmen, je näher sie kamen, an Größe zu. Gerda erinnerte sich noch, wie groß und kunstvoll sie unter dem Brennglase ausgesehen hatten. Aber hier zeigten sie sich wahrlich noch in ganz anderer Größe und Schreckensgestalt; es waren lebendige Wesen, es waren die Vorposten der Schneekönigin. Sie hatten die seltsamsten Gestalten; einige sahen aus wie häßliche, große Stachelschweine, andere wie ganze Schlangenknäuel, aus denen die Köpfe hervorragten, und andere wie kleine dicke Bären, auf welchen sich die Haare sträubten; alle aber schimmerten weiß, alle aber waren lebendige Schneeflocken.

Da betete die kleine Gerda ihr Vaterunser. Die Kälte war so stark, daß sie ihren eigenen Atem sehen konnte, welcher ihr wie Rauch vor dem Munde stand. Der Atem wurde dichter und dichter und verwandelte sich in lauter kleine Engel, die, sobald sie die Erde berührten, mehr und mehr wuchsen, und alle Helme auf dem Kopfe und Spieß und Schild in den Händen hatten. Ihre Anzahl vermehrte sich, und als Gerda ihr Vaterunser beendet hatte, war eine ganze Legion um sie versammelt. Sie stachen mit ihren Spießen nach den schrecklichen Schneeflocken, daß dieselben in hundert Stücke zersprangen, und die kleine Gerda sicher und fröhlich vorwärts schreiten konnte. Die Engel streichelten ihre Füße und Hände und da fühlte sie die Kälte weniger und ging rasch auf das Schloß der Schneekönigin zu.

Aber nun müssen wir erst sehen, wie es Kay geht. Er dachte wahrlich nicht an die kleine Gerda und am allerwenigsten, daß sie draußen vor dem Schlosse stände.

S i e b e n t e Geschichte. Im Schlosse der Schneekönigin.

Die Mauern des Schlosses waren von dem wirbelnden Schnee aufgetürmt und schneidende Winde hatten die Thüren und Fenster gebildet. Über hundert Säle reihten sich aneinander, wie sie gerade ein Schneetreiben zusammengeweht hatte; der größte erstreckte sich viele Meilen weit. Alle aber waren von starken Nordlichtern erleuchtet und waren groß, leer, eisig kalt und schimmernd. Nie herrschte hier eine Lustbarkeit, nicht einmal ein kleiner Bärenball, wobei der Sturm hätte die Blasinstrumente spielen können; leer, weit und kalt war es in den Sälen der Schneekönigin. Die Nordlichter flammten so regelmäßig, daß man berechnen konnte, wann sie am höchsten und wann sie am niedrigsten standen. Mitten in dem leeren und unendlichen Schneesaale war ein gefrorener See. Er war in tausend Stücke geborsten, aber jedes Stück glich dem andern auf das Genaueste, so daß es ein wahres Kunstwerk war. Mitten auf demselben saß die Schneekönigin, so oft sie zu Hause war, und dann sagte sie, sie säße im Spiegel des Verstandes, und dieser wäre der beste in dieser Welt.

Der kleine Kay war ganz blau vor Kälte, ja fast schwarz, aber er merkte es doch nicht, denn sie hatte ihm den Frostschauer weggeküßt, und sein Herz war so gut wie ein Eisklumpen. Er ging und schleppte einige scharfe, flache Eisstücke herbei, die er auf alle mögliche Weise zusammenlegte, um ein gegebenes Muster nachzubilden, gerade so, wie wenn wir kleine Holzstückchen zu bestimmten Figuren zusammenpassen, was das chinesische Spiel genannt wird. Kay ging auch und legte Figuren, es waren die allerkunstreichsten, es war das „Eisspiel des Verstandes". In seinen Augen waren diese Figuren ganz ausgezeichnet und von der allerhöchsten Wichtigkeit; das bewirkte das Glaskörnchen, welches ihm im Auge saß; er legte ganze Figuren, die ein geschriebenes Wort bildeten, aber immer scheiterte er an der Zusammensetzung des Wortes, welches er gerade wünschte, des Wortes: „E w i g k e i t", und die Schneekönigin hatte gesagt. „Kannst du mir diese Figur zu stande bringen, dann sollst du dein eigener Herr sein, und ich schenke dir die ganze Welt und noch ein Paar neue Schlittschuhe!" Aber er konnte es nicht.

„Nun sause ich fort nach den warmen Ländern!" sagte die Schneekönigin. „

Ich will in meine schwarzen Töpfe hineingucken!" Das waren die feuerspeienden Berge Aetna und Vesuv, wie man sie nennt. „Ich werde sie ein wenig mit Weiß überziehen, das gehört dazu und thut den Zitronen und Weintrauben gut!" Darauf flog die Schneekönigin fort und Kay saß ganz allein in dem viele Meilen weiten, leeren Eissaale, betrachtete die Eisstücke und dachte und dachte, daß es in ihm ordentlich knackte. Ganz steif und still saß er da, man hätte glauben können, er wäre erfroren.

In diesem Augenblicke trat die kleine Gerda durch die große Eingangspforte in das Schloß. Schneidende Winde wehten ihr entgegen, aber sie betete ihr Abendgebet und da legten sich die Winde, als ob sie schlafen wollten. Sie trat in die großen leeren, kalten Säle — da gewahrte sie Kay; sie erkannte ihn, sie flog ihm um den Hals, hielt ihn fest umschlungen und rief: „Kay! süßer, lieber Kay! so habe ich dich endlich gefunden!"

Er aber saß ganz still, steif und kalt; — da weinte die kleine Gerda heiße Thränen, sie fielen auf seine Brust, sie drangen in sein Herz, sie tauten den Eisklumpen auf und verzehrten das kleine Spiegelsplitterchen in demselben. Er blickte sie an und sie sang:

„Ich liebe die Rosen in all' ihrer Pracht,

Doch mehr noch den Heiland, der selig uns macht!"

Da brach Kay in Thränen aus; er weinte so, daß ihm das Spiegelkörnchen aus den Augen geschwemmt wurde, er erkannte sie und jubelte: „Gerda! süße, liebe Gerda! — Wo bist du doch so lange gewesen und wo bin ich gewesen?" Und er schaute rings um sich her. „Wie kalt es hier ist! Wie leer und weit es hier ist!" Und er umfaßte Gerda und sie lachte und weinte vor Freude. Das war ein so lieblicher Anblick, daß sogar die Eisstücke vor Freude ringsumher tanzten. Als sie nun müde waren, legten sie sich gerade auf die Buchstaben, von denen die Schneekönigin gesagt hatte, wenn er sie ausfindig machen könnte, sollte er sein eigener Herr sein und sie wollte ihm die ganze Welt und noch ein Paar neue Schlittschuhe schenken.

Gerda küßte ihm die Wangen und sie wurden wieder blühend; sie küßte ihn auf die Augen und sie glänzten wie die ihrigen; sie küßte ihn auf Hände und Füße und er war gesund und munter. Nun mochte die Schneekönigin dreist nach Hause kommen, sein Freibrief stand mit flimmernden Eisstücken geschrieben da.

Sie reichten einander die Hände und wanderten aus dem großen Schlosse hinaus. Auch sprachen sie von der Großmutter und von den Rosen oben auf dem Dache, und wo sie gingen, legten sich die Winde und die Sonne brach hervor. Als sie den Busch mit den roten Beeren erreichten, stand das Renntier da und wartete. Es hatte ein zweites Renntier mitgebracht und beide trugen Gerda und Kay erst zu der Finnin, in deren heißer Stube sie sich wärmten, und dann zur Lappin, welche ihnen neue Kleider genäht und ihren Schlitten in stand gesetzt hatte. Die Renntiere und die Lappin begleiteten sie bis zur Landesgrenze, dort nahmen sie Abschied. „Lebt wohl!" sagten sie sämtlich. Die ersten kleinen Vögel begannen zu zwitschern, der Wald trieb grüne Knospen und aus demselben heraus kam auf einem prächtigen Pferde, welches Gerda kannte (es war nämlich vor den goldenen Wagen gespannt gewesen), ein junges Mädchen angeritten mit einer weithin leuchtenden roten Mütze auf dem Kopfe und Pistolen im Gürtel. Es war das kleine Räubermädchen. Sie erkannte Gerda sofort und Gerda erkannte sie auch, das war eine Freude. Gerda streichelte ihr die Wangen und fragte nach dem Prinzen und der Prinzessin.

„Die sind nach fremden Ländern gereist!" sagte das Räubermädchen.

„Aber die Krähe?" fragte die kleine Gerda.

„Ach, die Krähe ist tot!" antwortete sie; „ihre Base trauert um sie mit einem schwarzwollenen Lappen um das Bein. Doch nun erzähle mir, wie es dir ergangen ist und wie du seiner habhaft geworden bist!"

Und Gerda und Kay erzählten alle beide.

Das Räubermädchen reichte beiden die Hand, nahm Abschied und ritt dann in die weite Welt hinaus.

Aber Kay und Gerda gingen Hand in Hand, und während sie dahinschritten, war es ein herrliches Frühlingswetter und die Blumen dufteten. Die Kirchenglocken läuteten und sie erkannten die hohen Türme, die große Stadt, es war ihre Geburtsstätte, und sie gingen in dieselbe hinein und hin zu der Thüre der Großmutter, die Treppe hinauf, in die Stube hinein, wo noch alles auf derselben Stelle wie früher stand. Die alte Uhr sagte: „Tick, tack!" und die Zeiger drehten sich. Während sie aber durch die Thüre schritten, bemerkten sie, daß sie erwachsene Menschen geworden waren. Die Rosen blühten von der Dachrinne her zu den offenen Fenstern herein, und da standen die kleinen Kinderstühlchen, und Kay und Gerda setzten sich, ein jedes auf den seinigen, und hielten einander bei den Händen. Wie einen schweren Traum hatten sie die kalte leere Herrlichkeit bei der Schneekönigin vergessen. Großmutter saß in Gottes klarem Sonnenscheine und las laut aus der Bibel: „Es sei denn, daß ihr umkehrt und werdet wie die Kinder, so könnet ihr nicht in das Reich Gottes kommen!"

Und Kay und Gerda schauten einander in die Augen und verstanden auf einmal das alte Lied:

„Ich liebe die Rosen in all' ihrer Pracht,

Doch mehr noch den Heiland, der selig uns macht!"

Da saßen die beiden, Erwachsene und doch Kinder, Kinder im Herzen; und es war Sommer, warmer, erquickender Sommer. —

Fliedermütterchen.

Bebend vor Fieberfrost lag ein kleiner Knabe im Bett, weil er sich erkältet hatte. Er war mit nassen Füßen nach Hause gekommen, doch niemand konnte begreifen, wie das geschehen war, da es nicht geregnet hatte. Seine Mutter ließ die Theemaschine hereinbringen, um ihm eine gute Tasse Fliederthee zu kochen, denn der wärmt. Zu gleicher Zeit trat auch der alte, muntere Mann zur Thüre herein, der ganz oben im Hause wohnte und völlig für sich allein lebte, denn er hatte weder Weib noch Kind, hatte aber die Kinder gar lieb und wußte so viele Märchen und Geschichten zu erzählen, daß es eine Lust war, ihm zuzuhören.

„Jetzt trinke deinen Thee!" sagte die Mutter, „dann erzählt dir der Onkel vielleicht auch ein Märchen."

„Ja, wenn man nur immer gleich ein neues wüßte!" versetzte der alte Mann und nickte gutmütig. „Aber wo hat denn der Kleine die nassen Füße herbekommen?" fragte er dann.

„Ja, wo er sie her hat," entgegnete die Mutter, „ist eben das Unbegreifliche!"

„Erzählen Sie mir ein Märchen?" fragte der Knabe.

„Ja, wenn du mir genau angeben kannst, denn das muß ich zuerst wissen, wie tief der Rinnstein da drüben in der Gasse ist, in der deine Schule liegt?"

„Gerade bis mitten an die Schäfte," sagte der Knabe, „aber dann muß ich schon in das tiefe Loch treten!"

„Sieh, sieh! also da stammen die nassen Füße her!" sagte der alte Mann. „Nun müßte ich freilich ein Märchen erzählen, aber ich weiß keines mehr." Die Mutter warf Fliederthee in die Kanne und goß siedendes Wasser darüber.

„Erzählen Sie, erzählen Sie!" bat der Knabe.

„Ja, wenn ein Märchen von selbst kommen wollte, aber solch echtes ist gar vornehm, das kommt nur, wenn es Lust dazu hat — —! Doch halt!" sagte er plötzlich. „Da haben wir eins! Gieb acht, jetzt ist eins dort in der Theekanne!"

Der kleine Knabe blickte nach der Theekanne hinüber, der Deckel hob sich mehr und mehr und die Fliederblumen kamen frisch und weiß heraus, trieben große lange Zweige, sogar aus der Tülle breiteten sie sich nach allen Seiten aus und wurden größer und größer. Es war der prächtigste Fliederbusch, ein ganzer Baum, der bis in das Bett hineinragte und die Vorhänge zur Seite schob. Wie das blühte und duftete! Mitten im Baume saß eine alte freundliche Frau in einem seltsamen Gewande, welches grün wie die Blätter des Fliederbaumes war und einen Besatz von großen weißen Fliederblüten hatte. Man konnte nicht sogleich unterscheiden, ob es Zeug oder lebendiges Grün und Blumen waren.

„Wie heißt die Frau?" fragte der Knabe.

„Die Römer und Griechen," entgegnete der alte Mann, „nannten sie eine D r y a d e , aber das verstehen wir nicht. Draußen in den neuen Anlagen haben wir einen bessern Namen für sie, dort heißt sie „F l i e d e r m ü t t e r c h e n ". Von ihr will ich dir nun erzählen. Höre zu:

„Ein ebenso großer, blühender Baum stand draußen in den neuen Anlagen und zwar in der Ecke eines kleinen Hofes, welcher zu einem kleinen Häuschen gehörte. Unter diesem Baume saßen eines Nachmittags im herrlichsten Sonnenschein zwei alte Leute. Es war ein alter, alter Seemann und sie seine alte, alte Frau. Sie waren Urgroßeltern und sollten bald ihre goldene Hochzeit feiern, konnten sich aber nicht genau des Datums erinnern. Fliedermütterchen saß in dem Baume und sah ebenso vergnügt aus wie hier. „„Ich weiß wohl, wann eure goldene Hochzeit ist!"" sagte sie, doch hörten jene es nicht, sie sprachen von alten Tagen."

„Erinnerst du dich dessen wohl noch," sagte der alte Seemann, „wie wir ganz klein waren und umherliefen und spielten? Es war gerade in diesem nämlichen Hofe, wo wir jetzt sitzen. Wir pflanzten kleine Stöckchen in die Erde und machten uns einen Garten."

„Ja," erwiderte die alte Frau, „dessen erinnere ich mich sehr wohl, und wir begossen die Stöckchen, und eines derselben, ein Fliederzweig, schlug Wurzeln, trieb grüne Schößlinge und ist nun zu dem großen Baume herangewachsen, unter welchem wir alten Leute jetzt hier sitzen."

„So ist's!" sagte er, „und dort in jener Ecke stand eine Wasserkufe; dort schwamm mein Kahn, ich hatte ihn mir selbst geschnitzt. Wie er segeln konnte! Ich sollte freilich das Segeln bald in andrer Weise erlernen!"

„Ja, aber erst gingen wir in die Schule und lernten etwas!" sagte sie, „und dann wurden wir eingesegnet. Wir weinten alle beide; des Nachmittags erstiegen wir Hand in Hand den runden Turm und schauten über Kopenhagen und den Meeresspiegel hin. Dann gingen wir nach Friedrichsberg hinaus, wo der König und die Königin in ihrer prächtigen Gondel auf den Kanälen umherfuhren."

„Aber mir war es freilich bald beschieden, in andrer Weise umherzusegeln, und das so manches Jahr hindurch, weit hinaus auf langen, beschwerlichen Reisen."

„Ja, ich weinte oft deinetwegen!" unterbrach sie ihn, „denn ich glaubte, du lägest tot in der Tiefe des Wassers! Manche, manche Nacht stand ich auf und sah nach, ob die Wetterfahne sich drehte. Sie drehte sich wohl, doch du kamst nicht. Ich entsinne mich noch deutlich, wie eines Tages ein heftiger Platzregen herniederrauschte, der Kehrichtkärrner machte vor der Thüre meiner Dienstherrschaft Halt, ich ging mit dem Kehrichtfasse hinunter und blieb an der Thüre stehen. Gerade wie ich so dastand, kam plötzlich der Postbote auf mich zu und gab mir einen Brief. Er war von dir. O, wie der umhergereist war! Ich brach ihn in Hast auf und las ihn. Ich lachte und weinte, ich war so froh! Da stand, daß du in den warmen Ländern wärest, wo die Kaffeebohnen wachsen. Was für ein glückliches, gesegnetes Land muß das sein! Du erzähltest so viel und ich sah es alles im Geiste, während der Regen fort und fort herniederplätscherte und ich noch immer mit dem Kehrichtfasse dastand. Plötzlich tauchte jemand neben mir auf, der mich um den Leib faßte — — —"

„Und dem du zur Belohnung eine klatschende Ohrfeige versetztest!"

„Wußte ich doch nicht, daß du es warst! Du warst mit deinem Briefe zugleich angekommen; und du warst so schön — —, doch das bist du noch. Du machtest mit einem langen gelbseidenen Taschentuche Staat und trugest einen weißen, funkelnagelneuen Hut. Du warst so fein. Gott, was war es doch für ein Wetter, und wie sah die Straße aus!"

„Dann heirateten wir uns," fuhr er fort.

„Ja, und wie unsere Kinder nun sämtlich herangewachsen und brave Menschen geworden sind," sagte sie.

„Und auch ihre Kinder haben schon wieder Kinder, das sind Kindeskinder," fiel der alte Matrose ein. „Wie mich dünkt, haben wir gerade in dieser Zeit unsere Hochzeit gefeiert," setzte er hinzu.

„Ja, just heute ist der goldene Hochzeitstag!" sagte Fliedermütterchen und steckte den Kopf gerade zwischen die beiden Alten; diese aber hielten sie für die Nachbarin, die ihnen zunickte. Sie schauten sich einander an und hielten die Hände verschlungen. Bald darauf erschienen die Kinder und Kindeskinder, die sehr wohl wußten, daß es der goldene Hochzeitstag war und auch schon am Morgen gratuliert hatten; aber während sich die Alten der Ereignisse aus längst vergangenen Jahren so gut erinnerten, war ihnen dies wieder entfallen. Der Fliederbaum duftete stark, und die Sonne, welche sich ihrem Untergange zuneigte, schien dem greisen Ehepaare gerade ins Antlitz. Beide sahen rotwangig aus, und das kleinste der Kindeskinder tanzte um sie herum und rief voller Glückseligkeit, daß es heute abend hoch hergehen sollte, sie würden warme Kartoffeln bekommen. Fliedermütterchen nickte in ihrem Baume und rief mit allen anderen „Hurrah".

„Aber das war ja gar kein Märchen!" unterbrach der kleine Knabe den Erzähler.

„Ja, das mußt du freilich verstehen!" entgegnete der Alte. „Aber laß uns das Fliedermütterchen danach fragen!"

„Es war kein Märchen!" sagte Fliedermütterchen; „nun aber kommt es. Aus der Wirklichkeit wächst gerade das seltsamste Märchen heraus; sonst könnte ja mein prächtiger Fliederstrauch auch nicht aus der Theekanne emporgesproßt sein."

Darauf nahm es den Knaben aus seinem Bette, umschlang ihn mit den Armen und die blütenbedeckten Zweige schlugen um sie zusammen, so daß sie wie in der dichtesten Laube saßen. Diese flog mit ihnen durch die Luft, es war unvergleichlich schön. Fliedermütterchen hatte sich plötzlich in ein kleines niedliches Mädchen verwandelt, doch war der Rock noch von demselben grünen, weißgeblümten Zeuge, welches Fliedermütterchen getragen hatte. An der Brust hatte es eine wirkliche Fliederblüte und um sein aschblondes, lockiges Haar einen ganzen Kranz von Fliederblüten. Seine Augen waren groß und blau, o, es war eine Freude, dasselbe anzusehen!

Hand in Hand gingen sie aus der Laube und standen nun in dem schönen Blumengarten der Heimat. Bei dem frischen Rasenplatze lag der Stock des Vaters an einen Pflock angebunden. Für die Kleinen war Leben in dem Stocke; sobald sie sich quer über denselben setzten, verwandelte sich der blanke Knopf in einen stolz wiehernden Kopf; die lange schwarze Mähne flatterte, vier schlanke kräftige Beine wuchsen hervor: das Tier war stark und feurig. Im Galopp ritten sie um den Rasenplatz herum und fortwährend rief das kleine Mädchen, welches, wie wir wissen, niemand anders als Fliedermütterchen war: „Nun sind wir auf dem Lande! Siehst du das Bauernhaus mit dem großen Backofen, der wie ein riesengroßes, in der Mauer befindliches Ei auf den Weg herausguckt? Der Fliederbaum läßt seine Zweige über ihn herabhängen und der Hahn schreitet stolz einher und scharrt nach Futter für seine Hühner. Doch nun vorwärts nach dem prächtigen Rittergute!"

Und alles, was das kleine Mädchen, das hinten auf dem Stocke saß, sagte, das flog auch an ihnen vorüber; der Knabe sah es, und doch kamen sie nur um den Rasenplatz herum. Dann spielten sie in dem Seitengange und steckten auf dem Boden einen kleinen Garten ab. Das Mädchen nahm die Fliederblüte aus seinem Haar, pflanzte sie und sie wuchs ganz eben so wie bei jenen Alten in die Höhe, als dieselben noch als Kinder, wie früher erzählt ist, in den neuen Anlagen miteinander spielten. Wie jene wandelten sie Hand in Hand, doch erstiegen sie nicht den roten Turm, ergingen sich nicht im Friedrichsberger Parke, nein, das kleine Mädchen faßte den Knaben um den Leib und dann flogen sie weit umher, und es war Frühling und wurde Sommer, es war Herbst und wurde Winter, und tausend

Bilder spiegelten sich in den Augen und in dem Herzen des Knaben ab, und immer sang das kleine Mädchen ihm vor: „Das darfst du nie vergessen!" Während des ganzen Fluges duftete der Fliederbaum gar süß und herrlich. Der Knabe nahm wohl die Rosen und die Blumen wahr, aber der Fliederbaum duftete noch balsamischer, denn seine Blüten hingen an des kleinen Mädchens Herzen und an dieses lehnte das kranke Knäblein während des Fluges oft das müde Haupt.

„Hier ist es herrlich im Frühling!" sagte das kleine Mädchen und sie standen in einem knospenden Buchenwalde, wo grüner Waldmeister zu ihren Füßen duftete und blaßrote Anemonen aus dem jungen Gras schauten. „O, wäre es immer Frühling!"

„Hier ist es herrlich im Sommer!" sagte sie und sie fuhren an alten Burgen aus der Ritterzeit vorüber, deren rote Mauern und zackige Giebel sich in den Gräben spiegelten, in denen Schwäne schwammen und in die alten kühlen Baumgänge hinaufschauten. Auf dem Felde wogte das Korn gleich der bewegten See, rote und gelbe Blumen wiegten sich in den Gräben, an den Gehegen rankten sich wilder Hopfen und blühende Winden empor, und des Abends ging der Mond groß und voll auf, und die Heuschober auf den Wiesen dufteten süß. „Das vergißt sich nie!"

„Hier ist es herrlich im Herbst!" sagte das kleine Mädchen, und die Luft wurde doppelt so hoch und blau, der Wald nahm die schönsten Farben von Rot, Gelb und Grün an, die Jagdhunde stürmten vorwärts, ganze Scharen wilder Vögel flogen kreischend über die Hünengräber hin, auf denen sich Brombeerranken über die alten Steine hinzogen. Auf dem tiefblauen Meere zeigten sich überall weiße Segler, und in der Tenne saßen alte Frauen, Mädchen und Kinder und pflückten Hopfen in ein großes Gefäß. Die Jungen sangen Lieder, aber die Alten erzählten Märchen von Kobolden und Zauberern. „Besseres ließ sich nicht leicht denken!"

„Hier ist es herrlich im Winter!" sagte das kleine Mädchen, und alle Bäume standen mit Reif bedeckt da, als wären sie in weiße Korallen verwandelt. Der Schnee knirschte unter den Füßen, als ob man immer neue Stiefel anhätte, und vom Himmel fiel eine Sternschnuppe nach der andern. Im Zimmer wurde der Weihnachtsbaum angezündet, da gab es Geschenke und fröhliche Laune. In der Bauernstube auf dem

Lande ertönte lustiger Fiedelklang, unter Jauchzen und Lachen haschte man nach Äpfelschnitten und selbst das ärmste Kind bekannte: „Es ist doch herrlich im Winter!"

Ja, es war auch herrlich! Das kleine Mädchen zeigte dem Knaben alles und der Fliederbaum duftete und die rote Flagge mit dem weißen Kreuze flatterte, die Flagge, unter welcher der alte Seemann aus den neuen Anlagen gesegelt war. Und aus dem Knaben wurde ein Jüngling und er sollte hinaus in die weite Welt, weit fort nach den warmen Ländern, wo der Kaffee wächst. Aber beim Abschied nahm das kleine Mädchen eine Fliederblüte von der Brust und gab sie ihm zum Aufbewahren. Er legte sie in sein Gesangbuch, und so oft er es im fremden Lande öffnete, fiel sein Blick zuerst auf die Stelle, wo die Blüte der Erinnerung lag. Je länger er sie anblickte, desto frischer wurde sie; er fühlte gleichsam einen Duft aus den heimischen Wäldern und deutlich sah er zwischen den Blütenblättern das kleine Mädchen mit seinen klaren Augen hervorlugen und hörte, wie sie ihm zuflüsterte: „Hier ist es herrlich im Frühling, Sommer, Herbst und Winter!" Und Hunderte von Bildern glitten dann durch seine Gedanken.

So verstrichen viele Jahre und er war nun ein alter Mann und saß mit seiner alten Frau unter einem blühenden Baume. Sie hielten einander an den Händen, genau so wie es der Urgroßvater und die Urgroßmutter draußen in den neuen Anlagen gethan hatten, und sie sprachen gleichfalls von den alten Tagen und von der goldenen Hochzeit. Das kleine Mädchen mit den blauen Augen und den Fliederblüten im Haare saß oben im Baume, nickte ihnen Beiden zu und sagte: „Heute ist der goldne Hochzeitstag!" — Darauf nahm es zwei Blumen aus seinem Kranze, küßte dieselben und nun leuchteten sie zuerst wie Silber, dann wie Gold, und als es diese auf die Häupter der Alten legte, verwandelte sich jede Blüte in eine goldene Krone. Da saßen sie Beide wie ein König und eine Königin unter dem duftenden Baume, der völlig wie ein Fliederbaum aussah, und er erzählte seiner alten Frau die Geschichte vom Fliedermütterchen, so wie sie ihm als kleinem Knaben erzählt worden war, und es schien Beiden, als ob vieles darin vorkäme, was ihrer eigenen Geschichte ähnelte.

„Ja, so ist es," sagte das kleine Mädchen im Baume; „einige nennen mich Fliedermütterchen, andere Dryade, aber mein wahrer Name ist E r i n n e r u n g . Ich habe meinen Platz in dem grünen Baume, welcher wächst und wächst. Ich schaue weit zurück und kann erzählen. Hast du auch deine Blüte noch?"

Und der alte Mann öffnete sein Gesangbuch; da lag die Fliederblüte, so frisch, als wäre sie erst vor kurzem hineingelegt worden, und Fliedermütterchen, oder vielmehr die Erinnerung, nickte, und die beiden Alten mit den goldenen Kronen saßen in der glühenden Abendsonne. Sie schlossen die Augen, und — und — ja da war das Märchen aus.

Der kleine Knabe lag in seinem Bettchen, er wußte nicht, ob er alles geträumt oder ein Märchen gehört hatte. Die Theekanne stand auf dem Tische, aber es sproßte kein Fliederbaum aus ihr hervor, und der alte Mann, welcher erzählt hatte, ging eben zur Thüre hinaus.

„Wie schön war das!" sagte der kleine Knabe. „Mutter, bin ich in den warmen Ländern gewesen?"

„Ja, das glaube ich wohl!" sagte die Mutter, „wenn man zwei bis an den Rand gefüllte Tassen Fliederthee trinkt, dann kommt man schon nach den fremden Ländern!" Und sie deckte ihn gut zu, damit er sich nicht von neuem erkältete. „Du hast wohl geschlafen, während ich saß und mit unserem alten Freunde darüber stritt, ob es eine Geschichte oder ein Märchen wäre."

„Und wo ist Fliedermütterchen?" fragte der Knabe.

„Das steckt in der Theekanne!" sagte die Mutter, „und da kann es bleiben!"

Der Tannenbaum.

Weit draußen im Walde stand ein niedlicher Tannenbaum; er hatte einen guten Platz, die Sonne konnte zu ihm dringen, Luft war genug da und rund umher wuchsen viele größere Kameraden, Tannen und Fichten. Aber der kleine Tannenbaum wollte nur immer wachsen und wachsen; er dachte nicht an den warmen Sonnenschein und die frische Luft, bekümmerte sich nicht um die Bauernkinder, wenn sie draußen im Walde umherschwärmten, um Erdbeeren und Himbeeren zu sammeln. Oftmals kamen sie mit einem ganzen Topfe voll oder hatten Erdbeeren auf Strohhalme gezogen. Dann setzten sie sich neben das Bäumchen und sagten: „Ach, wie klein der ist!" Doch das gefiel dem Bäumchen nicht. Im nächsten Jahre war es schon um einen Schuß größer und das Jahr darauf war es wieder um einen gewachsen; denn bei einem Tannenbaume kann man, sobald man zählt, wie oft er einen neuen Trieb angesetzt hat, genau die Jahre seines Wachstums berechnen.

„O, wäre ich doch ein so großer Baum wie die anderen!" seufzte das Bäumchen, „dann könnte ich meine Zweige weit ausbreiten und mit dem Gipfel in die weite Welt hinaus schauen! Dann würden die Vögel ihre Nester zwischen meine Zweigen bauen, und wenn es stürmte, könnte ich so vornehm nicken wie dort die anderen."

Weder der Sonnenschein, noch die Vögel, noch die roten Wolken, die morgens und abends über ihn hinsegelten, machten ihm Freude.

War es nun Winter, und Schnee lag blendend weiß ringsherum, dann kam oft ein Hase angesprungen und setzte gerade über das Bäumchen hinweg. O, das war empörend! Aber zwei Winter verstrichen und im dritten war der Baum schon so hoch, daß der Hase um ihn herumlaufen mußte. „O, wachsen, wachsen, groß und alt werden, das ist doch das einzig Schöne in der Welt!" dachte der Baum.

Im Spätherbst erschienen regelmäßig Holzhauer und fällten einige der größten Bäume. Das geschah jedes Jahr und den jungen Tannenbaum, der nun schon tüchtig in die Höhe geschossen war, befiel Zittern und Beben dabei, denn mit Gepolter und Krachen stürzten seine Kameraden zur Erde, die Zweige wurden ihnen abgehauen, sie sahen nun ganz nackt, lang und schmal aus, sie waren kaum noch wiederzuerkennen. Dann aber wurden sie auf Wagen gelegt und Pferde zogen sie zum Walde hinaus.

Wohin sollten sie? — Was stand ihnen bevor? —

Als im Frühjahr die Schwalbe und der Storch kamen, fragte sie der Baum: „Wißt ihr nicht, wohin sie geführt wurden? Seid ihr ihnen nicht begegnet?"

Die Schwalbe wußte nichts, doch der Storch sah sehr nachdenklich aus, nickte mit dem Kopfe und sagte: „Ja, ich glaube fast; mir begegneten auf meiner Rückreise von Ägypten viele neue Schiffe. Auf denselben standen prächtige Mastbäume; ich darf wohl behaupten, daß sie es waren; sie verbreiteten Tannengeruch. Ich kann vielmals grüßen, sie überragen alles!"

„O, wäre ich doch auch groß genug, um über das Meer hinzufliegen! Wie ist es eigentlich, dieses Meer, und wem ähnelt es?"

„Ja, das ist etwas weitläufig zu erklären!" sagte der Storch und ging.

„Freue dich deiner Jugend!" sagten die Sonnenstrahlen, „freue dich deines Wachstums, des jungen Lebens, welches dich erfüllt!"

Und der Wind küßte den Baum, und der Tau weinte Thränen über ihn, allein der Tannenbaum verstand es nicht.

In der Weihnachtszeit wurden ganz junge Bäume gefällt, Bäume, die nicht einmal so groß waren, noch im gleichen Alter standen wie unser Tannenbäumchen, das weder Ruh noch Rast hatte, sondern nur immer weiter wollte. Diese jungen Bäume, und es waren gerade die allerschönsten, behielten immer ihre Zweige, sie wurden auf Wagen gelegt und Pferde zogen sie aus dem Walde.

„Wohin bringt man sie?" fragte der Tannenbaum. „Sie sind nicht größer als ich, ja da war sogar einer dabei, der noch weit kleiner aussah. Weshalb behalten sie alle ihre Zweige? Wo fahren sie hin?"

„Das wissen wir, das wissen wir!" zwitscherten die Sperlinge. „Unten in der Stadt haben wir zu den Fenstern hineingeschaut. O, sie gelangen zur größten Pracht und Herrlichkeit, die sich denken läßt! Wir haben gesehen, daß sie mitten in die warme Stube hineingepflanzt und mit den herrlichsten Sachen, mit vergoldeten Äpfeln, Honigkuchen, Spielzeug und vielen hundert Lichtern ausgeschmückt wurden!"

„Und dann?" fragte der Tannenbaum und bebte in allen Zweigen. „Und dann? Was geschieht dann?"

„Ja, mehr haben wir nicht gesehen, es war unvergleichlich!"

„Ob auch mir dieses Los zufallen wird, diesen strahlenden Weg zu gehen?" jubelte das Bäumchen. „Das ist noch besser, als über das Meer zu fahren. O, wie mich die Sehnsucht verzehrt! O wäre ich erst auf dem Wagen! Wäre ich erst in der warmen Stube mit all' ihrer Pracht und Herrlichkeit! Und dann? Ja dann kommt noch etwas Besseres, noch Schöneres, weshalb würde man mich sonst so ausschmücken! Da muß noch etwas Größeres, noch etwas Herrlicheres kommen — — !"

„Freue dich meiner!" sagte die Luft und sagte der Sonnenschein; „freue dich deiner frischen Jugend draußen im Freien!"

Aber das Bäumchen freute sich gar nicht; es wuchs und wuchs, Winter und Sommer stand es dunkelgrün da! Die Leute, welche es sahen, sagten: „Das ist ein hübscher Baum!" und zur Weihnachtszeit wurde er zuerst von allen gefällt! Die Axt hieb tief durch das Mark; der Baum fiel mit einem Seufzer zu Boden. Er fühlte einen Schmerz, eine Ohnmacht, er vermochte an gar kein Glück mehr zu denken. Er war betrübt, von der Heimat zu scheiden, von dem Flecke, auf dem er emporgeschossen war. Er wußte ja, daß er nie mehr die lieben, alten Kameraden, die kleinen Büsche und Blumen wiedersehen würde.

Der Baum kam erst wieder zu sich, als er im Hofe, mit den andern Bäumen abgeladen, einen Mann sagen hörte: „Der ist prächtig! Wir brauchen keinen andern!"

Nun kamen zwei Diener im vollen Staate und trugen den Tannenbaum in einen großen, prächtigen Saal. Er wurde in ein großes, mit Sand gefülltes Gefäß gestellt, doch konnte niemand merken, daß es ein Gefäß war, denn es wurde ringsherum mit grünem Zeug behängt und stand auf einem großen bunten Teppiche. O, wie der Baum bebte! Was sollte doch nun geschehen? Die Diener und die Fräulein kamen und putzten ihn aus. Über die Zweige hängten sie kleine, aus buntem Papier ausgeschnittene Netze, mit Zuckerwerk gefüllt. Vergoldete Äpfel und Walnüsse hingen wie festgewachsen herab, und über hundert rote, blaue und weiße Lichterchen wurden an den Zweigen befestigt. Puppen, die wie leibhaftige Menschen aussahen, schwebten im Grünen, und ganz oben auf der Spitze strahlte ein Stern von Flittergold. Es war prächtig, ganz unvergleichlich prächtig!

„Heute Abend," sagten alle, „heute Abend wird er strahlen!"

„O!" dachte der Baum, „wäre es doch erst Abend! Würden doch nur die Lichter bald angezündet! Und was mag dann geschehen? Ob wohl die Bäume aus dem Walde kommen und mich anschauen? Ob die Sperlinge gegen die Fensterscheiben fliegen? Ob ich hier festwachsen und Winter und Sommer geschmückt dastehen werde?" —

Nun wurden die Lichter angezündet. Welcher Glanz! Welche Pracht! Der Baum bebte in allen Zweigen dabei, so daß einige Nadeln an einem der Lichter Feuer fingen. Es sengte ordentlich.

„Gott bewahre uns!" schrieen die Fräulein und löschten es schnell aus.

Nun durfte der Baum nicht einmal beben. O, das war ein Graus! Er war so besorgt, etwas von all' seinem Staate zu verlieren; er war von all' dem Glanze wie betäubt. — Und nun öffneten sich beide Flügelthüren, und eine Menge Kinder stürzten herein, als ob sie denganzen Baum umrennen wollten. Die älteren Leute kamen bedächtig hinterher; die Kleinen standen ganz stumm, aber nur einen kurzen Augenblick, dann jubelten sie wieder so, daß es wiederhallte. Sie tanzten um den Baum, und ein Geschenk nach dem andern wurde abgepflückt.

„Was haben sie nur vor?" dachte der Baum. „Was soll da geschehen?" Die Lichter brannten bis auf die Zweige herunter und darauf löschte man sie aus und die Kinder erhielten Erlaubnis, den Baum zu plündern. O, die stürzten auf ihn los, daß es in allen Zweigen knackte. Wäre er nicht mit der Spitze und dem goldenen Stern an der Decke befestigt gewesen, so hätten sie ihn sicher umgeworfen.

Die Kinder tanzten nun mit ihrem prächtigen Spielzeuge umher. Niemand beachtete den Baum, mit Ausnahme der alten Kinderfrau, die aufmerksam zwischen die Zweige nach einem etwa vergessenen Apfel blickte.

„Eine Geschichte, eine Geschichte!" riefen die Kinder und zerrten einen kleinen, dicken Mann nach dem Baume hin. Er setzte sich gerade unter denselben nieder, „denn so," meinte er, „sind wir im Grünen. Aber ich erzähle nur eine Geschichte. Wollt ihr die von Ivede-Avede hören oder die von Klumpe-Dumpe, der die Treppe hinabfiel und sich doch auf den Thron schwang und die Prinzessin erhielt?"

„Ivede-Avede!" schrieen einige, „Klumpe-Dumpe!" schrieen andere. Was war das für ein Rufen und Durcheinanderschreien! Nur der Tannenbaum schwieg still. Seine Rolle war vorüber, er hatte ja seine Schuldigkeit gethan!

Der Mann erzählte von Klumpe-Dumpe, der die Treppe hinabfiel und sich doch auf den Thron schwang und die Prinzessin erhielt. Und die Kinder klatschten in die Hände und riefen: „Erzähle, erzähle!" Sie wollten auch noch die Geschichte von Ivede-Avede hören, mußten sich aber mit Klumpe-Dumpe begnügen. Der Tannenbaum stand ganz still und gedankenvoll, nie hatten die Vögel draußen im Walde dergleichen erzählt. „Klumpe-Dumpe fiel die Treppe hinab und bekam doch die Prinzessin! Ja, ja, so geht es in der Welt zu!" dachte der Tannenbaum und hielt es für Wahrheit, weil der Erzähler ein so netter Mann war. „Ja, ja, wer kann wissen, vielleicht falle ich auch die Treppe hinab und bekomme eine Prinzessin!" Und er freute sich darauf, den nächsten Tag wieder mit Lichtern und Spielzeug, mit Gold und Früchten bekleidet zu werden.

„Morgen werde ich nicht zittern!" dachte er. „Ich werde eine recht herzliche Freude über alle meine Herrlichkeit empfinden. Morgen werde ich wieder die Geschichte von Klumpe-Dumpe hören und vielleicht auch die von Ivede-Avede." Und der Baum stand die ganze Nacht still und gedankenvoll da.

Am folgenden Morgen traten die Diener und Mägde herein.

„Nun beginnt der Staat von neuem!" dachte der Baum, aber sie schleppten ihn zum Zimmer hinaus, die Treppe hinauf bis auf den Boden und dort stellten sie ihn in einen dunklen Winkel, wohin kein Tageslicht fiel. „Was hat denn das zu bedeuten?" dachte der Baum. „Was habe ich denn hier zu thun? Was mag ich denn hier hören sollen?" Er lehnte sich gegen die Mauer und stand da und sann und sann. Und Zeit hatte er genug dazu, denn es verstrichen Tage und Nächte. Niemand kam herauf und als endlich einmal jemand kam, geschah es nur zu dem Zwecke, einige große Kasten in den Winkel zu stellen.

„Nun ist draußen Winter!" dachte der Baum. „Die Erde ist hart und mit Schnee bedeckt, die Menschen können mich nicht pflanzen; deshalb soll ich wahrscheinlich bis zum Frühling hier im Schutze stehen! Wie fürsorglich doch das ist! Wie gut die Menschen doch sind! Wäre es hier nur nicht so dunkel und so erschrecklich einsam! Nicht einmal ein Häschen ist hier zu finden! Draußen im Walde war es doch lustig, wenn der Schnee lag und der Hase vorübersprang, ja selbst wenn er über mich hinwegsetzte; aber damals gefiel es mir freilich nicht. Hier oben ist es aber doch entsetzlich einsam!"

„Pip, pip!" sagte plötzlich eine kleine Maus und schlüpfte hervor, und darauf kam noch eine kleine. Sie schnüffelten an dem Tannenbaume und schmiegten sich durch die Zweige desselben.

„Es herrscht heute eine furchtbare Kälte!" sagten die zwei kleinen Mäuschen; „nicht wahr, du alter Tannenbaum?"

„Ich bin noch gar nicht alt!" versetzte der Tannenbaum, „es giebt viel ältere als ich bin!"

„Wo kommst du her?" fragten die Mäuse, „und was weißt du?" Sie waren gewaltig neugierig. „Erzähle uns doch von dem herrlichsten Plätzchen auf Erden! Bist du schon dort gewesen? Bist du schon in der Speisekammer gewesen, wo Käse auf den Brettern liegen und Schinken unter der Decke hängen, wo man auf Talglichtern tanzt, mager hineingeht und fett herauskommt?"

„Die kenne ich allerdings nicht," sagte der Baum, „aber den Wald kenne ich, wo die Sonne scheint und die Vögel singen!" Darauf erzählte er ihnen alle Erlebnisse seiner Jugend und die Mäuschen hatten dergleichen nie zuvor gehört.

„O!" sagten die Mäuschen, „wie glücklich du gewesen bist, du alter Tannenbaum!"

„Ich bin durchaus nicht alt!" erwiderte der Tannenbaum, „erst in diesem Winter bin ich ja aus dem Walde gekommen! Ich stehe in meinem allerbesten Alter, ich bin nur sehr gewachsen!"

„Wie schön du erzählst!" sagten die Mäuschen, und in der nächsten Nacht kamen sie mit vier andern kleinen Mäusen wieder, welche den Baum auch erzählen hören sollten, und je mehr er erzählte, desto lebhafter trat es ihm selbst vor die Augen und er sagte: „Es waren doch wirklich glückliche Zeiten! Aber sie können wiederkommen! Klumpe-Dumpe fiel die Treppe hinab und bekam doch die schöne Prinzessin."

„Wer ist Klumpe-Dumpe?" fragten die Mäuschen.

Nun erzählte der Tannenbaum das ganze Märchen, dessen er sich Wort für Wort entsinnen konnte. Und die Mäuschen wären aus lauter Freude fast in die Spitze des Baumes gesprungen. In der folgenden Nacht versammelten sich noch weit mehr Mäuse und am Sonntag kamen sogar zwei Ratten. Die behaupteten aber, die Geschichte sei nicht lustig, und das betrübte die Mäuschen, denn sie kam ihnen nun auch weniger schön vor.

„Können Sie nur die eine Geschichte erzählen?" fragten die Ratten.

„Nur die eine!" antwortete der Baum, „ich hörte sie an meinem glücklichsten Abend, aber damals dachte ich nicht daran, wie glücklich ich war!"

„Das ist eine höchst elende Geschichte! Wissen Sie keine von Speck und Talglichtern? Keine Speisekammergeschichten?"

„Nein!" sagte der Baum.

„Nun, dann danken wir dafür!" erwiderten die Ratten und kehrten zu den Ihrigen zurück.

Zuletzt blieben die Mäuschen auch fort und da seufzte der Baum: „Es war doch ganz hübsch, als sie um mich saßen, die muntern Mäuschen, und auf meine Erzählungen lauschten! Nun ist das gleichfalls vorbei. Aber die schöne Zeit wird wiederkommen!"

Und eines Morgens, da kamen Leute herauf und kramten auf dem Boden umher. Die Kasten erhielten einen andern Platz und der Baum wurde hervorgezogen. Sie warfen ihn unsanft auf den Fußboden, aber sofort schleppte ihn ein Hausknecht nach der Treppe hin, wo das Tageslicht schimmerte.

„Nun beginnt das Leben wieder!" dachte der Baum. Er fühlte die frische Luft, den ersten Sonnenstrahl, — und nun war er draußen auf dem Hofe. Alles ging so schnell, daß der Baum völlig vergaß, sich selbst zu betrachten; zu viel Neues war ringsumher anzustaunen. Der Hof stieß an einen Garten und alles stand darin in voller Blüte. Die Rosen hingen frisch und duftend über den kleinen Staketenzaun hinüber, die Lindenbäume blühten und die Schwalben flogen umher und zwitscherten: „Quirre virrevit, mein Mann ist gekommen!" Aber den Tannenbaum meinten sie damit nicht.

„Nun will ich leben!" jubelte dieser und breitete seine Zweige weit aus. Ach, sie waren alle vertrocknet und gelb und zwischen Unkraut und Nesseln lag er in einem Winkel da. Der Goldpapierstern saß noch oben auf der Spitze und leuchtete im hellsten Sonnenscheine.

Auf dem Hofe selbst spielten ein paar von den lustigen Kindern, die am Weihnachtsabend um den Baum getanzt hatten und dabei so fröhlich gewesen waren. Eines der kleinsten lief hin und riß den Goldstern ab.

„Sieh, was da noch an dem alten, häßlichen Tannenbaume sitzt!" rief es und trat auf die Zweige, daß sie unter seinen Stiefeln knackten.

Und der Baum betrachtete all' die Blumenpracht und Frische im Garten, betrachtete dann sich selbst und wünschte, daß er in seinem finstern Winkel auf dem Boden geblieben wäre. Er gedachte seiner frischen Jugend im Walde, des lustigen Weihnachtsabends und der kleinen Mäuse, die so fröhlich der Geschichte von Klumpe-Dumpe zugelauscht hatten.

„Vorbei, vorbei!" seufzte der arme Baum. „Hätte ich mich doch gefreut als ich es noch konnte! Vorbei, vorbei!"

Der Hausknecht kam und hieb den Baum in kleine Stücke, ein ganzes Bund lag da; hell loderte es auf unter dem großen Braukessel. Er seufzte tief, jeder Seufzer tönte wie ein kleiner Schuß. Deshalb liefen die Kinder, welche draußen spielten, herbei, setzten sich vor das Feuer, schauten hinein und riefen: „Piff, paff!" Aber bei jedem Knalle, der ein tiefer Seufzer war, gedachte der Baum eines Sommertages im Walde, einer Winternacht draußen, wenn die Sterne glänzten. Er gedachte des Weihnachtsabends und des Klumpe-Dumpe, des einzigen Märchens, welches er gehört hatte und zu erzählen wußte, — und dann war der Baum verbrannt.

Die Kinder spielten im Hofe und der kleinste hatte auf der Brust den Goldstern, den der Baum an seinem glücklichsten Abend getragen hatte. Nun war dieser vorüber und mit diesem auch der Baum nebst seiner Geschichte. Vorbei, vorbei — und so geht es mit allen Geschichten.

Das alte Haus.

In einem Seitengäßchen stand ein altes, altes Haus; es war fast dreihundert Jahre alt. Dies konnte man an dem Balken lesen, wo die Jahreszahl von Tulpen und Hopfenranken umschlungen eingeschnitten war. Da standen auch in altertümlicher Schreibart ganze Verse und über jedem Fenster war in den Balken ein fratzenhaftes Gesicht eingeschnitten und am ganzen Gebäude wucherte der Epheu üppig empor. Das eine Stockwerk trat weit über das andere heraus und dicht unter dem Dache lief eine Bleirinne, die am Ende einen Drachenkopf als Zierat trug. Das Regenwasser sollte aus dem Rachen seinen Ausgang nehmen, fand aber seinen Weg durch den Bauch, denn es war ein Loch in der Rinne.

Alle andern Häuser in der Straße waren neu und man konnte es ihnen zur Genüge ansehen, daß sie mit dem alten Hause nichts zu thun haben wollten.

Gerade gegenüber in der Straße standen gleichfalls neue und hübsche Häuser und am Fenster eines derselben saß ein kleiner Knabe mit frischen roten Wangen, mit hellen, strahlenden Augen, welchem dies alte Haus noch am besten gefiel, sowohl im Sonnenschein wie im Mondenschein. Und blickte er zu der Mauer hinüber, von der der Kalk abgefallen war, dann konnte er dasitzen und sich mit seiner regen Einbildungskraft die seltsamsten Bilder entwerfen, wie die Straße früher müßte ausgesehen haben mit ihren Treppen, Erkern und spitzen Giebeln. Er vermochte im Geiste Soldaten mit Hellebarden zu sehen und Dachrinnen, die in der Gestalt von Drachen und Lindwürmern ausliefen.

Das Haus bewohnte ein alter Mann. Er ging noch immer in den altmodischen Kniehosen, trug einen Rock mit großen Messingknöpfen und eine Perücke, der man es ansehen konnte, daß es eine echte Perücke war. Jeden Morgen kam ein alter Mann zu ihm, um aufzuräumen und Gänge zu besorgen, sonst war der alte Mann in den Kniehosen ganz allein in dem alten Hause. Bisweilen trat er an das Fenster und blickte hinaus, und der kleine Knabe nickte ihm zu und der alte Mann nickte wieder. Auf diese Weise wurden sie erst miteinander bekannt und dann Freunde, obgleich sie nie miteinander gesprochen hatten, aber das war ja auch gleichgültig.

Der kleine Knabe hörte seine Eltern oft sagen: „Dem alten Manne da drüben geht es sehr gut, aber er lebt so erschrecklich einsam!"

Am nächsten Sonntage wickelte der kleine Knabe etwas in ein Stück Papier, that es in ein kleines Pappschächtelchen, ging hinunter vor die Thür, und als der alte Mann, welcher die Gänge besorgte, in das alte Haus wollte, sagte er zu ihm:

„Höre, willst du dies deinem Herrn von mir bringen? Ich besitze zwei Zinnsoldaten, dies ist der eine; er soll ihn haben, weil ich weiß, daß er so ganz allein ist!"

Das Gesicht des alten Mannes wurde mit einemmale ganz heiter; er nickte und trug den Zinnsoldaten zu dem alten Mann hinauf, welcher den Vorgang vom Fenster aus mit angesehen hatte. Bald darauf geschah von dort die Anfrage, ob der kleine Knabe nicht drüben einen Besuch abstatten wolle. Dazu erhielt er auch von seinen Eltern die Erlaubnis und so kam er in das alte Haus.

Die Messingknöpfe an dem Treppengeländer glänzten weit stärker als sonst; man hätte vermuten können, daß sie zu Ehren des Besuches geputzt worden wären, und es schien, als ob die ausgeschnitzten Trompeter — denn an der Thüre waren Trompeter angebracht — in ihre aus Holz geschnitzten Trompeten: „Tratteratra, der kleine Knabe ist da!" bliesen. Der ganze Hausflur war mit alten Portraits behängt. Dann kam eine Treppe, die aufwärts und auf einen baufälligen Altan führte, der ganz mit Grün bewachsen, wie ein Garten aussah. Hier standen altmodische Blumentöpfe, die Gesichter mit Eselsohren darstellten; die Blumen waren sich aber völlig selbst überlassen und wuchsen wild auf.

Von hier trat man in ein Zimmer, dessen Wände mit Schweinsleder bekleidet waren. Die darauf gedruckten, goldenen Blumen gewährten einen gar freundlichen Anblick. — „Vergoldung vergeht, aber Schweinsleder besteht!" sagten die Wände. Darauf gelangte der kleine Knabe in das Erkerzimmer, in welchem der alte Mann saß.

„Besten Dank für den Zinnsoldaten, mein kleiner Freund!" sagte der alte Herr, „und Dank, daß du zu mir herüberkommst!"

Nun sah sich der Knabe erst ein wenig in dem mit alten Möbeln überfüllten Zimmer um. Mitten an der Wand hing das Portrait einer jungen, lebensfrohen Frau, aber in altväterischer Tracht, mit gepudertem Haar und steifleinenem Rocke. Sie schaute mit gar sanften Augen auf den Knaben hernieder, der den alten Mann sogleich fragte: „Wo hast du diese herbekommen?"

„Vom Trödler drüben!" sagte der alte Mann. „Dort hängen noch viele Bilder; niemand kennt sie oder kümmert sich um sie, denn die Personen, welche sie vorstellen, sind sämtlich längst begraben; aber in jungen Tagen habe ich diese gekannt, und nun ist auch sie gestorben und weilt schon seit einem halben Jahrhundert nicht mehr auf Erden."

„Meine Eltern sagten, du seiest ganz allein," begann der kleine Knabe wieder.

„O," sagte der Greis, „die alten Gedanken und alles, was sie in meiner Seele wachrufen, kommen und besuchen mich, und nun kommst du ja auch! — Mir geht es ganz gut!"

Darauf nahm er vom Bücherbrett ein Bilderbuch. Was war darin alles zu sehen! Lange Prozessionen, die seltsamsten Kutschen, wie sie heutigen Tages längst von unsern Straßen verschwunden sind, und sonst noch die wunderbarsten Dinge. O, was war das für ein Bilderbuch!

Der alte Mann ging in das Nebenzimmer, um Eingemachtes, Äpfel und Nüsse zu holen; — für einen kleinen Knaben war es da oben in dem alten Hause gar nicht so übel.

„Ich kann es nicht aushalten!" begann plötzlich der Zinnsoldat, welcher auf der Kommode stand, zu sprechen; „hier ist es so einsam und traurig; nein, wenn man an ein Familienleben gewöhnt ist, kann man sich an die unheimliche Stille in diesem Hause hier gar nicht gewöhnen! — Ich kann es nicht aushalten!"

„Du brauchst doch nicht zu klagen!" sagte der kleine Knabe, „mir kommt es hier sehr hübsch vor, zumal da alle die alten Gedanken und alles, was sie in des alten Mannes Seele wachrufen, zu Besuch kommen!" — „Die sehe und kenne ich aber nicht!" sagte der Zinnsoldat, „ich kann es nicht aushalten!" — „Du mußt!" erwiderte der kleine Knabe.

Der alte Mann erschien jetzt wieder mit dem heitersten Gesicht, dem herrlichsten Eingemachten, mit Äpfeln und Nüssen, und darum dachte der kleine Knabe nicht länger an den Zinnsoldaten.

Glücklich und vergnügt kam der Kleine wieder nach Hause. Tage und Wochen verstrichen seitdem und nach dem alten Hause und von dem alten Hause nickte man sich gegenseitig freundlich zu; und dann kam der kleine Knabe wieder hinüber.

Die ausgeschnitzten Trompeter bliesen: „Tratteratra! der kleine Knabe ist da!" und auch sonst war es genau so wie beim ersten male, denn da drüben verstrich ein Tag wie der andere.

„Ich kann es nicht aushalten!" sagte da wieder der Zinnsoldat, „ich habe Zinn geweint! Hier ist es zu trübselig! Jetzt weiß ich, was es heißt, Besuch von seinen alten Gedanken zu erhalten. Ich habe den Besuch der meinigen gehabt und sah euch alle so deutlich vor mir. Ihr Kinder standet alle mit gefalteten Händen vor dem Tische und sanget euern Morgen-Choral. Vater und Mutter waren in gleich feierlicher Stimmung, als plötzlich die Thüre aufging und die kleine Schwester Marie, welche immer tanzt, sobald sie nur Musik hört, hereinkam. So stand sie denn erst auf dem einen Beinchen und neigte den Kopf ganz vornüber, und dann auf dem andern und neigte den Kopf wieder ganz vornüber. Ihr standet sämtlich sehr ernsthaft da, obgleich das euch sauer genug wurde, ich aber mußte innerlich so lachen, daß ich vom Tische fiel und mir eine Beule schlug, mit der ich noch einhergehe, denn es war nicht recht von mir, zu lachen. Erzähle mir, ob ihr des Sonntags noch singt? Erzähle mir etwas von der kleinen Marie! Und wie befindet sich mein Kamerad, der andere Zinnsoldat? Ja, der ist fürwahr glücklich! — Ich kann es nicht aushalten!"

„Du bist verschenkt!" war die Antwort; „du mußt bleiben. Kannst du das nicht begreifen?"

Der alte Mann kam mit einem Kasten, worin viel zu sehen war, Häuschen aus Kreide gearbeitet und Balsambüchsen und alte Karten, so groß und so vergoldet, wie man sie heutigen Tages nie mehr erblickt. Der Inhalt großer Kästen wurde besichtigt, und auch das Klavier geöffnet; heiser klangen die Töne, die der alte Mann hervorlockte; dann summte er leise ein Lied vor sich hin.

„Ja, das konnte sie singen!" sagte er, und dabei nickte er ihrem Portrait zu, welches er bei dem Trödler gekauft hatte und hellauf leuchteten dabei die Augen des alten Mannes.

„Ich will in den Krieg! Ich will in den Krieg!" rief der Zinnsoldat, so laut er konnte, und stürzte sich gerade auf den Fußboden hinab.

Ja, wo war er geblieben? Der alte Mann suchte, der kleine Knabe suchte, fort war er und fort blieb er. Der Zinnsoldat war durch eine Ritze gefallen und lag nun im offenen Grabe.

Der Tag verging und der kleine Knabe kam nach Hause, und Wochen auf Wochen verstrichen. Die Fenster waren fest zugefroren. Der kleine Knabe mußte lange dasitzen und auf die Scheiben hauchen, um ein Guckloch nach dem alten Hause hinüber zu erhalten. Dort war der Schnee in alle Schnörkel eingedrungen; die ganze Treppe war verschneit, als ob niemand dort zu Hause wäre. Es war dort auch niemand zu Hause — der alte Mann war tot.

Am Abend hielt ein Wagen vor der Thür und auf demselben wurde er in seinem engen Sarge nach dem Lande hinaus gefahren, um dort in seinem Erbbegräbnisse zu ruhen. Da fuhr er nun, aber niemand folgte, alle seine Freunde waren ja tot. Nur der kleine Knabe warf dem Sarge beim Vorüberfahren einen Kußfinger nach.

Einige Tage darauf fand in dem alten Hause Auktion statt. Der kleine Knabe sah von seinem Fenster aus, wie man alles forttrug: die alten Ritter und die alten Damen, die Blumentöpfe mit langen Ohren, die alten Stühle und die alten Spinden, alles zerstreute sich, einiges kam in diese, anderes in jene Hände. Ihr Portrait, welches er beim Trödler aufgefunden hatte, wanderte wieder zum Trödler und da blieb es für immer hängen, denn niemand kannte die Frau mehr und niemand bekümmerte sich um das alte Bild.

Im Frühling riß man das alte Haus selbst nieder, denn es war nur noch ein altes Gemäuer, sagten die Leute. Man konnte von der Straße aus gerade in das Zimmer mit der schweinsledernen Bekleidung hineinsehen, welche fetzenweise abgerissen wurde; verwildert hing der Epheu an dem alten Altan um die stürzenden Balken. So wurde dort alles gründlich dem Boden gleich gemacht! — „Das half!" sagten die Nachbarhäuser. —

Auf dem nämlichen Platze wurde ein schönes Haus mit großen Fenstern und weißen glatten Mauern aufgeführt, aber vorn, wo eigentlich das alte Haus gestanden hatte, wurde ein kleiner Garten angelegt und gegen die Nachbarmauern rankten wilde Weinreben empor. Auf den Ranken schaukelten sich die Sperlinge und plauderten in ihrer Sprachweise miteinander; aber nicht von dem alten Hause, dessen sie sich nicht mehr erinnerten. —

Viele Jahre vergingen; aus dem Knaben war ein tüchtiger Mann geworden. Er bewohnte mit seiner jungen Frau das neue, schöne Haus, vor dem sich der Garten befand. Einst stand er neben ihr, während sie eine Blume pflanzte und die Erde mit ihren feinen Fingern festdrückte. „Au!" Was war das? Sie hatte sich gestochen. Eine Spitze guckte aus der weichen Erde hervor.

Das war — ja denkt euch nur! — das war der Zinnsoldat, derselbe, der dort oben bei dem alten Manne abhanden gekommen und allmählich durch Gebälk und Schutt hindurchgeglitten war und endlich viele Jahre in der Erde gelegen hatte.

Die junge Frau wischte den Soldaten zuerst mit einem grünen Blatte und dann mit ihrem feinen Taschentuche ab; es kam dem Zinnsoldaten vor, als erwachte er aus tiefer Ohnmacht.

„Laß mich ihn sehen!" sagte der junge Mann, lachte und schüttelte den Kopf. „Derselbe kann es wohl schwerlich sein, aber er erinnert mich an eine Geschichte, die ich mit einem Zinnsoldaten erlebte, als ich noch ein kleiner Knabe war!" Dann erzählte er seiner Frau von dem alten Hause und dem alten Manne und von dem Zinnsoldaten, den er ihm hinübergesandt, weil er so erschrecklich einsam war. Er erzählte dies so anschaulich, als ob es sich erst jetzt vor ihren Augen zutrüge, so daß der jungen Frau über das alte Haus und dem alten Mann die Thränen in die Augen traten.

„Es ist gleichwohl möglich, daß es der nämliche Zinnsoldat ist!" erwiderte sie. „Ich will ihn aufbewahren und alles im Gedächtnis behalten, was du mir erzählt hast. Aber das Grab des alten Mannes mußt du mir zeigen!"

„Ja, das kenne ich nicht," sagte er, „und niemand kennt es! Alle seine Freunde waren tot, niemand pflegte ihn, und ich war ja damals ein kleiner Knabe."

„Wie entsetzlich einsam muß er doch gewesen sein!" rief sie aus.

„Entsetzlich einsam!" sagte der Zinnsoldat, „aber herrlich ist es, nicht vergessen zu werden!"

„Herrlich!" rief etwas dicht neben ihnen, aber außer dem Zinnsoldaten sah niemand, daß es ein Fetzen der schweinsledernen Wandbekleidung war. Alle Vergoldung hatte er verloren, er sah wie nasse Erde aus, aber seine Ansicht hatte er sich doch bewahrt und er sprach sie aus:

„Vergoldung vergeht,

aber Schweinsleder besteht!"

Doch das glaubte der Zinnsoldat nicht.

Der Buchweizen.

Wenn man nach einem Gewitter an einem Buchweizenfelde vorübergeht, nimmt man oft wahr, daß es schwarz und wie versengt aussieht. Es ist gerade, als ob eine Feuerflamme über dasselbe hinweggegangen wäre und der Landmann sagt dann: „Das hat der Buchweizen vom Blitzstrahl bekommen!" Aber weshalb hat er das bekommen? — Ich will erzählen, was mir der Sperling gesagt hat, und der Sperling hat es von einer alten Weide, die neben einem Buchweizenfelde stand und noch daselbst steht. Es ist eine gar ehrwürdige, hohe Weide; sie neigt sich vorn über und die Zweige hängen auf die Erde hinunter, wie wenn sie grünes, langes Haar vorstellten.

Auf allen Feldern ringsumher wuchs Korn, Roggen, Gerste und Hafer. O, der köstliche Hafer! Wenn er reif ist, nimmt er sich wie eine ganze Menge kleiner, gelber Kanarienvögel auf einem Zweige aus. Das Korn versprach einen reichen Erntesegen, und je schwerer es war, desto tiefer neigte es sich in frommer Demut.

Aber da war auch ein Buchweizenfeld und dies lag der alten Weide gerade gegenüber. Dem Buchweizen fiel es nicht ein, sich wie das andere Korn zu neigen; er trug den Kopf hoch und stand stolz und steif da.

„Ich bin wohl ebenso reich, wie die Ähre," sagte er, „und bin überdies weit hübscher. Kennst du jemand, der sich prächtiger ausnimmt als ich und die Meinigen, du alte Weide?"

Und die Weide nickte mit dem Kopfe, als wollte sie sagen: „Freilich kenne ich welche!"

Plötzlich zog sich ein entsetzliches Unwetter zusammen. Alle Feldblumen falteten ihre Blätter oder neigten ihre feinen Köpfe hernieder, während der Sturm über sie dahinfuhr. Nur der Buchweizen brüstete sich in seinem Stolze.

„Neige dein Haupt wie wir!" sagten die Blumen.

„Das habe ich gar nicht nötig!" versetzte der Buchweizen.

„Neige dein Haupt wie wir!" rief das Korn. „Jetzt kommt der Sturmengel geflogen! Er hat Flügel, die von den Wolken bis zur Erde herunterreichen. Er zerschlägt dich, ehe du ihn um Gnade anflehen kannst!"

„Ich will mich aber nicht neigen!" sagte der Buchweizen.

„Schließe deine Blüten und neige deine Blätter!" ermahnte auch die alte Weide. „Sieh nicht in den Blitz, wenn die Wolke bricht! Selbst die Menschen dürfen das nicht, denn in dem Blitze kann man bis in Gottes Himmel hineinschauen; doch vermag dieser Anblick sogar die Menschen zu blenden. Was würde da nicht erst uns, den Gewächsen der Erde, geschehen, wagten wir es, die wir doch weit geringer sind!"

„Weit geringer?" entgegnete der Buchweizen. „Nun will ich erst gerade in Gottes Himmel sehen!" Und er that es in seinem Übermute und Stolz. Es war, als wenn die ganze Welt in Flammen stände, so blitzte es.

Als sich das Unwetter verzogen hatte, standen die Blumen und das Korn in der stillen, reinen Luft vom Regen erfrischt da, aber der Buchweizen war vom Blitz kohlschwarz gebrannt; er war nun ein totes, nutzloses Gewächs.

Der alte Weidenbaum bewegte seine Zweige und Wassertropfen träufelten von seinen Blättern, gerade wie Thränen, und die Sperlinge fragten: „Weshalb weinst du? Hier ist es ja wunderbar erquickend! Sieh, wie die Sonne leuchtet und die Wolken eilen! Weshalb weinst du also, du alte Weide?"

Und die Weide erzählte von dem Stolze und dem Übermute und von der Strafe des Buchweizens. Denn die Strafe folgt immer. Die Sperlinge haben mir die Geschichte erzählt, als ich sie eines Abends um ein Märchen bat.

Die roten Schuhe.

Einst lebte ein kleines Mädchen, welches gar fein und niedlich war, doch seiner großen Armut wegen im Sommer stets barfuß und im Winter mit großen Holzschuhen gehen mußte, wovon der Spann seiner Füßchen ganz rot und wund wurde.

Die alte Mutter Schusterin, welche mitten im Dorfe wohnte, nähte für die Kleine, welche K a r e n hieß, aus alten roten Tuchlappen ein Paar Schühchen, welche das Kind am Begräbnistage seiner Mutter erhielt und sie da zum erstenmal trug. Zum Trauern waren sie freilich nicht recht geeignet, aber sie hatte ja keine andern, und darum zog sie dieselben über ihre nackten Füßchen und schritt so hinter dem ärmlichen Sarge her.

Da kam auf einmal ein großer altmodischer Wagen angefahren, in welchem eine alte Frau saß. Sie betrachtete das kleine Mädchen und fühlte Mitleid mit demselben. Deshalb sagte sie zu dem Geistlichen: „Hört, würdiger Herr, gebt mir das kleine Mädchen, dann will ich getreulich für dasselbe sorgen!"

Karen bildete sich ein, sie hätte das alles nur den roten Schuhen zu verdanken, aber die alte Frau sagte, sie wären abscheulich und ließ sie verbrennen. Karen selbst wurde rein und kleidsam angezogen; sie mußte den Unterricht besuchen und nähen lernen, und die Leute sagten, sie wäre niedlich, aber der Spiegel sagte: „Du bist mehr als niedlich, du bist schön!" —

Da reiste einmal die Königin durch das Land und hatte ihre kleine Tochter, die eine Prinzessin war, bei sich. Die Leute strömten vor das Schloß und auch Karen fand sich da ein. Die kleine Prinzessin stand weißgekleidet an einer Balkonthür und ließ sich bewundern; Schleppe oder Goldkrone hatte sie nicht, aber herrliche rote Saffianschuhe, die freilich weit zierlicher waren als die, welche Mutter Schusterin der kleinen Karen genäht hatte. Ja, was könnte es Schöneres in der Welt geben als rote Schuhe!

Jetzt war Karen so alt, daß sie eingesegnet werden sollte; sie erhielt neue Kleider und neue Schuhe sollte sie auch haben. Der beste Schuhmacher in der Stadt nahm zu ihrem kleinen Fuße Maß. Mitten unter den Schuhen, im großen Glasschranke, standen ein Paar rote, genau wie sie die Prinzessin getragen hatte; wie schön waren die! Der Schuhmacher sagte auch, sie wären für ein Grafenkind gearbeitet, hätten aber nicht gepaßt.

„Das ist wohl Glanzleder?" fragte die alte, kurzsichtige Frau, „sie glänzen so schön!"

„Ja, sie glänzen!" sagte Karen; und sie paßten und wurden gekauft; aber die alte Frau, welche ja so schlecht sah, wußte nicht, daß sie rot waren, denn nie würde sie sonst Karen erlaubt haben, mit roten Schuhen zur Einsegnung zu gehen, aber so that sie es.

Alle Menschen sahen ihr nach den Füßen, und als sie über die Kirchschwelle zur Chorthüre hineintrat, kam es ihr vor, als ob selbst die alten Bilder in der Kirche die Augen auf ihre roten Schuhe hefteten; und nur an diese dachte sie auch, als ihr der Prediger die Hand auf das Haupt legte und von der heiligen Taufe redete, vom Bunde mit Gott und daß sie sich nun wie eine erwachsene Christin aufführen sollte. Die Orgel spielte so feierlich, die lieblichen Kinderstimmen sangen und der alte Kantor sang, aber Karen dachte nur an die roten Schuhe.

Am Nachmittage erfuhr dann die alte Frau von allen Seiten, daß Karens Schuhe rot gewesen wären und sie sagte, das schickte sich nicht und in Zukunft sollte Karen, so oft sie zur Kirche ginge, stets schwarze Schuhe anziehen, selbst wenn sie alt wären.

Am folgenden Sonntage war die erste Abendmahlfeier der Konfirmanden; Karen sah erst die schwarzen Schuhe an, dann die roten — und dann noch einmal die roten und zog sie an.

Es war herrlicher Sonnenschein; Karen und die alte Frau schlugen einen Fußsteig durch das Kornfeld ein, auf dem es etwas stäubte.

An der Kirchthüre stand ein alter Soldat mit einem Krückstock und mit einem merkwürdig langen Barte, der mehr rot als weiß war; ja, rot war er sicher. Er verneigte sich bis zur Erde und fragte die alte Frau, ob er ihr vielleicht die Schuhe abstäuben sollte. Karen streckte gleichfalls ihren Fuß vor. „Sieh, welch' prächtige Tanzschuhe!" sagte der Soldat. „Sitzt fest, wenn ihr tanzt!" und dann schlug er mit der Hand gegen die Sohlen.

Die alte Frau reichte dem Soldaten ein Geldstück und trat darauf mit Karen in die Kirche ein.

Alle Menschen drinnen sahen nach Karens roten Schuhen und alle Bilder sahen nach ihnen, und als Karen vor dem Altare niederkniete und den goldenen Kelch an die Lippen setzte, dachte sie nur an die roten Schuhe. Es war, als ob sie vor ihr im Kelche schwämmen; und sie vergaß das Lied mitzusingen, sie vergaß ihr Vaterunser zu beten.

Alle Leute verließen jetzt die Kirche und die alte Frau stieg in ihren Wagen. Schon erhob Karen den Fuß, um hinter ihr einzusteigen, als der alte Soldat, welcher dicht dabeistand, sagte: „Sieh, welch' prächtige Tanzschuhe!" — Karen konnte sich nicht enthalten, einige Tanzschritte zu thun, sowie sie aber begann, tanzten die Beine unaufhaltsam fort. Es war, als hätten die Schuhe Macht über sie erhalten. Sie tanzte um die Kirchenecke, denn sie vermochte nicht inne zu halten. Der Kutscher mußte hinterher laufen und sie greifen; er hob sie in den Wagen, aber auch jetzt setzten die Füße ihren Tanz rastlos fort, so daß sie die alte gute Frau empfindlich trat. Erst als sie die Schuhe auszog, erhielten die Beine Ruhe. Daheim wurden die Schuhe in einen Schrank gestellt, aber Karen wurde nicht müde, sie immer wieder zu betrachten.

Nun erkrankte die alte Frau lebensgefährlich und Karen, die ihr am nächsten stand, sollte sie warten und pflegen. Aber in der Stadt war ein großer Ball, zu dem Karen eingeladen war. Sie sah die alte Frau an, die ja doch rettungslos verloren war, sie sah die roten Schuhe an, und es kam ihr vor, als ob keine Sünde dabei wäre. — Sie zog die roten Schuhe an, und das konnte sie ja auch wohl, aber dann ging sie auf den Ball und begann zu tanzen. Das war gewiß nicht recht von ihr.

Als sie aber nach rechts tanzen wollte, tanzten die Schuhe nach links, und als sie den Saal hinauf wollte, tanzten die Schuhe den Saal hinunter, die Treppe hinab, durch die Straße und zum Stadtthore hinaus. Tanzen that sie und tanzen mußte sie, gerade hinaus in den finstren Wald.

Da leuchtete es zwischen den Bäumen und sie glaubte, es wäre der Mond, denn es war ein Gesicht, aber es war der alte Soldat mit dem roten Barte; er saß und nickte und sagte: „Sieh, welch' prächtige Tanzschuhe!"

Da erschrak sie und wollte die roten Schuhe abwerfen, aber sie hingen fest, wie angewachsen, und tanzen mußte sie über Felder und Wiesen, in Regen und Sonnenschein, bei Tag und bei Nacht, aber nachts war es am entsetzlichsten.

Sie tanzte auf den einsamen Kirchhof hinauf, aber die Toten, die dort ruhten, tanzten nicht, sie hatten viel Besseres zu thun, als zu tanzen. Sie wollte sich auf das Grab des Armen setzen, wo das bittere Wurmkraut blühte, aber für sie war weder Ruh noch Rast, und als sie auf die offene Kirchthüre zutanzte, erblickte sie neben derselben einen Engel in langen weißen Kleidern, mit Flügeln, welche von den Schultern bis auf die Erde hinabreichten; sein Antlitz war streng und ernst und in der Hand hielt er ein breites leuchtendes Schwert.

„Tanzen sollst du!" sagte er, „tanzen mit deinen roten Schuhen, bis du bleich und kalt wirst! Tanzen sollst du von Thür zu Thür, und wo stolze, eitle Kinder wohnen, sollst du anklopfen, daß sie dich hören und sich vor dir fürchten! Tanzen sollst du, tanzen — — — —"

„Gnade!" rief Karen. Aber sie vernahm nicht, was der Engel antwortete, denn die Schuhe trugen sie durch die Pforte auf das Feld hinaus, über Weg und Steg, und immer mußte sie tanzen.

Eines Morgens tanzte sie vor einer Thür vorüber, die ihr sehr wohl bekannt war. Drinnen tönte Choralgesang, man trug einen blumenbekränzten Sarg hinaus. Da wußte sie, daß die alte Frau gestorben war und es beschlich sie das Gefühl, als ob sie von allen verlassen und von Gottes Engel verdammt wäre.

Tanzen that sie und tanzen mußte sie, tanzen in der dunklen Nacht. Die Schuhe trugen sie über Dornen und Baumstümpfe, und sie riß sich bis aufs Blut; sie tanzte über die Haide nach einem kleinen, einsamen Hause. Hier wohnte, wie sie wußte, der Scharfrichter, und sie klopfte mit den Fingern an die Scheiben und sagte:

„Kommt heraus! Kommt heraus! Ich kann nicht hineinkommen, denn ich muß tanzen."

„Ich bin der Scharfrichter", entgegnete es von drinnen, „ich höre, daß meine Axt klirrt."

„Schlagt mir meine Füße mit den roten Schuhen ab", bat Karen.

Der Scharfrichter kam aus dem Hause heraus und schlug ihr die Füße mit den roten Schuhen ab, aber die Schuhe tanzten mit den kleinen Füßen über das Feld hin in den tiefen Wald hinein.

Er verfertigte ihr Stelzfüße und Krücken, lehrte sie ein Sterbelied, welches die armen Sünder zu singen pflegen, und sie schritt weiter über die Haide.

„Nun habe ich genug um der roten Schuhe willen gelitten!" sagte sie, „nun will ich in die Kirche gehen, damit man mich sehen kann!" Schnell ging sie auf die Kirchthüre zu, als sie sich ihr aber näherte, tanzten die roten Schuhe vor ihr her und sie erschrak und kehrte um.

Die ganze Woche hindurch war sie traurig und weinte viel heiße Thränen, als aber der Sonntag kam, sagte sie: „Fürwahr, nun habe ich genug gelitten und gestritten! Jetzt möchte ich glauben, daß ich eben so gut bin wie viele von denen, welche in der Kirche sitzen und hochmütig auf die andern herabschauen." Mutig trat sie den Weg an; aber sie war erst bis zur Eingangsthüre zum Friedhofe gelangt, als sie plötzlich die roten Schuhe vor sich hertanzen sah. Sie erschrak, wandte um und bereute von ganzem Herzen ihre Sünde.

Sie ging zur Pfarre und bot sich als Magd an; sie versprach fleißig zu sein und alles zu thun, was in ihren Kräften stände; auf Lohn sähe sie nicht, sie wünschte nur, wieder ein Obdach zu erhalten und bei guten Menschen zu sein. Die Frau Pfarrerin fühlte Mitleid mit ihr und nahm sie in Dienst. Sie war stets fleißig und in sich gekehrt. Sie saß still da, und lauschte aufmerksam zu, wenn der Pfarrer aus der Bibel vorlas. Alle Kinder gewannen sie lieb; sobald dieselben aber von Putz und Staat und davon sprachen, wie schön es doch sein müßte, eine Prinzessin zu sein, schüttelte sie den Kopf.

Am folgenden Sonntage gingen alle zur Kirche und fragten sie, ob sie sie begleiten wollte, aber traurig und mit Thränen in den Augen sah sie auf ihre Krücken, und nun gingen die andern hin, Gottes Wort zu hören, sie aber ging allein in ihr kleines Kämmerlein, welches nur so groß war, um einem Bett und einem Stuhle Platz zu gewähren. Hier setzte sie sich mit ihrem Gesangbuche hin, und während sie frommen Sinnes darin las, trug der Wind die Orgeltöne von der Kirche zu ihr herüber und sie erhob ihr mit Thränen benetztes Antlitz und sagte: „Gott sei mir Sünderin gnädig!"

Da schien die Sonne hell und klar, und dicht vor ihr stand der Engel Gottes in den weißen Kleidern, derselbe, welchen sie in jener verhängnisvollen Nacht an der Kirchthüre gesehen hatte, aber er hielt nicht mehr das scharfe Schwert, sondern einen herrlichen grünen Zweig voller Rosen. Er berührte mit demselben die Decke, welche sich höher und höher dehnte und dort, wo sie berührt war, einen goldenen Stern hervorleuchten ließ, und er berührte die Wände und sie erweiterten sich allmählich, bis sie die Orgel erblickte, welche gespielt wurde, und die alten Bilder der früheren Pfarrer sah. Die Gemeinde saß in den festlich geschmückten Stühlen und sang aus dem Gesangbuche. So war die Kirche selbst zu der armen Magd in ihre kleine, enge Kammer gekommen; oder auch war sie dahingekommen. Sie saß in dem Kirchstuhle bei den übrigen Leuten des Pfarrers, und als sie nach Beendigung des Chorals aufblickte, nickten sie ihr zu und sagten: „Das war recht, daß du kamst, Karen!" — „Das war Gnade!" erwiderte sie.

Und die Orgel klang und der Chor der Kinderstimmen tönte mild und lieblich. Der klare Sonnenschein strömte warm durch das Fenster in den Kirchenstuhl, in welchem Karen saß. Ihr Herz war so voller Sonnenschein, Friede und Freude, daß es brach. Auf den Sonnenstrahlen flog ihre Seele zu Gott und vor seinem Thron war niemand, der nach den roten Schuhen fragte.